해정

차례

1부

문(門)

1

어둠은 빛을 먹고 자라지.

금색 문고리를 잡고, 숨을 죽이고, 슬며시 잡아당겼다. 현관에 고여 있던 어둠이 천천히 밀려나왔다. 천정이 불을 밝히자 어둠은 순식간에 흩어져 버렸다. 노우는 발소리조차 죽이며 현관 안쪽으로 빨려 들어가듯 몸을 밀어넣었다. 문은 소리 없이 닫혔다. 잠금장치가 고리에 걸리는 신호음이 들렸다. 노우는 신발장 옆에 서서 어둠에 잠긴 거실 안쪽을 노려보았다. 그 사이 현관 천정 등이 꺼졌다. 빛이 사라지자 노우의 눈에 어둠의 형체들이 선명하게 들어왔다. 눈의 동공이 커졌다. 눈은 어둠에 숨어 있는 빛들을 골라내 그 빛들로 사물의 형체와 크기와 색을 파악해 나갔다. 전등이 불을 밝히지 않아도 어둠에 숨은 사물들을 볼 수 있는 눈, 누구에게도 말하지 않았고 드러내지도 않았던 노우의 장애였다. 어둠은 숨은 것들이 스스로를 감추었다고 믿게 만들었다. 사실 어떤 것들은 숨도록 내버려 두어야 옳았다.

"선배, 들어간 거야?"

기주였다. 숨소리가 부풀어 올랐다가 꺼졌다.

"그래."

"불빛이 안 보이는데?"

그녀의 말투엔 지루함이 묻어 있었다.

"잔소리 말고 입구나 잘 살펴."

노우는 손을 뻗어 현관문을 밀었다. 잠깐 한차례 더 천정에서 불이 밝아졌다가 꺼졌다. 그는 거실이 내다보이는 벽에 등을 기대고 주저앉았다. 현관의 센서등 불빛이 사라졌다. 그는 조끼 윗주머니에서 수첩을 꺼냈다. 메모지 끝을 펼쳤다. 하얀 바닥을 메운 글자들이 보였다. 글자들은 어둠과 형체를 나눈 경계선처럼 드러났다. 살아 있는 듯 꿈틀대다가 어느 순간 글자의 형체들이 도드라졌다. 노우는 양편 관자놀이가 시큰해져 눈살을 찌푸렸다. 어둠 속에 숨은 것들이 보였다. 빛이 없어도 형체는 물론 색감 심지어 깨알 같은 글씨들도 읽어 내려갈 수 있었다. 이런 기이한 능력이 있다는 걸 처음 깨달았을 땐 소름이 돋았다. 익숙해질 법도 한데 어둠 속에서 뭔가를 보는 일은 결코 유쾌하지 않았다. 때론 어둠 속에 감춰 두어야 의미를 잃지 않는 것들이 있었다. 첫사랑 같은 것들이 그랬다.

비상 연락망하고 개인 신상, 기본 제약 단어들의 파일…….

노우는 신발 위에 덧신을 신었다. 몸을 일으키기 전에 거실 바닥을 손으로 쓸어보았다. 바닥은 깨끗했다. 테이블 위는 물론 소파 위에도 물건들은 제자리에 가만 놓여 있었다. 조용히 숨을 죽인 채 누군가를 기다리듯. 커튼은 빈틈없이 드리워져 있었다. 노우의 시선이 주방으로 달렸다. 테이블 위에 붙박인 탁상시계가 초침을 돌리고 있었다. 냉장고 문짝에 붙은 메모지들, 식기 건조대에 엎어져 있는 그릇들. 낮에 그것들은 제 역할을 했겠지만 밤에 그것들은 다른 세계의 이물들이였다. 빛이 있을 땐 살아 있는 듯 싶지만 사실은 죽은 것이었고 어둠 속에서는 죽어 있는 듯하지만 살아 있었다.

노우는 서재 쪽으로 느리게 몸을 옮겼다. 그는 서재 앞에 서서 문을 노려보았다. 주먹 하나 드나들 정도의 넓이로 문은 열려 있었다. 노우는 고무장갑 낀 손으로 문을 슬며시 밀었다. 복도의 어둠이 그보다 먼저 서재 안으로 밀려들어갔다. 노우는 어둠의 뒤를 따랐다. 빛 속의 사물들은 경계심이 없었지만 어둠 속의 사물들은 단단한 결계를 지니고 있었다. 깨질 수도 없으며 결코 깨지지 않겠다는 의지 같은 것. 노우는 어둠 뒤에 숨은 사물에서 어이없는 결기를 보곤 했다. 어둠의 것들을 헤집어 볼 수 있는 노우에겐 의미가 없었지만.

책상은 창문을 향해 앉아 있었다. 좌우로 오단짜리 책꽂이. 책들이 노우를 노려보며 숨을 죽였다. 노우는 가슴에 두른 크로스백에서 카메라를 꺼내 책꽂이의 책들을 슬라이드로 담았다. 책장을 뒤로 하고 의자에 앉아 노트북을 부팅시켰다. 모니터에서 파란 빛이 쏟아지자 눈이 아팠다. 어둠이 어깨 뒤로 저만큼 물러나고 빛의 덩어리가 노트북 주변을 맴돌았다. 노트북은 비번이 걸려 있지 않았다. 잠시 후 초기 화면이 나타났다. 들여다볼 게 없다는 말인데…….

프로그램과 폴더들. 문서 항목을 뒤졌다. 수백 개의 칼럼들과 문서들. 편지 형식을 띈 문서들. 주소록도 보였다. 세월호, 광화문, 촛불, 회의, 조직, 의견, 비선, 해방, 남부, 동학, 교육……. 파일이나 문서 제목에서 '광화문' '촛불' '해방' 그리고 '동학'과 '세월호' 다섯 개의 금지어를 발견했다. 몇 개의 장편 영화 파일과 수백 개의 단편 영화 파일들. 액션 영화와 SF 영화 그리고 수를 헤아릴 수 없이 많은 여자들의 사진. 비슷하지만 어딘가 다른 여자들의 사진이었다. 젊은 여자들의 사진. 울거나 웃거나 무표정한 사진들. 인물 사진작가라는 착각이 들 정도였다.

SF 영화 중에 '스페이스 오디세이'라는 항목이 눈에 띄었다. 언젠가 교육원에서 들어본 것도 같았다. 혁신이라는 금지어를 포함하고 있는 단어였다. 허브를 노트북에 꽂고 허브에 두 개의 USB를 꽂았다. 각각 USB에 금지어를 담은 파일과 '스페이스 오디세이'를 똑같이 담았다. 노우가 개인적으로 소장하는 USB에는 여자들의 사진을 모아 놓은 jpg 파일도 담겨 있었다. 노우는 누군가 은밀하게 소장하고 있는 것들을 모으는데 재미를 느꼈다. 노우가 즐기는 유일한 낙이었다. 불려나가지 않는 날 방에 처박혀 하루 종일 훔쳐온 것들을 보며 지냈다.

노우는 이편의 세계에서 저편의 세계로 넘어가는 정보들을 제출하기 전에 똑같은 양의 정보를 소유했다. 어느 땐 노우만 소장하고 제출하지 않는 정보도 있었다. 어둠 속에 감춘 정보는 힘이었다. 이미지이거나 욕이거나 어느 땐 실물로 탈출구가 되었던 것들, 노우는 어려서부터 의도적이든 의도하지 않았든 어둠에 감추어진 것들이 때론 엄청난 힘을 발휘한다는 걸 알고 있었다. 어둠 속에 감춘 지폐 몇 장, 초콜릿 바, 편지들, 장부들.

그것들이 어둠 속에서 일어나며 귓가를 스치는 바람 소리를 냈다. 어둠 속에서만 들을 수 있는 소리였다.

"선배, 아직 안 끝났어?"

노우는 대응할 수가 없었다. 그녀는 느긋한데 매사 재촉이었다. 왈칵 짜증이 났다. 노우는 대답 대신 거친 숨을 뱉어냈다.

"무슨 일이야?"

그녀를 놀려 먹을 심산이었다.

"누가 있어? 젠장."

통신이 끊어졌다. 노우는 노트북 전원을 끄고 의자를 뒤로 빼냈다. 들어올 때 그대로 위치에 의자를 가져다 놓고 돌아섰다. 노트북 불빛에 적응되었던 눈이 다시 어둠에 적응되었다. 책장들 사이에 고인 어둠, 그리고 문짝 뒷면에 붙어 있는 그림 한 장이 눈을 파고들었다. 노우는 바닥에 털썩 주저앉고 말았다. 여자는 잿빛의 우중충한 하늘을 배경으로 몸만 약간 정면으로 튼 형상이었다. 보육원 복도에서 손바닥만한 크기의 감시창으로 침실 안을 들여다보던 원장의 눈빛. 노우는 그 눈빛을 잊은 적이 없었다. 그녀의 뒤에 머물러 있던 어둠도. 확신할 수는 없지만 그녀를 닮은 듯했다.

여자는 눈동자가 검었다. 눈썹도 검었고 눈매 또한 선명했다. 붉은 입술과 광대뼈, 머리에 꽂은 꽃들. 노우는 여자가 목에 두른 가시 목걸이를 뚫어지게 쳐다보았다. 원장과 닮은 듯하지만 또 다른, 예전 알았던 누군가를 닮았다는 기분이 들었다. 언제였는지 모르겠지만 자주 만났거나 오래전부터 알던 여자라는 느낌이 떨어지지 않았다. 처음 보는 그림인데도 몸을 휘감은 기시감은 사라지지 않았다. 노우는 서둘러 방문을 열고 서재에서 빠져나왔다. 어둠이 드나들 수 있도록 주먹 하나 크기만큼 열어 놓고 현관문 쪽으로 종종걸음 쳤다. 출입문을 약간 열고 밖을 살폈다. 순간 누군가 문을 잡고 와락 열어젖혔다. 노우는 문손잡이를 잡았던 위치에 손을 그대로 둔 채 얼어붙었다.

"선배!"

기주였다.

2

기주는 입을 씰룩거렸다. 차창 밖 불빛이 그녀의 턱관절에 부딪혀 반들거렸다. 각이 진 턱은 그녀를 강인하다 믿게 했다. 현장에 들어와서는 느긋한 그녀가 이해되지 않을 정도로 그녀의 턱 끝은 날카로워 보였다. 턱의 그림자 뒤에 감추어진 점이 눈에 들어왔다. 오늘 점은 깊어 보였다.

"독거한테선?"

이번에는 기주가 입을 열지 않았다. 그녀는 전방만 주시한 채 충정로역이 시야에 나타날 때까지 삼십분 남짓 입을 다물었다.

"진작부터 말하고 싶었는데, 선배는 우리가 하는 일 장난으로 생각하지?"

차가 신호를 받아 멈춰 섰다.

노우는 등을 의자 등받이에 바짝 붙였다. 차가 다시 출발했다. 기주는 고가도로 옆길로 빠져 유턴한 다음 오른편에 나타난 건물 지하 주차장으로 차를 몰고 들어갔다. 차는 곡선을 타고 내려갔다.

"난 이 일 오래하고 싶어."

노우는 그녀의 턱밑에 감춰진 점을 훔쳐보았다.

"거리로 쫓겨나면……."

기주는 말을 끝내지 못했다. 노우는 집요하게 그녀의 점을 훔쳐보았다. 그녀의 점이 자꾸만 신경 쓰였다. 일단 발견했으니 보지 않고는 견딜 수가 없었다. 특히 어둠 속에 있는 것들은.

"선배, 계속 이럴래!"

차가 멈춰섰다. 주차 라인에 차를 주차시켰다.

"난 한 번도 진지하지 않은 적 없어."

"그런 사람이 장난을 쳐?"

"다급하게 굴지 말라는 거야."

"그걸 말이라고 해. 뭔가 일 터진 사람처럼 헐떡거렸잖아. 선배, 나나 선배나 아무 것도 없잖아. 장난치다 잘리면 예전처럼 금고나 따며 평생 살 거야? 난 그러고 싶지 않아. 난 지금 진지해. 이젠 내 말 좀 들어!"

"나도 매일이 새로운 시작이고 끝이야. 그런 심정으로 살아. 어쩌면 내일 따위는 없을 지도 모른다는 심정으로."

노우는 계속해서 그녀의 턱밑에 숨은 점을 보았다.

"뭘 그렇게 보는 거야!"

그녀가 소리를 빽 질렀다. 그녀의 직접적인 타박을 들은 후에야 노우는 눈길을 거두었다.

"난 사실 매일 태어나고 매일 죽어. 너나 나나 그렇잖아."

기주가 힐끔 노우를 쳐다보았다.

"누가 그런 말을 아무렇지도 않게 한단 말이야. 선배는 하나도 진지하지 않아. 계속 그러면 나 독거한테 보고할 거야."

"뭘?"

"선배 비밀."

기주는 문을 열고 차 밖으로 나갔다. 노우도 허겁지겁 차에서 내렸다. 그녀는 원격 조정 키로 자동차 문을 잠갔다.

"비밀이라니?"

노우는 고개를 갸우뚱거렸다. 비밀 집단에서 비밀이라는 말은 우스웠다. 이 집단에서는 비밀이라는 말보다는 말을 한 사실과 말을 하지 않은 사실이 있을 뿐. 기주는 엘리베이터 앞으로 빠르게 걸어갔다. 노우는 그녀의 뒤를 천천히 따라잡았다. 엘리베이터가 내려오고 문이 열릴 때까지도 그녀는 전광판의 숫자가 바뀌는 것만 쳐다보았다. 노우는 그녀가 알고 있다는 비밀에 대해 궁금하지 않았다. 시야 밖의 모든 일은 비밀이었다. 알고 싶지도 않고 알려고 들 필요가 없는 비밀. 어쩌다 비밀은 위험하기도 했다. 사람들이 외면하는 감춰진 비밀이 드러나는 순간 누군가는 위험해졌다.

기주는 십칠 층 버튼을 누른 후 천정 구석 감시 카메라를 힐끔거리다 그 아래 가서 섰다. 감시 카메라 바로 아래쪽이라 노출되지 않을 가능성이 가장 큰 위치였다. 기주는 눈을 들고 노우에게 시선을 고정시켰다. 그런 후 입만 오물거렸다.

"뭐?"

기주는 여전히 소리 없이 입 모양으로 말했다. 노우는 머리 위의 감시 카메라를 힐끔 쳐다보곤 귀를 쫑긋 세우고 기주에게 다가가려다 멈추었다. 엘리베이터가 멈추고 문이 열렸다. 남자 한 명과 여자 두 명이 잠깐 노우를 보다가 시선을 거뒀다. 노우는 그들 곁을 지나 복도로 나갔다. 이번에는 기주가 뒤를 따랐다. 문득 기주가 무슨 말을 하려고 했는지 궁금했다. 지금까지 그렇게 입 모양만으로 말한 적이 없었다. 노우는 멈춰 서서 기주를 돌아다보았다. 기주는 천정을 쳐다보고 있었다. 노우의 눈길도 자연스럽게 천정으로 향했고 촘촘히 박힌 감시 카메라를 보았다. 적어도 이 미터 간격으로 카메라가 설치되어 있었다. 노우는 앞뒤를 다시 살폈다. 긴 복도에 이 미터 간격으로 감시 카메라가 설치되어 있었다. 전에는 보지 못했던 풍경이었다. 복도에 이토록 많은 감시 카메라가 있는 이유를 설명할 수가 없었다. 노우는 당황했지만 그러려니 했다. 잡다한 비밀을 다루는 기관이 은밀하게 파고 든 곳이니 필요할 법도 했다.

앞서 걸었던 기주가 1701호의 벨을 눌렀다. 잠시 후 문이 열렸다. 독거가 나타났다.

"오늘은 많이 늦었네."

기주가 오피스텔 안으로 들어간 후 노우가 뒤를 따랐고 독거는 복도 이편과 저편을 살핀 후 문을 닫았다.

"어때 쓸 만한 것 좀 건졌어?"

노우는 USB를 독거 눈앞으로 내밀었다.

"이봐, 분석 이거 가져가!"

발걸음 소리가 들리지도 않았는데 '분석'이라 불린 사내가 홀연 나타났다. 노우는 독거가 사무실 사람들의 이름을 부르는 걸 본 적이 없었다. 분석, 단추, 미자, 감시, 해정……. 그는 노우와 기주에게 눈인사를 건넸다. 노우는 사무실 안쪽을 들여다보았다. 칸막이가 높아서 동료들의 얼굴은 보이지 않았다. 일곱 명 남짓 되어 보였다. 노우나 기주처럼 외부에서 활동하는 인간들이 몇인지는 알 수 없었다. 둘씩 팀으로 움직인다면 스무 명 남짓 이 오피스텔에 소속되어 있었다. 노우는 목을 빼고 사람들의 머리를 훑어보았다. 긴 머리카락을 가진 사람들도 군데군데 섞여 있었다. 하지만 얼굴을 볼 수 없었다.

"뭘 봐?"

독거의 손이 노우의 어깨를 잡아끌었다.

"한 식구잖아요. 그냥 궁금해서. 같이 일하시는 분들이 누군지 싶어서."

"알 필요 없어."

"우린 회식 같은 것도 안합니까? 그럼 동료들끼리 서로 우애도 쌓고 좋을 텐데……."

노우의 말이 끝나기도 전에 독거는 눈을 부라렸다. 그는 노우의 귀 가까이 얼굴을 갖다댔다. 노우는 고개를 살짝 돌렸다. 독거에게서 강한 머스크향이 풍겼다.

"주제넘게 까불지 말고 네 할 일이나 잘해. 거리에서 굴러

다니는 거 거둬다가 사람 만들어 놨더니 까불고 있어, 이 새끼가."

기주는 노우의 눈에서 빛이 사라지는 걸 느꼈다. 어둠 속에서도 빛을 내는 눈. 기주는 독거에게 이런 저런 이야기를 풀어놓으려던 마음이 누그러들고 말았다.

"우리끼리 다음에 밥 한 번 먹자. 단추랑 미자 이것들도 맨날 그런 소리 한다. 언제 시간 나겠지. 안 그래? 그건 그거고, 그래 그 인간 혼자 사는 거 맞아?"

독거는 노우에게서 멀어지며 어깨를 가볍게 두드렸다. 노우는 고개를 숙이고 어깨를 올린 채 그녀의 너스레를 받았다. 독거의 눈은 노우가 손에 들고 있는 스마트폰에 머물렀다. 그녀는 노우와 스마트폰을 재빠르게 번갈아 보았다. 유독 희디흰 흰자가 노우의 눈에 들어왔다. 깨끗하고 차가운 눈이었다. 그녀의 눈은 노우에게 문짝의 뒷면에 달라붙어 있던 여자의 초상화를 떠오르게 했다. 그녀와 독거의 눈썹이 닮았다는 생각이 들어 힐끔 그녀의 눈썹을 쳐다보았다. 독거의 눈썹 때문에 여자의 초상화가 낯설게 느껴지지 않았던 것일까.

"나한테 따로 할 말 있어?"

독거의 말들 중 어떤 말은 말랑했고 어떤 말들에선 쇠 맛이 났다. 어떤 표정은 마시멜로 같았고 어떤 표정은 뱀의 찢어진

혀 같았다. 노우는 등골의 털이 일제히 일어서는 듯했다. 정붙이려고 해도 도저히 정이 가지 않는 여자야. 기주는 언젠가 독거를 두고 그런 말을 했다. 노우는 독거를 여자라고 느껴본 적이 없었다.

"없는데요."

"그 매국노 새끼, 혼자 사는 거 맞지?"

곁에 서 있던 기주가 부르르 몸을 떨었다. 독거는 보지 못했고 노우는 보았다. 욕을 입에 담을 때 보면 더더욱 여자라는 느낌을 받을 수가 없었다. 노우는 고개를 끄덕거렸다. 그는 새삼 조금 전에 방문했던 집 문짝에서 본 여자가 낯설지 않았던 건 독거 때문인지도 모르겠다는 생각을 떨쳐버릴 수 없었다.

"다른 거 보고 할 건 없고?"

잡티 하나 없이 깨끗한 얼굴. 흰 피부가 노우의 눈앞에 가까이 다가왔다. 문짝의 초상화가 그대로 달려든 듯했다. 다른 게 있다면 독거의 입술은 얇았고 볼이 제법 통통하다는 점이었다. 독거는 머리카락도 짧았고 턱은 둥글었다. 닮은 구석이라곤 눈썹밖에 없는데 눈썹만 닮았다고 해서 초상화 속 여자가 생각나는 건 지나친 연상이라는 생각이 들었다.

"해정아, 내일은 바빠질 거야. 이 패거리들이 한꺼번에 어딜

가는 모양이야. 이제 가 봐. 작업 지시는 자정쯤에 문자로 보낼게."

노우와 기주는 오피스텔 밖으로 나왔다. 딱딱하고 반들거리는 복도 바닥이 오르내리는 기분이었다. 노우는 이 복도에서 있을 때 기분이 나빴다. 그는 서둘러 엘리베이터 앞으로 걸어갔다.

"아까, 무슨 얘기 하려고 한 거야?"

"하고 싶지 않아요."

"너도 점점 독거 닮아가는 거야?"

기주는 오피스텔 쪽으로 눈길을 주었다가 거뒀다. 그러더니 뒷주머니에서 자른 신문지 조각을 꺼냈다. 노우의 눈이 휘둥그레졌다. 자신이 책상 달력 크기의 신문지 조각을 사등분으로 접어 지갑 속에 넣어 다니던 것이다. 노우는 제 바지 뒷주머니를 뒤져 지갑을 꺼냈다. 지갑 속에 꽂혀 있어야 할 신문 조각이 기주의 손에 들려 있었다.

기주는 신문 조각을 노우에게 건넸다.

"이걸 네가 왜 가지고 있어?"

노우의 시선이 독거가 있는 오피스텔을 쳐다보았다가 돌아왔다.

"선배가 하도 진지하지 않아서 도대체 이 인간이 어떤 인간인지 알아보려고."

"이걸 어떻게 빼낸 거야? 언제? 어디서?"

"알면서 그래요. 이 손 기술 때문에 선배랑 파트너 하는데."

"그래도 그렇지 동료 지갑을 털어?"

"턴 건 아니야. 이것만 빼낸 거지."

노우는 기주의 손에서 신문 조각을 낚아챘다.

"그냥 하도 신기해서……."

그 사이 엘리베이터가 도착했다. 그 순간 독거의 오피스텔 문이 열렸다. 독거의 얼굴이 문밖으로 나왔다가 노우와 기주를 발견하고는 히죽 미소를 지었다. 그러더니 손까지 들어 보였다. 노우와 기주도 얼결에 손을 들고 엘리베이터에 올라탔다.

3

'……중국 광시성에 사는 넝유훠 라는 소년의 눈은 파랗다고 알려져 있다. 소년은 태어날 때부터 파란 눈을 갖고 태어났다고 한다. 이를 장애로 여긴 소년의 아버지는 아이를 데리고 병원에 갔으나 곧 다른 중국인들처럼 검게 변할 거라는 말만 들었다. 하지만 아이는 자라면서 눈동자가 검은색으로 변하지 않은 채 파란색을 유지했다. 뿐만 아니라 고양이처럼 밤에 눈이 빛나기도 하고 무엇보다 놀라운 건 까만 어둠 속에서 수학 문제를 풀어낼 수 있는 능력을 갖게 되었다는 것이다. 불빛이 없어도 글자를 읽어 내고 사물을 보고 행동할 수 있는 능력은 어쩌면 미래 인류의 진화된 모습일 지도 모른다. 중국의 한 방송국은 물론 일본 방송국에서도……'

노우는 모서리가 닳은 신문 조각을 지갑 안쪽에 넣었다. 지갑에서 짠내가 났다. 그는 지갑을 손으로 쓸며 앞뒤를 살폈다. 한두 번 동네 양아치들에게 빼앗기기도 했다. 한번은 잃어버리기도 했다. 그런데 지갑은 노우의 것인 양 매번 그에게 돌아왔다. 지갑은 모서리가 닳아 너덜거렸다. 어렸을 때부터 몸에 지니고 다닌 지갑이었다. 언제 누가 그에게 준 것인지 모른다. 막연하게 부모가 남긴 지갑이려니 싶었다. 그는 지갑을 점퍼 안주머니에 넣은 후 차창 밖을 살폈다. 다시 밤이 왔고, 독거로부터 받은 메시지의 지시에 따라 '해랑'이라는 타운 하우스에 들어갔다가 나온 길이었다. 누구의 집이건 이젠 크게 궁금해 하지 않았다. 노우에겐 아무래도 상관없었다. 그 인간이 누구이건 그가 감춘 걸 볼 수 있다는 사실만이 중요했다. 노우는 라디오를 틀었다. 라디오에서는 '카발레리아 루스티카

나' 전주곡 중간쯤이 흘러나오고 있었다. 음악을 들으며 노우는 편의점 쪽으로 눈길을 주었다. 편의점으로 들어간 기주가 나올 기미가 보이지 않나 싶은 그 순간 운전석이 와락 열렸다. 그녀가 손에 든 캔 커피를 건넸다. 당분이 들어가지 않은 블랙이었다.

"웬 클래식?"

기주가 노우를 빤히 쳐다보았다.

"라디오 틀었는데 그냥 나온 거야."

"아무튼 나는 클래식 듣는 사람들 이해가 안돼."

"안되면 안하면 돼. 그리고 이 곡은 영화 대부의 주제곡이야. 너도 봤을 거 아냐. 대부."

"보긴 봤지. 누가 음악을 기억하나."

"난, 기억해야겠다 싶으면 내가 본 모든 걸 기억해. 배우의 의상, 집, 여자, 자동차, 무기, 심지어 자동차가 지나가는 자리에 서 있는 가로등이나 쓰레기통 마지막엔 음악까지. 오래 듣다 보면 너도 그냥 알게 되는 거야."

기주는 노우에게 시선을 떼지 못했다. 반 년 가까이 파트너로 움직였지만 음악에 대해 이야기하는 노우는 처음 보았기 때문이었다.

"아무튼 알다가도 모르겠어."

“나도 너 알다가도 모르겠다. 분명 여잔데 여자 같지도 않고, 둔한 거 같은데 손은 귀신보다 빠르고. 고자질할 것 같은데 그냥 넘어가고…….”

노우는 시선을 걷은 후 캔커피 뚜껑을 땄다.

“사실 우리 같은 쓰레기들 널렸지.”

“그럴지도 모르지.”

그 말에 기주는 달리 대응하지 않았다.

“선배, 내가 뭘 알고 있다고 생각해?”

“뭘?”

“그 신문 기사.”

“대충……”

노우는 말을 얼버무렸다.

“다른 인간들이랑 선배는 달랐어.”

“뭐가?”

“모든 게. 무엇보단 선밴 불이 필요 없잖아.”

노우는 캔에 남아 있는 커피를 모두 비웠다.

“그런데 선배는 파란 눈이 아닌데.”

“시동이나 걸어.”

“언제부터 그랬던 거야?”

“몰라.”

기주는 차에 시동을 걸었다.

"어디지?"

"일산."

"어제 갔을 때 시키지 다시 가라는 건 또 뭐야?"

노우는 어제의 그 오피스텔이 떠올랐다. 문짝의 여자. 알던 사람과 닮았다는 느낌이 들던 여자의 초상화. 그런데 여전히 알던 사람이 누구인지 기억이 나지 않았다. 알던 사람이 독거는 아니라는 생각만 들었다. 다시 보면 기억이 날지도 모르겠다는 생각이 들었다. 무엇보다 불편한 건 그 여자 얼굴이 자꾸만 떠오른다는 점이었다. 노우는 기분이 더러웠다. 기이하게도 그녀가 어디엔가 숨어서 노려보고 있는 기분도 들었다.

"선배, 난 사실 선생님이 되는 게 꿈이었어."

갑자기 웃음이 나왔다.

"내 꿈이 선생이었다는 게 우습다는 거야?"

"우스운 게 아니라 정말 잘 어울려. 사사건건 참견하고 가르치려 들고 그러잖아."

"거리에서 안 살았음 착실하게 공부해서 선생이 됐을 거야."

"지금도 늦지 않았잖아."

기주는 피식 웃었다.

"임용고시 그거 쉽지 않아. 나 같은 돌머리는 이미 글렀어.

남들은 머리 쓰는 게 쉬워 보이는데 난 아냐. 몸이 하자는 대로 하는 게 좋아."

기주는 천천히 운전했다. 운전대 위에 올려놓은 그녀의 손등에 푸른 핏줄이 돋아나 있었다. 노우는 운전에 몰두한 그녀의 얼굴을 쳐다보았다. 그녀의 턱 그림자에 가려진 점이 다시 보였다. 한두 가닥 털도 보였다.

"돈 벌어서 뭐해?"

"저축해야지. 늙으면 나 같은 년 돌봐 줄 남자도 없고 애도 없을 텐데. 노후 대비해야지."

까만 어둠을 들여다보고 있으면 어둠 속에 숨은 핵심이 보였다. 어둠을 생산해 내는 중심, 어둠을 어둠 속에 풀어놓는 어떤 구멍이 보였다. 그 구멍을, 혹은 중심을 막으면 어둠이 더 이상 풀어지지 않을 지도 모르겠다는 생각을 노우는 하곤 했다. 한번은 그 구멍을 막아야겠다 싶어서 까만 비닐을 들고 빛 없는 밤에 거리를 헤맨 적도 있었다. 구멍을 막았다고 생각하는 순간 반대편에서 다른 구멍이 또 생겼다. 그 구멍을 비닐로 덮자 이번에는 또 다른 곳에서 더 큰 구멍이 나타났다. 새벽 동이 틀 때까지 구멍을 막아보았지만 소용없었다. 도저히 어찌할 수 없는 세상의 일이었다. 인간의 일이 아니라 신의 일이며 우주의 일이라는 걸 그날 밤 깨달았다. 어둠의 구멍을 어쩌면 신은 물론 우주적 초능력을 가진 인간이라 하더라도 막을 수 없을지 모른다는 사실을. 그렇게 속수무책으로 어둠이 밀려오는 걸 받아들일 수밖에 없는 게 삶인지도 몰랐다. 어디에서 시작되었는지 모를 어둠에서 나와 지금 이 순간 어둠을 찾아다니고 있었다. 기이한 건 어둠 속에 있을 때라야 마음이 편했다. 별빛은 물론 달빛조차 없는 어둠이어야 마음이 가라앉았다.

"선밴 뭐해?"

"마당 있는 작은 집이라도 사려고 저축하지."

"선배나 나나 재미없이 사는 건 마찬가지네."

노우는 가슴에 두른 크로스백을 뒤져 담배를 꺼냈다. 기주가 힐끔 쳐다보았지만 잔소리를 하진 않았다. 담배에 불을 붙이고 창문을 살짝 열었다. 담배 연기가 차창 밖으로 빠르게 빠져나갔다.

"독거라는 별명 누가 지었을까?"

"선배들이 지은 거래."

"선배 누구?"

"나도 몰라. 선배도 얼굴 보면 알 거야."

"사무실에 있는 애들?"

"모르겠어. 우리 같은 해정인 거 같기도 하고 미자나 단추 아무튼 분석하는 애들은 아냐. 그 치들은 나보다 피부가 하얗거든."

노우가 고개를 끄덕였다.

"아무튼 미자들 같았어. 거기 1층 편의점에서 감시하는 애들 본 적이 있어. 둘이서 컵라면 먹고 있더라고. 나도 곁에서 컵라면 먹었는데 서로 얼굴은 알잖아. 그래서 물어봤지. 한참 독거한테 깨지고 내려온 거였거든. 주저하다가 내가 오피스텔에서 계속 같이 있는 게 아니라고 생각했는지 말해 주더라. 혼자 살다 뒤지라는 거랑 독사 같다는 뜻하고 갖다 붙인 거래. 그럴듯하더라고. 한참을 웃었어."

기주는 혼자 열심히 떠들어댔다. 독거를 처음 보았을 때, 두 번 바뀐 파트너들에 대해서, 성년이 되기 전까지 자랐던 보육원 원장에 대해서, 처음 소매치기를 성공했을 때의 짜릿함에 대해서, 여자 감방에 대해서……. 노우는 그녀의 말을 듣기만 했다. 하는 일은 달랐지만 비슷한 삶을 살아온 셈이었다. 독거를 처음 본 건 교도소에서였다. 그녀가 면회를 왔다. 보통의 방식이 아닌 사무실 면회였다. 그 순간 노우는 직감적으로 새로운 삶을 살아갈 수 있을 지도 모른다는 생각이 들었다. 여전히 남의 집 문을 따지만 명분은 달랐다. 국가를 위하는 것이니까.

어느새 차는 일산 목적지에 도착했다.

4

똑같은 냄새와 지난밤과 같은 균질한 어둠이 거실에 고여 있었다. 일을 끝내고 돌아가야 하는 순간 노우는 여자 초상화를 사진 속에 담아야 한다는 강박에 사로잡혔다. 기주를 설득해 초상화가 걸린 오피스텔로 다시 스며들었다. 감시들의 지원이 없어 위험했다. 기주는 그저 입구만 지켜 주고 운전만 해 주는 상황이었다. 집 주인이 언제 들이닥칠지 몰랐다. 기주는 미친 짓이라고 혀를 내둘렀지만 결국엔 이어폰을 잘 체크하라며 노우의 팔을 놓았다.

어제와 비슷한 냄새, 비슷한 농도의 어둠. 달라진 건 없었다. 사물들은 어제의 그 자리에 그대로 놓여 있었다. 달라진 게 있다면 식기 건조대 위에 그릇이 보이지 않는다는 것과 커튼이 절반쯤 걷혀 있다는 점이었다. 반대편 건물에서 부호 같은 불빛들이 오피스텔로 건너왔다.

노우는 서재로 걸어가 문짝과 마주선 후 적외선 카메라를 꺼냈다. 오늘 여자는 약간 미소를 짓는 것처럼 보이기도 했다. 연속으로 촬영을 했다. 카메라를 가슴 크로스백에 담고 조금씩 뒷걸음질 치는데 등 뒤에서 딸각거리는 소음이 들렸다. 노우는 순간 몸을 낮추고 소리의 진원지로 고개를 돌렸다. 현관문 쪽이었다.

"기주야, 너야?"

"무슨 소리야?"

"누가 문을 열려는 거 같아. 이 인간 돌아온 거 아냐?"

"아닌데……. 정말이야? 미치겠네."

비밀번호 누르는 소리, 문손잡이가 돌아가는 소리. 노우의 눈동자가 커졌다. 좁고 어둔 거실에서 몸 숨길 곳을 찾았다. 달리 숨을 곳이 없었다. 그는 커튼 뒤로 몸을 숨긴 후 바닥에 엎드렸다. 눈이 예민한 사람이라면 어둠 속이라도 커튼이 불룩 나온 모양을 알아차릴 것 같았다. 노우는 바닥으로 흩어지는 숨결을 모우며 여러 가지 매뉴얼을 떠올려 보았다. 발각되었을 때 가장 이상적인 건 좀도둑으로 몰리는 것. 독거가 지랄을 하겠지만 그녀가 빼내 줄 것이라는 것. 문이 열렸다. 둘? 예상보다 발걸음의 수가 많았다.

"뭐야? 거기 있는 거야?"

기주의 목소리가 고막을 파고들었다. 현관 등이 불을 밝혔다가 꺼졌다.

"얼른 나와, 나오란 말이야."

어둠 속에 거친 숨들이 섞여 들어왔다. 발걸음은 무거웠지만 은밀했고 거칠었지만 조심스러웠다. 발이 보였다. 모두 네 개의 발. 두 발은 앞서고 두 발은 뒤를 따랐다. 앞의 발은 벌어졌고 뒤의 발은 좁혀져 있었다. 숨소리는 발소리를 죽이며 움직였다. 현관을 지났고 거실 벽을 더듬어 불을 밝혀야 할 숨소리들이 그대로 서재 반대편 침실 쪽으로 향했다. 노우의 눈이 서서히 커졌다. 커튼 자락을 들추고 거실 쪽을 슬쩍 엿보았다.

'내가 들어가?'

기주의 말이 달팽이관을 타고 들어와 뇌를 간질였다. '들어오지 말라'는 말이 머릿속에서 뱅뱅 맴돌았다. 현기증이 일었다.

남자 형체가 둘이었다. 앞선 남자 등에 다른 형체가 하나 얹혀 있었다. 긴 머리와 푸른 팔과 맨다리가 보였다. 여자였다. 푸른 팔은 몸에 붙어 대롱거리며 어둠을 흩뜨렸다. 세 개의 형체가 침실 쪽으로 사라졌다. 노우는 숨을 고르고 형체에 대해 이해하려고 노력했다. 두 남자와 한 여자. 여자는 등에 업혀서 들어왔다. 불을 밝히지 않았다. 여잔 지금 제정신이 아니다. 노우는 침실 쪽으로 눈길을 주었다. 형체들은 침실에서도 불을 밝히지 않았다. 어둠 속에 감추어야 할 무엇이 있는 사람들? 노우는 자신도 모르게 침을 삼켰다.

"잠깐!"

"말할 수 없는 거지? 독거한테 연락할까?"

형체 하나가 낮게 소리를 내뱉었다. 기주의 목소리가 천둥처럼 들렸다. 노우는 숨을 죽였다. 눈동자는 더 커졌고 커튼 뒤에 숨은 어둠마저 환히 보였다.

"왜?"

형체 하나가 다른 형체에게 물었다.

"사고 터지면 지체 없이 연락하곤 했잖아."

기주와 형체들이 이야기를 나누고 있다는 혼돈에 빠졌다. 형체 하나가 멈추고 거실 베란다 쪽으로 발을 돌렸다.

"왜 그래? 시간 없어."

"무슨 냄새가 나."

"냄새는 무슨, 여자 업고 왔잖아."

"그거하곤 좀 다른데……."

"지금 나가. 둥지에서 출발했다고? 얼른 나가지."

'지금부터 일 분 안에 대답 없으면 독거한테 보고할 거야.'

기주의 말이 자꾸 그들의 말과 섞여 하마터면 노우는 자신도 모르게 형체들의 말에 대꾸를 할 뻔했다. 무선으로 대화를 주고받는 인간들은 뭐지?

"여자만 제대로 가져다 놨음 된 거야. 우리 임무는 여기까지."

형체 하나가 다른 형체를 잡아끌었다. 형체 하나는 미련 없이 현관으로 향했고 남은 형체는 주저했다.

"빨리 나와. 경비원이 차 살피면서 자꾸 기웃거린대."

현관의 등이 한차례 켜졌다가 꺼졌다. 출입문이 열렸다가 닫히고 잠겼다.

노우는 참고 있던 숨을 천천히 토해냈다.

"야, 나 여기 있으니까 독거한테 연락하지 마."

"뭐야?"

"누가 여기 들어왔어."

"누가?"

노우는 대꾸하지 않고 출입문을 노려보았다. 사내들이 엘리베이터 홀 앞으로 충분히 다가갈 수 있을 만큼의 시간이 흘렀을 거라 짐작이 되었다. 노우는 커튼을 살며시 들추고 나와 어둠 속을 기어서 움직였다. 현관으로 가는 대신 노우는 호기심을 이기지 못하고 침실 쪽으로 기어갔다. 잠시 망설인 후 침실 안으로 들어갔다. 침대 끝에 스타킹 신은 발이 보였다. 발밑에 치자색 핸드백이 곱게 놓여 있었다. 노우는 벽에 몸을 붙이고 천천히 일어섰다. 침대 위에 누워 있는 여자가 눈에 들어왔다. 카키색 블라우스와 남색 재킷, 같은 색깔의 무릎 치마, 가지런한 두 손. 손톱에는 반짝이는 매니큐어가 장

식되어 있었다. 노우는 여자의 가슴을 노려보았다. 위로 올라갔다가 꺼져 내려가는 움직임이 없었다. 눈을 크게 뜨고 어둠을 헤집으며 다시 여자의 가슴을 보았다. 여전히 움직임이 없었다. 순간 이 광경이 꽤 괜찮은 정보가 될 수도 있겠다는 판단이 섰다. 천천히 발뒤꿈치를 들고 여자에게 다가갔다. 확실히 여자의 가슴은 움직이지 않았다. 손가락을 뻗어 여자의 코에 가까이 들이밀었다.

숨이 없었다. 한 발 자신도 모르게 물러났던 노우는 크로스백에서 카메라를 꺼냈다.

"뭐해? 안 나오고?"

여자를 고속으로 촬영했다. 얼굴을, 팔다리를, 핸드백을 그리고 방의 어둠에 홀로 놓여 있는 여자의 몸을.

노우는 자신이 숨을 쉬고 있다는 자각조차 인식하지 못했다. 어둠 속이지만 더 천천히 움직였고 더 은밀하게 발을 옮겼다. 출입문을 열고 밖으로 나가자 엘리베이터 홀 앞에 서 있는 기주가 보였다.

5

"오늘은 들어오지 말래."

기주는 손차양을 만들어 느티나무 뒤로 사라지는 태양을 올려다보며 말했다. 그녀는 나무 허리에 기대고 서서 라떼를 빨았다.

"어디가?"

"PC방."

노우가 앞서고 기주가 뒤를 따랐다.

"넌 갈 데 없냐?"

노우가 걸음을 멈추었다. 뒤를 따르던 기주는 걸어온 길을 되돌아보며 딴청을 부렸다. 노우는 그녀의 턱밑에 고인 점을 바라보았다. 저절로 눈길이 갔다. 노우의 눈은 자연스럽게 그녀의 어깨 너머로 밀려오는 어둠을 보았다. 보육원 앞 언덕길을 올라갈 때면 어둠이 떼 지어 뒤를 쫓아오곤 했다. 김을 매거나 마늘쫑을 뜯거나 오이, 상추 따위를 잔뜩 품에 안고 숙소로 돌아가던 시간들. 키 순서대로 열을 맞추어 돌아갔다. 어둠이 달려가는 방향으로 걸어가던 시간들. 언제부터 어둠이 감춘 것들을 보았지. 노우는 거리를 꽉 메우기 시작한 어둠 복판에 서서 어둠이 느리게 움직이는 걸 보았다.

인도 양편으로 펼쳐진 가게들이 하나둘 불을 밝혔다. 노우는 눈으로 더듬어 PC방을 찾았다. 그는 유독 붉은 빛으로 발광하는 PC방으로 들어갔다. 돈을 치르고 컴퓨터 앞에 앉았다.

기주도 그의 곁 컴퓨터 옆에 자리를 잡았다.

로컬뉴스의 사회면을 검색해 보고 일간지들의 사회면 기사도 살폈다.

“뭐 찾는 거야?”

기주가 물었다. 노우는 PC방 출입문 쪽을 살핀 후 기주에게 눈길을 주었다.

“선배 쓸데없는 짓 하지 마.”

노우는 대답하지 않고 기사를 훑어 내렸다. 이십 대 중반 여성에 관한 기사는 샅샅이 훑어 내렸다. 세부 검색에서 이십 대 여성과 살인, 변사체, 마약, 실종, 유괴라는 단어를 적어 넣고 떠오른 기사들을 살폈다. 청담동의 한 고급 오피스텔에서 어젯밤 여자는 침대 위에 누워 있었다. 죽었으리라 짐작되지만 지난밤의 사건 같은 건 존재하지 않았다. 꿈같은 일이라 여겼는데 생생하게 겪기는 처음이었다. 그러니까 죽어 있는 여자를 보는 일, 여자가 죽었는지 확인하는 일, 주검을 끌고 다니면서도 태평스럽게 행동하는 남자들을 보는 일 따위. 어쩌면 여자는 죽지 않았던 것인지도 몰랐다. 그게 아니라면 애초 여자 따윈 없었던 것인지도.

노우는 망설이다가 검색란에 이름 하나를 적어 넣었다.

‘진보국’

머릴 삐죽 내민 기주의 눈이 휘둥그레졌다.

"뭐하자는 거야?"

노우는 대꾸하지 않았다. 아무 일도 아니라는 걸 확인하기 전에는 앞으로 한 발짝도 더 나갈 수 없을 것 같았다.

"그 남자 이름이지?'

기주의 손이 넘어와 자판 위에 놓인 노우의 손을 잡았다. 화면에는 이미 진보국과 관련된 사진과 기사들이 올라왔다. 부리부리한 눈매, 강렬한 눈빛, 칠흑처럼 검은 머리카락, 뚜렷한 입매와 콧날. 촛불을 들고 광장에 서 있는 남자. 남자의 뒤로 인왕산을 감춘 어둠이 드리워져 있었다. S대학의 교수이자 재야운동가이며 청년들에게 존경받는 인물. 말 한마디가 절망에 빠진 청춘들을 구하기도 했다. 거리로 나와 돌멩이를 들고 촛불을 든 젊은이들의 대변인 노릇을 자처해 온 인물이었다. 노우는 뭍으로 올라와 옆으로 누운 대형 여객선을 앞에 두고 여자의 어깨에 손을 얹고 있는 진보국의 사진을 보았다. 어떤 사진 속의 여자는 그의 가슴에 얼굴을 묻고 울고 있었다. 진보국 역시 하늘을 올려다보며 눈물을 삼키고 있었다. 노우는 문득 그의 오피스텔 문에 붙어 있던 여자의 초상화가 떠올랐다. 기이하게도 진보국의 사진과 그의 오피스텔에 있던 초상화가 잘 어울린다는 생각이 들었다. 여자의 초상화를 닮았던 사람이 명확하게 기억날 것도 같았다. 낮은 언덕, 빛이 넘어가는 언덕을 지나면 하늘, 하늘과 맞닿은 곳으로 넘어가던 머리카락이 긴 여자. 가물가물 그런 기억이 노우의 머릿속에 떠올랐다.

"선배 그 사람에 대해 알아서 뭐하게?"

"그냥……."

기주의 스마트폰이 몸을 떨었다. 그녀가 잠깐 자신의 폰을 내려다보았다.

"선배……."

기주는 자신의 스마트폰 화면에 올라온 문자를 노우 눈앞으로 내밀었다.

'I-31 포인트. 23:00. comb'

"comb? 이게 무슨 말이야? I-31이면 우리 포인트인데……."

"선배 폰 확인해 봐."

노우의 폰에는 문자가 들어오지 않았다.

"왜 나한테만 온 거지? 실수?"

"독거가 실수를 해?"

노우는 고개를 저었다. 실수이거나 미끼. 하지만 무엇 때문에 미끼를 보냈거나 실수를 한단 말인가.

"comb는 뭐야?"

"선배 교육 받을 때 하나도 기억 안 나지?"

"필요한 용어가 아니니까."

목소리가 울렸는지 구석에 앉았던 남자의 머리가 반짝 칸막이 위로 올라왔다가 꺼졌다.

"샅샅이 수색하라는 말이야."

"우리가 이미 한 걸 다시 또 한다?"

기주가 노우의 손을 잡고 의자에서 일어났다. 노우는 서둘러 화면을 닫았다. 짧은 시간 앉았던 자리를 살피고 PC방도 둘러보았다. 흔적을 남기지 않는다. 노우와 기주가 가장 중시해야 할 규칙이었다.

"어떡하려고?"

"아직 시간 많잖아."

"거길 간다고?"

"갈 수도 안 갈 수도 없는 상황이라면 가는 게 나을 거 같아."

"왜?"

"내가 필요 없어졌으니까."

"설마. 우리나라에 문 따는 귀신으로 선배만한 사람 없는 거 다 아는데."

"그래도 필요 없으면 버리는 거야. 위험해지거나 그래도."

"무슨 위험한 짓을……. 선배 거기서 뭐 가져왔어?"

노우는 그저 웃고 말았다. 그녀에게 침대 위에 누워 있던 여자에 대해선 말하지 않았다. 기주에게 보낸 문자가 독거가 놓은 미끼일 가능성이 컸다. 노우가 진보국의 오피스텔에 다시 들어갔다는 사실을 알고 있다는 말이기도 했다.

해정(解鋌)

1

물건들의 위치가 전과 달랐다.

리모트 컨트롤러가 응접실 테이블 모서리에서 바닥으로 떨어질 듯 아슬아슬하게 놓여 있었다. 소파의 등받이는 바닥에 널브러져 있고 갈색 수건 한 장이 바닥에 버려져 있었다. 침실 문은 입을 활짝 벌리고 있었다. 노우는 발꿈치를 들고 한 발 한 발 앞으로 나갔다.

"선배 전등 좀 켜면 안돼?"

"그러니까 들어오지 말라고 했잖아. 너는 상관없는 일이야."

"나랑 상관이 없는데 나한테 문자를 보내? 선배 말대로 독거가 실수할 인간이야? 원하지 않았지만 같은 배를 탔다는 거야. 그러니까 선배하고 나한테 왜 그러는지 알려 줘야 해."

"뭘?"

"나 선배 비밀 많이 알아. 카피 두 개씩 한다는 것도 알아. 내가 아는데 독거가 모를까? 그런데 지금은 그 이상 같은데? 그 이유 때문이라면 진즉에 자르거나 했겠지."

"그런 거 없어."

기주는 노우의 눈길을 외면했다. 대신 거실에 깔린 어둠을 노려보았다. 그녀는 불 꺼진 전등을 올려다보았다. 노우는 고개를 저었다. 불을 밝히면 어둠 속에 숨어 있던 것들이 더 몸을 감추었다. 어두워야 볼 수 있는 것들이 있었다. 빛이 생기면 볼 수 없는 것들. 빛은 사람들을 무심하게 만들기도 했다.

"좋아, 언젠가는 말하겠지. 시간 별로 없어. 뭘 찾아야 하는지 말해 줘."

"넌 빠져도 된다니까."

"선배는 어느 때 보면 굉장히 민첩한데 어느 땐 굉장히 둔해. 선배를 내친다는 건 나도 포기한다는 거야. 무슨 말인지 몰라? 선배가 나 먹여 살려야 할지도 모른다는 거야."

"젠장!"

"그러니까 같이 가야지. 안 굶어 죽으려면."

"그래도 이건 뭔가 좀 달라. 내가 여기에 한 번 더 들어왔다는 걸 독거가 어떻게 아냐고."

"선배, 사방에 눈이 있어. 독거가 마음만 먹으면 선배나 나 찾아내는 건 식은 죽 먹기라고. 그러니까 얼른 뭘 찾아야 하는지 말해 줘. 불 켜고 빨리 찾아서 나가야지. 뭔지 모르겠지만."

노우는 어둠 속에 버려진 것들을 둘러보았다.

"불은 안돼. 불을 밝히면 정말 봐야 할 것들을 못 볼 수도 있어."

어둠을 둘러보던 기주는 움직임을 멈추었다.

"진짜 그래."

노우는 어둠의 복판에 서 있는 기주에게 눈길을 주었다. 어둠은 그가 혹은 그녀가 또는 물질이 어디에 있든 그 자체를 중심이 되도록 만들었다. 많은 일들이 중심에서 시작되어 펼쳐졌다. 중심이 확인되면 점점 주변이 드러났다. 노우는 거실 베란다 쪽으로 걸어가 커튼을 살짝 들추었다. 어둠이 묻은 빛들이 커튼 사이로 들어왔다. 희미한 빛에 의지한 물건들이 조금씩 꿈틀거렸다. 기주를 위한 최대의 배려였다.

"이 이상은 안돼. 넌 거실만 확인해."

"그러니까 뭘 확인 하냐고?"

"네 직감에 조금이라도 이상하거나 이 집과 어울리지 않는다고 느껴지는 거."

노우가 침실 쪽으로 몸을 돌렸다. 기주는 선 채로 거실을 가만가만 돌아다녔다. 그녀는 눈에 들어온 것들을 꼼꼼하게 살폈다. 수건을, 등받이를, 식탁 위의 반쯤 채워진 물잔을 눈에 담았다.

"뭔가 숨긴 듯 드러낸 게 있을 거야."

"숨긴 듯 드러낸 거라……."

기주는 숄더백에서 적외선 카메라를 꺼냈다.

"뭐하게?"

"일단 찍어 놓게. 지금은 못 봐도 나중에 뭔가 찾을 수 있을지도 모르잖아."

그녀는 사진을 찍기 시작했다. 노우도 처음에는 그녀처럼 눈에 들어오는 모든 걸 사진으로 찍었다. 불필요한 노동이라는 걸 아는데 세 달이라는 시간이 걸렸다. 은밀한 행동으로 뭔가를 카메라에 담아내는 일은 매력적이었다. 한두 달이면 그 매력이 사라지지만.

노우는 기주를 두고 침실로 들어갔다. 반듯하게 개켜져 있던 이부자리의 주름이 깊었다. 협탁엔 재떨이가 놓여 있었다. 허리 부러진 두 개의 꽁초가 눈에 들어왔다. 노우는 협탁 쪽으로 걸어갔다. 협탁 서랍을 아래에서부터 하나씩 열어 보았다. 서랍 안에는 잡동사니들이 들어 있었다. 맨 위의 서랍을 열었다. 서랍 모서리에서 반짝이는 물건을 발견했다. 여자 귀걸이였다. 망설이다가 귀걸이를 챙겨 지퍼백에 넣었다. 창가 쪽으로 걸어 나갔다. 베란다에 허리쯤 자란 해피트리가 어둠 속에서 숨을 죽인 채 노우를 보았다. 베란다는 휑했다. 시선을 거두어 바닥과 문틀을 살폈다. 문틀에 서랍에서 발견한 것과 똑같은 귀걸이가 보였다. 귀걸이를 주워 한 쌍을 만들었다.

'귀걸이가 왜 여기 있지?'

노우는 귀걸이를 찾은 두 곳을 번갈아 보았다. 왜 그런지 억지스러운 기분을 떨쳐버릴 수가 없었다. 발견될 수 없을 것 같은 위치에 버려졌다는 생각을 했지만 그건 발견되길 바라는 위치일 수도 있었다. 게다가 노우가 그날 본 여자는 제 귀에서 귀걸이를 떼낼 수 있는 상황이 아니었다. 귀걸이엔 노우의 지문이 남았거나 혈흔 같은 게 묻어 있을 것만 같았다. 조작의 짓이라는 게 짐작이 갔다. 다른 누군가에게 발견되기를 바랐을 독거의 형형한 눈빛이 떠올랐다. 팔뚝에 서서히 소름이 돋았다. 소름은 뒷골에서 등을 타고 다리 쪽으로 내려갔다. 섬뜩한데 그 원인을 알 수가 없었다.

'내가 뭘 못 보고 있는 거지…….'

노우는 침실에서 나와 서재로 걸어갔다. 서재 문짝에 붙어 있던 여자는 두 번 보았던 그 모습 그대로 문에 걸려 있었다. 문을 밀고 들어가려던 노우는 걸음을 멈추었다. 뒷걸음 쳐 문에 붙어 있는 여자를 다시 살펴보았다. 똑같은 그림이며, 똑같은 눈매, 똑같은 가시목걸이를 목에 걸고 있었다. 그럼에도 그녀의 눈매는 서늘하고 차가웠다. 그저 화가 나 있던 분위기는 더 이상 존재하지 않았다.

서재를 살폈다. 모든 게 제자리에 있다고 믿었다. 노트북을 부팅하려고 앞으로 다가갔을 때 노우는 패드 위에 놓인 마우스를 잡으려다 멈추었다. 한 남자가 왼쪽 편에 서 있는 디자인의 패드였다. 두 번 방문 했을 때 마우스는 패드 속 남자의 얼굴을 가리고 있었다. 지금은 남자의 얼굴이 활짝 드러나 있었다. 진보국은 모든 게 제자리에 놓인 걸 확인한 후 집을 나서는 습관을 가진 인물일 것이다. 두 번의 방문으로 그의 습관쯤은 금방 파악할 수 있었다. 그런 그가 마우스를 중앙에 놓았다? 노우는 뒤돌아섰다. 한 걸음을 뒤로 물리고 두 걸음을 더 물러났다.

멀리 어디에선가 자동차 문짝 네 개가 동시에 닫히는 소리가 들렸다. 소리는 건물 사이를 돌아 노우의 귀에 선명하게 들어왔다. 밤은 물질만 감춰 주는 게 아니었다. 사람은 물론 그의 마음도 그의 시간들까지 감춰 주었다. 심지어 소리까지 품어 주지만 노우에겐 더 도드라지게 드러났다.

기주는 주방 쪽에서 사진을 찍고 있었다.

"그만."

"무슨 소리야? 이제 시작인데."

노우는 기주의 손을 낚아챘다. 그는 애써 버티는 기주를 끌고 출입문 앞으로 다가갔다.

"왜 그래?"

"우리 말고 누가 이미 다녀갔어. 뭐 때문인지는 모르겠지만."

노우는 스스로 말해 놓고 놀랐다.

"무슨 소리야?"

"누가 다녀갔다고. 뭔가 수상한 다른 냄새가 나."

"냄새가 나?"

"미자나 감시가 미리 다녀갔어."

노우는 복도를 살피기 위해 문을 살며시 열며 기주의 손을 잡았다. 손을 놓으면 모든 게 변해 버릴 것만 같았다. 살아오면서 한 번도 여자의 손을 힘주어 잡아본 적이 없었다. 언젠가 지금처럼 누군가의 손을 힘주어 잡았던 것 같았다. 그게 누구인지 기억나지 않지만 지금은 놓지 말아야 한다고 생각했다. 기주는 잠깐 손을 빼려다 말았다.

노우는 손을 잡은 채 복도로 나왔다. 좌우를 살피고 엘리베이터 앞으로 걸어가는 동안에도 노우는 그녀의 손을 놓지 않았다. 기주도 손을 빼지 않았다. 노우의 손은 뜨거웠고 기주의 손은 차가웠다.

"무슨 생각하고 있어?"

기주가 노우에게 물었다.

"여기서 나가야 한다는 거."

"그 다음은?"

"몰라."

"이렇게 나간다는 건……."

"네 짐작이 맞을 거야. 너라도 독거 눈 밖에 나면 안 되는데."

"왜?"

"너는 나랑 다르잖아. 네가 뭔 짓을 한 것도 아니고."

"선배는 무슨 짓을 했는데? 그냥 카피 하나 더 한 거잖아."

"좀 다른 일이 있었어."

"무슨 일?"

노우는 두 번째 숨어들었을 때 보았던 풍경에 대해서 말하지 않았다.

엘리베이터가 오 층에 도착했다. 둘은 빠르게 엘리베이터 안으로 들어갔다. 노우는 일 층 버튼을 누르고 서둘러 닫힘 버튼까지 눌렀다. 엘리베이터를 끌어내리고 끌고 올라가는 기계의 움직임이 선명하게 들렸다. 불과 삼십여 초 남짓인데 아주 많은 시간이 지난 것 같았다. 노우는 마른 입술을 혀끝으로 축였다. 기주는 거울에 박힌 자신과 노우를 번갈아 보았다. 두 사람이 잡고 있는 손이 보였다. 기주의 눈길이 노우의 가슴 쪽으로 올라갔다. 가슴을 가로지른 크로스백에 글자가 선명했다. '샤오미.' 기주는 문득 그 뜻이 궁금했다.

"샤오미가 무슨 뜻이야?"

그 사이 엘리베이터가 일 층에 도착했다. 문 너머에서 굵은 저음을 가진 남자들의 목소리가 들렸다. 노우가 기주의 손을 바짝 조여 잡았다. 엘리베이터 문이 열리자 네 명의 사내가 로비에 서 있었다. 노우는 귀를 세우고 몸의 긴장을 끌어올렸다. 바닥을 딛고 선 남자들의 자세가 견고했다. 남자들의 주변에 흐르는 밤공기는 무거웠다. 그들이 엘리베이터 안으로 들어왔다, 공기를 몰아오는 힘이 강했다. 사내들의 시선이 노우와 기주에게 닿아 떨어질 줄 몰랐다. 기주의 오른쪽 어깨가 한 사내의 가슴팍을 스치고 지나갔다.

"뭐 물어봤지?"

"샤오미."

남자들은 엘리베이터 문을 닫지 않은 채 기주와 노우에게 눈을 주었다. 노우는 건물 입구로 종종걸음 쳤다. 기주도 걸음을 재촉했다. 여전히 남자들의 시선이 따라왔다.

"좁쌀."

"좁쌀?"

"그래, 좁쌀이야."

기주는 갑자기 웃음이 터졌다. 순간 엘리베이터 문이 닫혔다. 노우는 걸음을 멈추었다. 그는 뒤돌아서서 엘리베이터가 오 층에서 멈추는 걸 확인했다. 짐작이 확신으로 바뀌었다.

"진짜 좁쌀이야?"

기주는 계속 웃었다.

"소미, 한자가 그래."

노우와 기주는 차를 주차해 놓은 이면도로까지 빠르게 걸었다. 그 동안에도 노우는 그녀의 손을 놓지 않았다. 그녀가 운전석 앞에 선 후에야 노우는 손을 놓았다. 손바닥이 땀으로 흥건했다.

"중국에서 일, 이위하는 업체 아냐?"

기주는 도망치듯 나온 이 상황보다 샤오미에 더 관심을 보였다.

"맞아. 좁쌀이라고 해서 그냥 좁쌀이 아냐. 작은 거 디테일한 것으로 시작해서 세상을 바꾸겠다는 의미가 담긴 거지. 불교 격언 중에 '한 알의 쌀알도 수미산만큼 크다'는 말이 있는데 거기서 따온 말이라고도 해. 뭐 중국 국부라고 하는 모택동이 일본과 싸울 때 보잘것없는 식량하고 무기만 가지고 싸워야 하는 상황에서도 적을 이길 수 있다고 말한 데서 기인하기도 했고."

노우는 줄줄 막힘없이 이야기했다.

"선배 다시 봐야겠는데."

"그럴 거 없어. 나는 내가 사용하는 물건, 보는 것들, 느끼는 것들이 어디에서 무엇에서 시작되는지 호기심이 강해서 찾아본 것뿐이니까. 그리고 그런 건 정보야. 정보는 힘이고……."

노우는 오피스텔 건물에서 눈을 거두지 못했다. 기주는 그의 옆얼굴에서 시선을 떼지 못했다.

"그래도 대단해."

"기주야, 지금 그게 중요한 게 아니잖아. 시동 걸어!"

엘리베이터 앞에서 마주쳤던 사내들이 보였다. 사내들은 건물 입구에 세워 두었던 차에 재빠르게 올라탔다. 기주도 시동을 걸었다. 그녀가 신분증을 노우의 얼굴 앞에 들이밀었다. 경찰 신분증이었다. 상고머리에 단단한 어깨를 가진 남자. 엘리베이터 앞에서 본 것도 같았다.

"경찰이 왜 온 거지? 우리 회사 사람들도 아니고? 선배 지난번에 무슨 일 있었는지 말 안 할 거야?"

2

밤이 깊을수록 감각이 활발하게 살아났다. 별과 달빛조차 없는 어둠 속이면 감각에 서슬이 올랐다. 더 많은 것들이 보였고 더 깊이 보였다. 오래 전에 감춘 시간들도 나타났다. 적막한 인조 잔디 구장 한복판에서 굴렁쇠를 굴리는 소년, 소복을 입고 영정 사진을 든 소년. 우연히 본 사진이었는데 그 사진을 보았던 기억들은 지워지지 않았다. 어둠 속에서 불쑥 불쑥 잊었다 싶으면 떠올라 기억을 환기시켜 주었다. 살면서 보거나 느낀 몇 가지 것들은 지워지지 않았다. 죽을 만큼 아프거나 절로 콧노래가 흘러나올 만큼 즐거웠던 기억들은 떠오르지 않았다. 아무도 주목하지 않을 어떤 한 장면이 뇌리에 박혀 사라지지 않았다. 진보국의 집에서 본 가시목걸이를 한 여자의 초상화 같은 것이 그랬다.

노우는 골목에 서서 자신의 집을 노려보았다. 둘은 가로등 불빛이 닿지 않는 골목에 서 있었다. 노우의 반지하방엔 주인 없는 불빛이 어른거렸다. 창에 비친 그림자들은 은밀하거나 진중하지 않았다. 열린 창문 사이로 몇 마디 말이 흘러나왔다. 소재, 빨리, 쓰레기, 해정……. 조합해 보지 않아도 말의 의미를 헤아릴 수 있을 것 같았다.

"진짜네."

기주였다.

"차는?"

"내가 바본 줄 알아. 공원 화장실 옆에 잘 세워 뒀지."

기주의 입에서 허연 입김이 흘러나왔다. 노우는 괜스레 등골이 시렸다. 점퍼 깃을 세웠다. 목덜미를 파고드는 추위를 막을 수는 없었다. 초조해진 노우는 주머니를 뒤져 담배를 꺼내 물었다. 기주가 불을 붙여 주었다. 노우가 첫 모금을 뱉어내기도 전에 그의 방에 불이 꺼졌다. 상자를 든 사내들이 가로등 아래 나타났다. 모두 세 개의 상자를 들고 있었고 남자는 다섯 명이었다. 사내들이 탄 차가 어둠을 헤치며 출발했다. 노우는 담배를 다 피울 때까지 어둠에 몸을 맡긴 채 움직이지 않았다.

"이게 다 선배 때문이야."

기주가 투덜거렸다. 그녀는 노우의 곁으로 빠져나와 골목 밖으로 발을 내디뎠다. 노우의 손이 다급하게 그녀의 앞을 막았다.

"왜?"

노우는 기주의 팔을 잡고 다시 골목 어둠 속으로 잡아당겼다. 가로등 아래 한 사내가 나타났다. 사내 뒤에 여자가 나타났다. 남자는 주머니에 양손을 찌른 채 서 있었다. 여자는 허리 춤에 손을 올린 자세였다. 여자가 외투 주머니에서 담배를 꺼내 물자 남자가 불을 붙여 주었다.

"독거?"

기주가 낮게 중얼거렸다. 독거가 두어 모금 빨아대던 담배를 내팽개쳤다. 담배 불똥이 바닥에서 튀어올랐다. 노우와 기주는 두 사람을 주시했다. 독거가 담벼락에 세워둔 승용차 조수석에 올라탔다. 남자가 운전석으로 들어가자 차폭등이 노랗게 발광을 했다. 후진 등이 잠깐 밝아졌다가 다시 브레이크 등이 켜진 후 차는 출발했다.

"넌 여기 있어."

"왜?"

"불을 켤 수 없으니까."

노우는 골목 밖으로 나가지 않고 골목 뒤로 더 깊이 들어갔다.

3

노우는 어둠을 더듬어 물건들을 하나씩 살펴보았다. 1인용 소파, 키보드와 마우스의 위치까지 어둠 속에 견고하게 앉아 있었다. 마우스가 패드 위에 비스듬히 놓인 각도까지 그대로였다. 개봉하지 않은 컵라면도 그대로였다. 라면 브랜드가 창문 쪽을 향해 있는 방향까지. 매트리스를 덮고 있는 이불 역시 주름 하나 없었다. 감시나 해정들의 솜씨였다. 먼저 사라진 사내들은 모두 해정이었을 터였다.

노우는 침대 밑으로 길게 팔을 뻗었다. 책과 CD, 그동안 모아 두었던 DVD 등이 손에 잡히지 않았다. 책꽂이와 책상 위 책들은 고스란히 두었다. 책상 서랍을 열었다. 잡동사니는 그대로 두었고 USB 등 저장 장치만 사라졌다. 노우는 맨 위쪽 서랍을 통째로 빼냈다. 밑바닥에 외장하드 넣을 포켓을 만들어 두었는데 그건 멀쩡했다. 외장하드와 노트북을 챙겼다. 독거가 취직 기념이라고 준 생존배낭을 들었다. 파이어 스틸까지 들어 있는 고급형 생존배낭이었다. 빈 여백에 속옷과 양말 등을 넣었다. 행거에서 패딩 점퍼를 걷어 입었다.

노우는 가방을 매고 방안을 둘러보았다. 어쩌면 이곳으로 두 번 다시 돌아오지 못할 지도 몰랐다. 빛은 제대로 들지 않지만 이 곳은 세상에 마련한 노우의 첫 안식처였다. 어둠이 숨긴 표시와 경계 혹은 시간과 물건들 보는 법을 배운 곳이었다. 남의 집 대문을 넘지 않기로 결정한 뒤 마련한 곳이었다. 까맣게 잊었던 기억들을 재생시켜 준 곳이기도 했다.

노우는 배낭 어깨끈을 단단히 붙잡고 부엌 뒷문을 열었다. 옆집 담과 맞닿은 담을 넘을 생각이었다. 문을 닫고 담벼락에 붙어 섰을 때 거친 손 하나가 불쑥 튀어나와 배낭 손잡이를 잡아챘다. 다리 한 짝을 막 올리려던 노우는 중심을 잃고 뒤로 발랑 나자빠졌다.

"쥐새끼!"

노우는 몸을 모로 틀었다. 반대편에서 발이 날아와 그의 배를 걷어찼다. 가슴을 걷어차고 얼굴을 가린 팔도 걷어찼다. '뭐든 세 번씩 점검한다.' 독거의 오피스텔 화장실 변기 위에 붙어 있던 슬로건이 떠올랐다. 한차례 더 주의했어야만 했다.

"너 같은 새끼들 때문에 이 사회가 더러운 거야."

남자는 침을 뱉어가며 욕을 해댔다. 노우는 얼굴을 가린 채 남자의 발길질을 견뎌냈다. 그가 누구인지 중요하지 않았다. 감시이거나 미자일 터였다.

"근본이 없는 새끼들은 다르다더니."

다시 몇 차례 발길질이 전신으로 날아왔다. 그 중 한 번은 명치에 맞았다. 노우는 숨을 제대로 쉴 수 없었다. 방을 뒤지고도 모자라 노우가 나타나기를 기다렸다. 세 번의 점검을 간과한 노우의 잘못이었다.

"잡았어요. 여자 앤 없던데요."

남자가 어디론가 전화를 걸었다. 짐작이지만 전화를 받은 사람은 독거일 터였다. 정확하게 계산하고 기다렸다.

"세 번은 점검하고 기다린다, 우리의 철칙 아니겠습니까."

노우는 몸을 돌렸다. 남자는 통화를 하는 와중에도 발길질을 했다.

"넌 오늘로 끝이야, 어딜 도망가려고. 팀원들 오고 있습니다. 오 분쯤 후면 도착할 겁니다."

통화를 끝낸 남자가 담배를 피워 물었다. 남자의 발길질은 강했다. 입이 언제 터졌는지 안에서 비린내가 났다.

"계집애 집엔?"

기주를 두고 말하는 모양이었다. 언제, 무엇 때문에, 왜 이런 취급을 받고 있는지 이해가 되지 않았다. 묻는다고 말해 줄 인간들도 아니었다. 노우는 바닥에 모로 드러누운 채 가로등 불빛을 등진 남자를 올려다보았다. 빛은 어둠 속의 것들을 더 선명하게 만들어 주었다. 눈과 눈매와 코가 먼저 보였다. 갸름한 턱선과 이야기할 때 벌어진 입 사이로 드러난 이빨도 보였다. 남자의 치아는 불규칙했다. 노우가 손바닥으로 땅바닥을 짚고 일어서려고 하자 남자의 발이 노우의 머리통을 갈겼다. 핑 현기증이 일었다. 그 와중에도 남자의 얇은 입술이 눈에 띄었다. 삐죽 솟아나온 코털까지도 헤아릴 수 있었다.

"가만히 있어. 벌레 같은 새끼! 아, 아닙니다. 해정이 새끼한테 욕한 겁니다. 이 새끼 이름이 뭐라고 하셨죠?"

"알려 줘?"

여자의 목소리가 들렸다. 기주였다. 사내는 무심결에 기주를 향해 고개를 돌렸다. 기주는 주저하지 않고 사내에게 페퍼포그 스프레이를 뿌려댔다. 사내가 손에 들고 있던 스마트폰을 떨어트렸다. 욕을 하며 팔과 다리를 휘저었다.

"선배 내가 한번 구해 준 거야."

사내의 손이 노우의 배낭 모서리를 잡았다. 기주는 망설이지도 않고 사내의 낭심을 향해 발을 날렸다. 사내는 손으로 낭심을 부여잡은 채 앞으로 고꾸라졌다.

4

기주의 원룸까지 달려왔다. 기주의 집 주변에도 감시가 군데군데 박혀 있었다. 몇인지 가늠할 수도 없었다. 짐작했던 나쁜 일이 들어맞을 땐 기분이 나빴다. 덜렁덜렁 제 집으로 걸어가는 걸 노우가 잡아 말렸다. 어둠에 숨어 몸을 낮춘 사내들. 어둠은 몸을 숨기기에 적합하지만 숨어 있다는 사실 때문에 제 몸이 드러날 수도 있다는 걸 알지 못했고 무언가를 노골적으로 바라보는 실수를 저질렀다. 그건 어쩔 수 없는 인간들의 속성. 사내들은 어둠 속에서 빛을 바라보고 있었다. 그건 어느 인간이든지 가능한 일이었다. 노우는 저마다 이어폰을 귀에 꽂고 집중적으로 기주의 집을 살피는 그들의 모습이 우스웠다. 그런 사내들을 확인한 자신의 처지도 웃겼다.

"골목골목에 쫙 깔렸어. 어디서 나온 애들인지 모르겠지만."

노우는 사내들이 몸을 감추고 있는 곳을 말해 주었다.

"그래도 들어갈 만한 구멍이 없을까?"

노우는 사내들의 위치를 한 번 더 살폈다. 기주의 집에 들어갔다가 발각되면 도망갈 수 있는 길까지 사내들이 포진하고 있는 게 보였다. 눈에 띄지 않는 감시까지 포함하면 분대원이 출동한 듯했다.

"포기해. 사방에 깔렸어."

기주는 담벼락에 등을 붙이고 주저앉았다.

"집에 택배 온 것도 있을 텐데……."

"택배?"

노우는 기주의 휑한 정수리를 내려다보았다. 앞에서 볼 땐 나타나지 않았던 모습이었다.

"날 추워져서 선배거랑 내 거랑 머플러 하나씩 샀거든. 돈만 날렸네."

노우는 고개를 주억거렸다. 이제 서로의 취향까지 알고 있었다. 하루 종일 붙어 다닌 세월의 힘일 터였다. 둘은 다른 듯하면서 닮았고, 닮은 듯한데 낯설었다.

"넌 돌아가. 독거 찾아가면 무슨 수가 생기겠지."

기주는 피식 웃었다.

"선배는 독거에 대해서 너무 몰라."

"알 필요 있어?"

"모르니까 그런 소리나 하지."

비슷한 키의 사내들이 기주의 방에서 몰려나왔다. 몇 개의 상자를 들고 있었다.

"이제 어쩌지?"

기주의 아랫입술이 덜덜 떨렸다. 노우 역시 막막했다.

"선배!"

기주가 손가락으로 다급하게 귀를 가리켰다. 기주의 귀에는 이어폰이 꽂혀 있었다. 노우도 귀에 이어폰을 꽂았다.

"……듣고 있는 거 다 알아. 어디에 있는지 모르겠지만 내 말 잘 들어. 야, 단추 이렇게 말하면 되는 거야? 얘네들이 갖고 있는 거 우리 콩나물 맞지? 듣고 있는 거 확실해?"

독거. 평소엔 느끼지 못했는데 이어폰으로 들어보니 그녀는 코맹맹이 소리를 냈다. 잠시 침묵.

"테스트, 테스트. 그냥 말하라고?"

기주가 키득거렸다.

"좋아. 야, 해정아. 듣고 있지? 이름이 뭐였더라……. 소노우하고 이기주 맞지? 너네가 한 팀이 된 게 벌써 일주년이 다 되어가네. 축하해. 너희들처럼 일 년 넘긴 애들이 없었는데. 아무튼 일은 잘해 주고 있는데……."

다시 침묵이 이어졌다. 노우와 기주는 차를 세워 둔 쪽으로 걸음을 옮겼다. 기주가 주차된 차문을 열 때까지도 아무런 말이 없었다.

"……그냥 단도직입적으로 말할게. 그 사진 가져와!"

기주가 노우를 쳐다봤다. 노우는 차의 지붕을 잡고 눈을 감았다.

"그 사진 가져오면 모든 걸 덮고 잘못 없던 일로 해 줄 수 있어. 알겠지? 오늘 자정까지 회사로 가져와. 너한테 별로 쓸모도 없는 거잖아. 안 그래? 그리고 그런 사진을 왜 찍었어? 너 혹시 이중 스파이 그런 거야? 네 주제에 그럴 리는 없을 테고."

"선배 무슨 사진? 카피한 거 말고 뭐 다른 게 또 있어?"

기주가 입만 오물거리며 물었다.

노우는 눈을 뜨고 관악산 능선에 머문 어둠을 바라보았다.

"원본과 복사본 모두 가져와야 해. 너한테 소용도 없는 걸 뭐하러 가지고 다니는 거야. 그리고 이 말은 안하려고 했는데."

독거의 말 속엔 화가 숨어 있었다. 노우는 화를 참느라 말을 잇지 못했다.

"뒤져보니까 아주 가관이더군. 하나도 안 빼놓고 카피를 했더라. 사진도 가져오고 나머지 자료들 숨긴 것도 모두 가져와. 지금 해정이 네가 들른 데마다 보안 검사하느라 전 직원이 퇴근 못하고 있는 거 알아 몰라?"

그녀는 다시 또 화를 참았다.

"야, 단추. 저 쪽에선 왜 말이 없는 거야? 말할 수 있다고? 말을 할 수 있다. 해정아, 왜 아무 말도 안 하니?"

"선배 도대체 독거가 말하는 사진이 뭐냐고?"

"주제넘은 짓 하지 말라고 했지? 머리 검은 것들은 거두지 말라고 했는데……. 아무튼 가져와. 모조리 다! 내 말 무시하면 개작살 날 줄 알아. 쌍놈의 개새끼를 사람 만들어 놨더니 주인을 물어?"

노우의 가슴 한복판이 끓어올랐다. 많은 인간들이 노우를 개 취급 했다. 반항하거나 떠날 기미가 보이면 주인을 무는 개새끼라고 욕했다.

"싫어!"

기주는 놀라 무릎이 꺾였다.

"어떡하려고 그래? 뭔지 모르지만 갖다 줘."

"싫어? 뭐가 싫어? 네가 가지고 다닐 내용들이 아닌데 뭐가 싫어? 꼴값을 떠네. 너 잡는 거 시간문제라는 거 몰라? 우리가 네 놈하고 계집애하고 그 포인트에 들어간 걸 어떻게 알았을까? 그래도 모르겠니?"

그제야 석연찮았던 많은 부분이 이해되었다. 노우가 기주와 함께 포인트로 들어간 사실을 알고 있다는 말은 예전에도 노우가 들어갔던 사실을 알고 있다는 이야기일 수도 있었다. 더 이상 그녀와 할 이야기가 없었다. 그녀에게 휘말려들고 싶지도 않았다.

"그래도 싫어. 그리고 현장에 귀걸이 같은 거 던져 놓는 짓 유치하니까 하지 마. 앞으로 내가 연락할 거야."

노우는 이어폰을 귀에서 떼어내 발로 짓밟았다. 기주의 얼굴이 까맣게 타들어갔다.

5

남김없이 내 앞으로 가져와.

그녀는 박달나무로 만든 몽둥이를 들고 있었다. 엉덩이는 그녀의 매질에 감각을 잃었다. 앉아 있는 바닥이 울렁거렸다.

근본이 나쁜 새끼들은 매가 약이야.

그녀는 몽둥이로 손바닥을 일정한 간격으로 쳤다.

없었던 일로 해 줄게. 깨끗하게 가져와.

노우는 고개를 저었다. 매가 날아왔다.

네 아비가 버릴 만한 이유가 있었으니 버렸겠지. 여편네는 바람나 도망가고 아빠는 정부 돈 횡령하고. 그런 밭에서 제대로 된 종자 나올 거라고 생각해? 너도 앞길 뻔해.

그녀는 걸핏하면 부모에 관한 이야기를 했다. 얼굴도 기억나지 않는 부모. 부모라는 존재가 어떤 의미인가. 그리워할 무엇? 노우에겐 그리워할 어떤 이미지도 없었다. 지금 나타난다면 죽여 버리고 싶었다. 갓 열 살을 넘겼을 때 노우는 그런 생각을 했다.

말 안 할래?

전에도 먹을 걸 훔친 적이 있었다. 밤마다 배가 고파 잠에서 깨야 할 정도로 밥이 부실했다. 식당을 뒤지고 그녀의 방을 뒤져 먹을 걸 구해다 숨겼다.

도둑놈의 새끼, 야 그런 건 너한테 아무짝에도 소용없는 거야. 먹을 수도 없는 거고.

노우는 가져가지 않았다고 거짓말을 했다. 몇 마디 항변도

했다. 그런 걸 가져가서 뭘 하겠느냐고.

한차례 더 폭풍이 지나갔다. 엉덩이가 터져 피가 옷에 밴 후에야 그녀의 매질이 멈췄다. 그녀는 몽둥이를 버렸다. 박달나무 몽둥이는 바닥과 부딪쳐 요란하게 몸을 떨었다. 그녀는 거칠어진 호흡 때문에 가슴이 쉴 새 없이 부풀어 올랐다가 꺼졌다. 그 바람에 블라우스가 터질 것만 같았다.

내가 어디 다른 곳에 놔뒀나? 원장님 그런 모양입니다. 그런 장부를 저 놈이 뭐하러 훔치겠습니까. 저 놈이 봐야 알아먹지도 못할 거고, 설령 안다고 해도 뭘 어쩔 수 있는 것도 아니잖습니까. 그건 그런데 아무튼 저 놈이 의심스러워. 모자센터 갔다 올 때 흘렸나? 사감이 거기 전화 한번 넣어봐.

훔쳤다. 훔쳐서 비닐에 돌돌 말아 숙소의 마루 한 줄을 뜯어내고 그 아래 숨겼다. 그녀가 언제나 들고 다니는 큰 수첩이었다. 그 안에 모든 게 들어 있을 거라 짐작이 됐다. 누가 들어오고 누가 나갔는지, 누가 입양이 되고 누가 해외로 떠났는지. 누가 맡기고 누가 찾으러 왔는지, 돈은 주고받았는지…….

사감이 돌아와 노우의 몸을 들춰 업을 때까지 정신을 차릴 수가 없었다.

야이 미친놈아, 처음부터 안 훔쳤다고 말을 하면 되지, 원장

성질 알면서 왜 건드려 건드리긴? 네가 훔친 건 아니지? 하긴 그런 거 네가 가져가서 뭐에 쓰겠냐. 칠칠맞게 어디다 흘리고 다니는지 원.

사감은 그날 저녁 노우의 엉덩이에 소독약과 바셀린을 발라 주었다. 맞을 땐 울지 않았는데 상처를 치료 받을 땐 울었다.

그곳, 20년 가까운 세월을 보낸 곳. 마땅히 갈 데가 없어 찾아왔다. 비포장도로는 사라졌다. 그 자리를 까만 아스팔트가 채웠다. 논도 사라지고 그 자리에 음식점들이 생겼다. 사거리를 중심으로 주변은 온통 아파트 단지였다. 십 년이 흘렀다. 주위는 변했지만 보육원은 예전 모습 그대로였다. 어둡고 칙칙한 외벽의 성이었다.

법원과 경찰청으로 가는 길을 알리는 이정표가 눈에 띄었다. 노우는 길 건너에 서서 도로를 향해 침을 뱉었다. 기주는 롱 패딩 점퍼를 입고도 몸을 움츠렸다. 도저히 도망갈 수 없을 것처럼 견고하고 딴딴해 보이던 벽은 더 낮아졌고 울타리 삼아 심은 느티나무들은 키가 자라 큰 그늘을 만들었다.

"선배 고향은 좀 삭막하네."

"옛날엔 여기 이렇지 않았어."

어린 아이였을 때부터 소년 시절을 보낸 곳이었다. 기억하고 싶지 않지만 기억에 남아 있는 곳이었고 몸이 아플 때면 저절로 떠오르는 곳이었다. 지금 노우는 돌아갈 수 없는 다리 위에 서 있다는 걸 깨달았다. 어디론가 가야 하는데 그 출발점이 막연하게 이 곳이어야 한다고 생각했다. 새벽을 새우고 달려 정읍까지 내려왔다.

"내가 살았던 데도 변했겠지."

예전에는 담장 밖을 내다볼 수 없었던 것 같다고 생각되었는데 지금은 길 건너에 서서 보육원의 운동장이 들여다보여 신기했다. 풋살 경기나 하면 어울릴 법한 운동장에서 아이들이 뛰어다녔다.

"여길 떠날 때 사감 영감이 그런 말을 해 줬어. 나를 여기다 갖다 맡긴 사람이 있었다고."

"다 그런 거 아냐? 거리 방황하다 보내졌든 누가 데리고 왔든."

노우는 부모를 그리워해 본 적이 없었다. 지금 이 순간 어떤 형태로든 형상화시킬 수 없는 그들이 그리웠다. 누군가를 그리워하는 본능이 남아있는 게 증오스러웠다.

"독거가 여기도 다녀가지 않았을까? 아니면 나타나거나."

기주가 무심결에 말했다. 독거는 모든 가능성을 점검하고 확인하는 여자였다. 그랬다면 다녀갔거나 곧 나타날 수도 있을 터였다.

“이번에도 넌 차에서 대기하고 있어.”

“또?”

“그래야 너라도 살지.”

노우는 신호등이 녹색으로 바뀐 뒤 주저하지 않고 횡단보도를 건넜다.

6

다섯 개의 방 중에 두 개의 방은 폐쇄되었다. 버려지는 아이가 줄어드는 게 아니라 사람 자체가 줄어들고 있다고 설명했다.

“……아마 원장 죽고 나서부터 급격하게 원생이 줄었을 거야.”

십 년 전의 사감을 만난 건 다행이었다. 그는 생활 개선 팀장이라고 말했다. 노우가 떠날 땐 흑발이었는데 지금 그는 백발이었다. 원장 없이 시의 관리를 받고 있다고 말했다. 노우는 창밖으로 운동장을 내다보았다. 아이들 몇이 노우에게 눈길을 주었다. 복잡하고 묘한 갈망이 담긴 눈이었다. 노우 역시 방문자들을 쳐다보며 좋지도 싫지도 않았던 감정을 기억해 냈다. 떠나고 싶어 하면서도 막상 떠나면 세상의 끝에 서 버릴 것만 같았던 기분.

"노우야, 반듯하게 성장해 줘서 고맙다."

사감의 손이 노우의 손등을 덮었다. 딱딱하고 거친 손이었다. 손등의 주름이 버려진 땅 같다는 기분을 들게 만들었다.

"그다지 반듯하게 살지 못했어요."

"쉽지 않았겠지. 그래도 몰골을 보니 네 길을 잘 가고 있는 거 같기는 하다."

노우는 입을 다물었다.

"여기서 나갈 땐 두 번 다시 안 올 것 같더니만. 떠나는 놈들 대부분 그렇기는 하다만. 어쩐지 너는 올 줄 알았다."

"떠난 애들을 모두 기억하세요?"

"기억 하고말고, 한 아이도 빠지지 않고 기억하지. 일 년에 한두 명 나가는데 그걸 기억 못하겠어. 게다가 너 같은 녀석은 기억하고도 남지. 원장도 지독했지만 너도 지독했거든. 얼굴 보니 예전의 그 지독함이 사라지지도 않았네. 폄하하는 건 아니지만 여기서 살다 나가면 다른 사람들보다 더 유순해지는 게 좋아. 그래야 그마나 세상 살기 편해."

사감은 모과차를 홀짝거리다 노우 앞으로 바짝 잔을 밀어 주기도 했다.

"올핸 모과 농사가 정말 잘 됐어. 모과도 당도가 높았고. 마셔 봐. 집이라고 찾아왔는데 줄 게 이거 밖에 없구나."

모과차에서 신맛이 났다. 입에 침이 고였다. 노우는 잔을 들고 찻잔 속에 잠긴 자신을 들여다보았다. 누구에게도 말하지 않았고 묻지도 않은 말을 해야 하는 순간이었다. 먼저 누군가 찾아오지 않았느냐고 물었다.

"없어. 그런데 왜?"

사감의 이마에도 깊은 주름이 잡혔다. 노우는 들고 있던 잔을 내려놓았다. 누군가 찾아올 지도 모른다고 말했다. 그리고 그들이 하는 말은 모두 거짓말이라고도 덧붙였다.

"아마 넌 거짓말 별로 안했지. 그래 그랬던 거 같네."

거짓말을 많이 했지만 그가 믿는 대로 내버려두고 싶었다.

"그 말 하려고 예까지 찾아온 건 아닐 테고……."

"사실 원장님이 어떻게 사나 궁금하긴 했어요."

"노우야, 네가 진짜 여기 온 이유가 뭐니?"

사감의 눈이 노우의 눈을 파고들었다. 노우는 그의 눈을 피하지 않았다.

"짐작인데 혹시 부모에 대해 알려고 왔냐?"

"다들 궁금해 하니까요."

"그 이유밖에 없어?"

노우가 잊지 못했던 일, 어쩌면 사감 역시 그대로 기억하고 있을 지도 몰랐다.

“실은 제가 썼던 방에 한번 가보고 싶네요.”

사감의 젖은 눈이 노우를 잠깐 응시했다.

“늙으니까 자꾸 눈물이 난다. 그 방 폐쇄했는데……”

사감은 열쇠꾸러미를 들고 일어섰다. 노우는 노구의 사감을 뒤따랐다. 좁아진 복도와 작아진 창문과 문들. 팔을 뻗으면 닿을 천장. 세상은 시간을 먹고 자라며 점점 작아지는 듯했다.

사감이 방 앞에 섰다. 그는 주저하지 않고 방문을 열었다. 열 명쯤 생활하던 방이었다. 시간이 흐르면서 점점 창가 쪽으로 자리를 옮겼다는 게 기억났다.

노우는 창가 쪽 마루 쪽으로 재빨리 걸어갔다.

“십 년 전 그대로죠?”

“보다시피 그렇지. 여러 차례 벽지만 바뀌었지.”

사감이 침상에 걸터앉았다. 노우는 마루 끝을 살펴보았다. 먼지가 뽀얗게 앉아 있었다. 노우는 손바닥으로 먼지를 쓸어냈다. 못이 박힌 자리가 선명하게 눈에 들어왔다. 못도 십 년 전 그때의 모습 그대로 건들거렸다. 노우는 교통카드를 꺼내 못대가리에 걸쳤다. 여러 차례 시도 끝에 못이 빠져 나왔다.

사감은 하나 둘 셋 네 개의 못이 빠져 나오는 걸 넋 놓고 구경했다. 노우는 한쪽 끝을 기울여 보았다. 한쪽이 들리자 마루 한 줄이 떨어졌다. 사감이 가까이 다가왔다. 노우는 마루 아래를 내려다보았다. 비닐로 쌓인 덩어리가 그대로 그 곳에 있었다.

"저게 뭐냐?"

"옛날에 제가 숨겨 놓은 거예요."

사감의 눈빛이 가늘어졌다. 노우는 수첩을 꺼내 감싸고 있는 비닐을 벗겨냈다. 시큼한 냄새가 피어올랐다.

"기억날 것도 같다. 이거 옛날에 원장이 잃어버렸다는 그 수첩이지?"

노우는 히죽 미소를 지었다.

"이거 때문에 네가 죽도록 맞지 않았냐? 네가 훔쳐서 숨기긴 숨겼던 거냐? 지금 생각해 봐도 넌 참 지독한 놈이다. 그냥 내줬으면 매를 덜 맞았을 거 아니냐. 나 참."

사감은 노우를 빤히 올려다보며 혀를 찼다. 그는 그 일을 비교적 소상하게 기억하고 있었다. 몇 대 맞았는지, 소독약과 바셀린을 발라 주던 기억은 물론 그날의 날씨와 풍경까지.

"……그게 아마 너 열 살쯤 먹었을 때 아니냐? 지금도 생생하게 기억나."

노우는 손을 뻗어 검은 색의 레자 비닐 겉표지를 쓸어보았다.

"원장이 이틀인가 수첩 찾아오라고 달달 볶았는데 거기 있을 줄이야. 원장이 참 애지중지했는데. 그 수첩 잃어버리고 나서부터 골골했던 거 같아. 모르긴 몰라도 여기 생기고 나서부터 썼던 수첩이었지. 사람이라는 게 자기가 소중하게 생각하는 뭔가를 잃어버리면 생기를 잃는 거 같아. 그 건강하던 여자가 한 달 지나자 살이 빠지기 시작하더니 볼품없게 변했지."

노우는 침상에 앉아 노트 겉면을 조심스럽게 펼쳤다.

"선배! 회사에서 사람들이 왔어."

느닷없이 기주의 목소리가 들렸다. 노우는 노트를 가슴 크로스백 안쪽에다 쑤셔 넣었다.

"선배, 빨리 나와. 그 인간들 지금 운동장으로 달려가고 있어. 선배가 여기 있는 거 아는 거 같아! 빨리 나오란 말야!"

노우는 창가로 다가갔다. 네 명의 사내가 먼지를 일으키며 달려오고 있었다.

"정문 말고 나가는 문 없어요?"

"그야 네 놈이 더 잘 알잖아."

사감이 왼편으로 고갯짓을 해 보였다. 노우는 다시 오겠다는 말만 남기고 후닥닥 건물에서 빠져나와 묘지 쪽으로 뛰어갔다.

"기주야, 묘지 쪽으로 차 몰고 와."

"묘지? 여기엔 그런 거 없다고 나오는데……."

"아무튼 정문하고 반대쪽이야."

보육원 후문 쪽에 야트막한 언덕이 있었다. 그곳에 공동묘지가 있었는데 지금은 사라지고 없었다. 그 자리에 상가 건물들이 차지했다. 'B바'라는 커피전문점이 눈에 들어왔다. 노우는 가게의 우측 문을 향해 뛰어갔다. 문을 열고 커피숍으로 들어선 순간 반대편에서 네 명의 사내들이 달려오는 걸 볼 수 있었다. 커피숍 아르바이트생이 눈을 크게 뜨고 노우를 살폈다.

"여기 뒷문이 어디죠?"

종업원이 얼결에 손가락으로 안쪽 방향을 가리켰다. 홀을 지나 주방을 거쳐 밖으로 나가려고 문을 열었다. 뒤를 살피며 스마트폰에 대고 기주에게 소리쳤다.

"어디야? 뒷문 쪽으로 빨리!"

"곧 도착 함."

"빨리 와!"

노우는 문을 열고 밖으로 튀어나갔다. 사방에서 몰려드는 여러 개의 발자국 소리가 귓전을 때렸다. 뒤를 살피고 기주가 몰고 올 차량을 찾느라 주변엔 신경을 쓸 수 없었다.

"저것들이 어떻게 알고 있지? 어디야?"

"선배……."

기주의 목소리에 힘이 빠졌다. 앞으로 무작정 뛰어나가던 노우는 걸음을 멈추었다. 그의 눈앞에 불쑥 독거가 나타났다. 한 블록 건너, 자동차 운전석에 앉아 있는 기주가 보였다. 그녀도 독거를 보았다.

"잘 지냈어?"

독거가 노우에게 다가왔다. 노우는 깜짝 놀라 뒷걸음질 쳤다. 노우는 뒤를 돌아다보았다. 네 명의 사내가 가게 문을 열고 나왔다. 문은 활짝 열린 채 닫히지 않았다. 그들 뒤로 익숙한 한 사람이 더 보였다. 백발의 사감. 그가 유독 눈에 들어왔다.

2부

요즘 것들

1

"저기요. 지퍼 열렸는데요."

등 뒤에 서 있던 여자가 기주에게 말했다.

"네?"

"백팩 지퍼가 활짝 열려 있다고요."

기주는 등에서 가방을 내렸다. 가방 안의 내용물이 훤히 들여다보였다. 몇 시간째 돌아다녔는데 지퍼 열린 걸 말해 준 사람은 처음이었다.

"고마워요."

기주는 서둘러 가방 지퍼를 닫았다. 뭔가 어긋났고 자꾸만 삐거덕거렸다. 지하철을 타며 일회용 승차권을 구매했는데 잔돈은 그대로 두고 전동차를 탔다. 편의점에서 잔돈을 거슬러 받는 일도 깜빡했고, 공용 화장실에서 오줌을 누고 가방을 두고 나온 일도 있었다. 생수를 샀는데 손에 든 건 맥주였고, 인천행 전동차를 탄다고 탔는데 수원행 전동차였다. 발걸음이 빨라졌고, 자주 덜렁댔다.

전동차는 막 대곡역을 지났다. 창밖은 설원이었다. 언제 눈이 왔지? 차가 달리는 도로를 제외하고 세상이 눈밭이었다. 폭설이었지만 쌓인 눈을 처음 보는 듯한 기분이 들었다. 상식의 일은 물론 보는 일까지 계속 어긋난 채 돌아갔다. 독거, 노우, 여자, 진보국. 생각에 몰두하느라 주변의 일은 둘러볼 겨를이 없었다.

기주는 전동차 안을 무심한 척 한 번 더 둘러보았다. 그네들이 신분을 드러내 놓고 다니지 않으니 알 수는 없지만 독거의 패거리를 보면 느낄 수 있을 거라 믿었다. 허약한 믿음이지만 다른 믿음을 가질 수 없었다. 움직이기 편한 옷을 입은 남자, 헐겁지 않고 발에 잘 붙은 운동화를 신은 남자, 눈빛이 서늘한 남자. 기주가 둘러보는 기준은 그랬다. 그 기준의 남자들이 정보원일거라는 생각이 편견인 줄 알면서도 바뀌지 않았다.

전동차가 야당역에 도착했다. 가만히 앉아 있던 기주는 늦게야 목적지에 도착한 걸 확인하고 서둘러 내렸다.

기주는 3번 출구로 빠져나갔다. 빌라들과 높이가 낮은 상가들. 기주는 역사로 들어가는 초입에 서서 눈 덮인 마을을 살폈다. 양광수. 노우가 잡혀간 뒤 기주는 두 가지 일을 빠른 시간 안에 결정해야 한다고 생각했다. 의도하지 않았던 일이었다. 양광수를 만나야 한다는 것과 노우를 구해야 한다는 것. 그래야 다음 시간들이 이어질 것이라는 생각이 들었다. 노우를 영영 보지 못하면 이대로 시간이 멈춰 버릴 수도 있을 거라는 두려움도 들었다. 겨우 일 년 남짓이지만 어느새 그는 기주 몸의 일부가 되었다. 독거가 의도했지만 사실 그토록 친밀해지리라 예상하지 못했던 일이었다. 노우와 친밀한가? 기주는 느리게 눈만 깜빡거렸다.

기주는 빨대로 커피를 빨아 마시며 길을 내려다보았다. 걸어서 십 분 남짓 거리에 양광수의 집이 있었다. 양광수가 기른 아이들의 집이기도 하고 기주가 자란 집. 고향이라 말할 순 없지만 고향인 집. 이대로 돌아가고 싶지 않았다. 기주는 돌아섰다. 그를 만나야 한다는 생각이 들었지만 만나면 딱히 할 말을 찾을 수 없을 것 같았다.

승차권을 구매하고 나무 벤치에 앉아 전동차가 들어오기를 기다렸다.

"아가씨, 지갑 두고 갔어요."

베이지색 점퍼에 파란색 조끼를 입은 남자가 기주에게 지갑을 내밀었다. 기주는 벤치에서 일어서며 남자를 빤히 쳐다보았다.

"이거 아가씨 지갑 아니에요?"

갈색의 긴 장지갑, 모서리가 닳아 너덜너덜한 지갑. 기주의 지갑이었다. 그녀가 손을 내밀었다.

"계산하고 잔돈만 받으시고 지갑을 계산대에 올려놓고 나가시더라고요. 불러도 대답도 없고."

남자는 지갑을 건네고 뒤돌아 뛰어갔다. 기주는 지갑과 다른 손에 들린 종이컵을 번갈아 보았다. 편의점에 들어가 커피를 샀다는 사실은 물론 편의점에 들어갔었다는 사실까지도 지금에서야 깨달았다. 편의점 쪽으로 뛰어가던 남자가 잠깐 뒤를 돌아다보았다. 기주는 가볍게 목례를 해 보이고 벤치에 다시 주저앉았다. 사방을 둘러보았고 등에 백팩이 붙어 있는지도 확인했다. 차를 서울역 공영 주차장에 주차해 두고 전동차를 타고 움직였다는 사실도 기억났다.

기주는 벤치에서 일어났다. 커피가 반쯤 남은 컵을 벤치 아래 내려놓고 다시 확인한 후 천변 쪽으로 내려갔다.

2

기주는 달렸다. 인공 천변을 따라 흐르는 산책로를 달리다 보면 잡다한 생각들이 떨어져 나갔다. 잡념이 사라진 빈자리로 새로운 상상들이 채워졌다. 가끔은 그 상상들이 꼬인 걸 풀어 주기도 했다. 풀지 못하면 적어도 자꾸만 헐거워지는 머릿속을 단단하게 조일 수 있을 것 같았다.

공기는 차가웠고 눈이 녹지 않은 곳들은 미끄러웠지만 그래도 달렸다. 기주는 달리면서 평소에 운동 삼아 매일 팔 킬로미터 이상 달렸다는 사실을 기억해 냈다.

그녀가 달리는 길은 중앙 호수에서 전동차 역사로 이어지는 산책로였다. 그녀의 이마에 땀이 맺혔다. 귀에 꽂은 이어폰에서는 '요즘 것들'이라는 랩 가사가 흘러나왔다.

"……배고픔을 돈 주고 산/네가 누굴 대변해 뺑친 가사/매달 배로 받는 저작권에/때깔을 잡고 새 옷과 새 신발 사/난 너처럼 절대 뺑 안 쳐/춤추고 싶으면 식대로 막 춰/남의 눈치는 왜 봐……"

기주는 뜀박질 박자에 맞춰 흥을 넣은 가사를 중얼거렸다. 원래의 래퍼가 부르던 음정과 리듬이 유사한지 알 수 없었지만 그런대로 흥이 났다. 노우가 잡혀간 뒤 PC방을 전전하다

발견한 랩이었다. 진보국, 여자 실종 따위를 검색하다가 무심결에 '실검 1위'라는 단어를 클릭했다. 힙합 장르의 음악을 검색해 다운로드를 받았고 랩을 들으며 달렸다. 달리기와 랩은 어울렸다. 여느 노래들처럼 질리지 않았고 예술적 감수성도 느껴졌다. 무엇보다 몸의 풀린 나사들이 조여드는 기분이 들었다. 기주는 달리고 또 달렸다.

'믿지 못하겠지만 난 어둠이 흘러가는 게 보여. 어마어마한 덩어리로 밀려갈 때도 있고 실처럼 흘러갈 때도 있어. 어둠은 추상이 아니라 물질이라는 생각이 들어. 어쨌든 흘러가는데 그걸 막거나 중지시킬 수가 없어. 시간이 흘러가는 걸 막을 수 없다는 것과는 달라. 내가 말한 어둠은 밤의 어둠만 말하는 게 아니거든.'

느닷없이 노우가 했던 말이 떠올랐다. 그가 어둠을 꿰뚫어 볼 수 있다는 거, 믿었다. 그는 기주에게 몇 가지를 증명해 보여 주었다. 어둠 속에서 불 꺼진 차의 번호판을 읽어 주었고, 책을 읽기도 했다. 기주가 무엇보다 놀란 건 어둠 속에서 색을 읽어 내는 능력이었다.

'몰라. 내게 왜 이런 장애가 생긴 건지.'

노우는 자신의 능력을 장애라 말했다. 정상에서 벗어나면 장애일 수도 있다. 등골에 땀이 맺히는 게 느껴졌다. 달리자 오히려 불규칙하게 뛰던 심장 박동이 규칙을 되찾았다. 밤늦도록 달릴 수 있을 것 같았다. 눈길을 조심하며 건던 사람들이 백팩을 매고 눈밭을 달리는 기주를 기이하게 쳐다보았다.

많은 게 어긋날 때 기주는 몸이 한계점에 다다를 때까지 달렸다. 지갑을 빼내다 실수로 발각이 되었거나 지하철 수사대를 피해 도망가야 했거나 또래의 여자들이 어울려 남자 이야기, 학교 이야기를 할 때, 기주는 생각들을 몰아내려고 달렸다. 지금은 결심을 정리하기 위해 달렸다. 달리기가 멈추면 많은 것들이 결정되고 정리되어 있을 것이라 믿었다.

지금 기주는 두 시간째 달리고 있었다. 인공 천변 이쪽 끝에서 저편의 끝까지 달리면 한 시간 삼십 분 남짓 걸린다는 사실을 오늘에서야 처음 알았다. 종점을 찍고 되돌아 달려 왔다.

"……내 생각에 힙합은 자유로운 외박/척하면 안 되는 게임에 끝판 깨/고인 물엔 재빠르게 발 빼/……/난 나를 믿지 하고픈 음악과/내 선택을 믿지 내 앞길을 막거나/말건 I don't care Wait wait……"

기다려야 할까? 기주는 속도를 천천히 줄이다가 달음질을 멈추었다. 아니면 모른 척해야 할까? 처음의 질문으로 돌아갔고 기주는 둘 다 답이 아니라는 생각이 들었다. 두 가지 경우 모두 노우와 자신이 연결되어 있지 않을 때에나 가능한 답변이었다.

"끝판을 깨?"

노래의 가사가 부딪쳐 보라는 말로 해석이 되어 중얼거려 보았다. 그가 끌려가는 걸 보았다. 독거의 오피스텔 지하 일층 어딘가에 갇혀 있을 터였다. 일 년을 드나들며 독거가 흘린 말들을 조합해 보면 유추가 가능했다. 지하에 다녀와, 개내보냈어? 심문 올라오라고 해. 다만 기주는 그들이 사용하는 방이 정확하게 어디인지는 알지 못할 뿐. 수십 개의 방 중 한 방에 갇혀 있을 터였다. 그리고 그 방들은 모두 한 통속일 가능성이 컸다. 독거의 오피스텔은 사실 정부 기관의 건물인지도 모른다는 생각이 들었다.

기주는 벤치에 앉아 꺼놓았던 스마트폰의 전원을 켰다. 열다섯 통의 부재 중 전화가 들어와 있었다. 열네 통은 늘 전화가 오거나 문자를 보내오는 번호와 같은 국번의 번호였다. 마지막 전화가 걸려온 건 불과 삼십 분 전이었다. 모르는 번호였다. 기주는 청계천에서 마련한 대포폰을 꺼낸 후 모르는 전화번호의 숫자를 눌렀다. 통화 버튼을 누르지 않고 예전 전화기의 전원을 껐다.

'너희 같은 해정들한테는 해당되는 건 아니지만 그래도 교육 필수 과정이니까 알아 둬. 그런 일은 없겠지만 만약 신분이 발각되면 유심카드를 가장 먼저 없애는 걸 명심해 둬. 먼저 전원을 꺼. 유심은 그 다음에 없애도 돼. 전원 살려 두면 나 어디에 있다고 광고하고 다니는 거니까.'

기주는 교육 받은 대로 따랐다. 상대가 독거와 그 팀이지만. 노우가 끌려가는 순간 전원을 꺼야 한다고 판단했다. 그녀는 대포폰이 찍은 전화번호를 들여다보았다. 휴대전화 번호였다. 낯설지 않은데 누구의 전화번호인지 기억나지 않았다. 기다리는 것도 답이 아니며 모른 척하는 것도 답이 아니었다. 그렇다면 기주가 선택할 수 있는 마지막 방법은 부딪쳐 보는 것이었다. 기주는 딱 한번 주저한 후 통화 버튼을 눌렀다.

"여보세요."

기주는 대꾸하지 않았다.

"여보세요. 뭐야?"

낯익은 목소리. 남자, 살아온 세월이 제법 되었을, 청량하면서도 끝말이 탁한, 거침없는 숨소리. 남자의 목소리가 멀어져 갔다. 통화를 종료하려는 몸짓이 그려졌다. 여전히 통화는 연결되어 있는 상황.

"여보세요. 너 기주지?"

폰에서 멀어졌던 남자의 목소리가 선명하게 들렸다. 그 순간 기주도 그가 누구인지 알아차렸다. 화면에 뜬 낯선 전화번호로 스마트폰의 주인이 기주임을 단박에 알아냈다. 상대도 기주를 늘 염두에 두고 있으며 낯선 전화번호로 전화를 건 사람이 기주라는 사실까지도 직감적으로 파악하고 있었다는 말이었다. 노우가 끌려간 뒤 가장 먼저 떠오른 사람 양광수였다. 그는 직관이 뛰어난 사내였다. 그렇다고 낯선 전화번호를 보고 상대가 누구인지 알아차릴 정도의 순발력을 가진 사람이라고 생각해 본 적은 없었다.

“기주지, 기주 맞지? 이 년이 넘도록 연락 한번 없더니……. 너 무슨 일이야?”

기주는 순간 전화를 끊었다. 그의 말 속에서 독기가 느껴졌다. 아무래도 그를 찾아온 건 순리가 아니라는 생각이 들었다. 숨통이 터지도록 달렸지만 아무 것도 해결된 건 없었다. 기주는 삼십 분쯤 벤치에 앉아 추위에 떨다가 서울행 전동차에 올라탔다. 막연하게 목각 인형만 찾을 수 있다면 만사가 잘 풀릴 거라는 생각이 들었다.

3

‘되짚어 봐. 어딘가에서 실수를 한 거야.’

양광수는 하루치의 일을 실패하고 들어오면 시간을 거슬러 되돌아보라고 가르쳤다. 전동차 역사를 빠져나왔고, 전동차가 도착했고, 전동차 안의 사람들을 비집고 뛰어나갔고, 바람잡이가 재빠르게 남자의 손목을 그었고, 남자의 손이 기주의 짧은 머리채를 잡았고, 머리가 벗겨지기 시작한 중년의 남자가 제 안주머니를 더듬거렸고, 전동차의 어설픈 흔들림에 몸을 맡겼고, 남자와 여자를 번갈아 보며 주저했고, 목표를 정하고 자리를 잡는데 시간이 걸렸고…….

기주는 노우와의 일도 거꾸로 생각해 보기로 했다. 잘못된 시간이라면 그가 진보국의 집에 다시 들어갔다는 사실뿐이었다. 실수의 범주에 넣을 수는 없는 일이지만 궤도에서 벗어난 일인 것만큼은 사실이었다. 되돌릴 수 없는 일, 이미 흘러가 버린 일. 실수라면 그의 일을 말리지 않았다는 것.

'내 선택을 믿지, 내 앞을 막거나 말거나…….'

자꾸 입 안에서 노래 가사가 맴돌았다. 기주는 마른 입술을 혀로 적셨다. 선택을 해야만 했다. 수렁에서 발을 건질 수 있는 경우의 수는 많지 않았다. 독거를 따르던가, 노우를 구하던가. 변수는 독거를 믿을 수 없다는 거였다. 독거는 기주가 노우와 파트너였으니 그녀도 감춘 것이 있으리라 억측할 가능성이 높았다. 진실 따위는 어찌되든 상관없는 세상이 존재하는 시대였다. 한 가지 명확한 건 독거가 노우를 쫓고 노우가 도망가게 된 건 진보국과 연관이 있다는 사실뿐.

'내 선택을 믿지, 내 앞을 막거나 말건…….'

노래 가사가 돌고 돌았다. 기주는 물병을 입으로 물다가 멈칫 멈추었다. 기주의 방 부근으로 맴도는 사람들이 보였다. 기주는 자신의 방은 물론 사방의 골목이 훤히 보이는 건물 옥상에서 아래를 내려다보고 있었다.

'사방이 트인 곳에 방을 구해야 해. 멀리서도 내 방을 살필 수 있는 그런 곳이어야 하고. 세상의 변화나 속도는 내가 짐작한 것보다 훨씬 빠르다는 걸 명심하고.'

양광수의 조언이 아니더라도 기주는 그런 방을 구했다. 사방에 탈출로가 있으며 원거리에서도 집 주변을 낱낱이 살필 수 있는 그런 방.

기주의 방을 중심으로 뒤편에는 얼마 전 유리 지붕을 얹은 시장 골목이 펼쳐져 있었고 좌우측은 마을버스가 다니는 이차선 도로이며 전방은 풋살장이 있는 체육공원이었다. 집 주변으로 편의점과 노래방 미용실은 물론 펫샵까지 늘어섰다. 슈퍼마켓과 커피숍도 보였고 큰 도로 쪽으로 선술집들이 즐비한 곳이었다. 시장의 초입이어서 왕래를 하는 사람들도 제법 많은 동네.

기주는 몸을 앞으로 내밀고 집으로 들어가는 길목을 살폈다. 좀 전까지 노래방 앞을 서성이던 남자가 사라지고 새로운 남자가 나타났다. 기주의 집으로 들어가는 길목에서 서성이던 남자가 바뀐 것이다. 이번엔 머리카락이 짧은 헤어스타일이었다. 하지만 그다지 눈에 띄지 않는 보통의 몸매였다. 머리털이 짧은 스타일의 남자와 눈길 한번 마주친 후, 갈색 점퍼는 사라졌다. 남자는 스마트폰을 들여다보는 듯 능청을 떨며 사방을 빠르게 살폈다. 분명한 목적이 보였다. 사방을 살피고 손은 능청스럽게 놀리는 사내. 동시에 여러 가지를 포착할 수 있는 감시들이었다. 시장에서 배달을 하거나 하릴없이 술추렴하는 청춘들처럼 빈둥거리는 폼이 어색했다. 동네에 사는 진짜 주민이 아니라 가짜 주민이라는 걸 조금만 유념해서 살피면 파악할 수 있을 정도였다.

기주는 시야를 넓혔다. 버스 정류장 쪽에서 버스를 기다리는 파란색 롱 패딩 남자, 체육공원 쪽에 차를 주차시켜 놓고 차에 기대어 담배를 피우는 사내, 담배를 피우던 사내는 이내 차 안으로 들어갔다. 시장 입구에도 오토바이를 세워 놓고 스마트폰을 들여다보는 남자가 눈에 보였다. 누군가 다가와 배달을 의뢰하는 것 같은데 사내는 손을 내저었다. 모두 감시들이었다.

기주는 목을 감싼 옷깃을 한껏 끌어올렸다. 등과 엉덩이 쪽에 붙인 핫팩 덕분에 밤의 추위는 견딜 만했다. 기주는 사내들의 움직임이 성의 없다는 생각이 들었다. 기주의 눈에 감시라는 게 드러날 정도로 그들은 뻔한 움직임을 보였다. 잠복도 아니고 감시도 아닌 어정쩡한 움직임들을 보였다. 자신들은 충분히 은밀하게 움직인다고 판단하는지도 몰랐다. 특히 노래방 골목 쪽에서 서성거리는 남자는 감시라는 걸 일부러 드러내려는 듯했다. 노래방 골목 쪽으로 들어갔다 나오기도 했고 노래방 옆의 편의점으로 들어가 우유를 마시기도 했다. 파란색 테이블 앞에 앉아 담배를 피워 댔고 지나가는 여자를 살피기도 했다. 그래도 사내는 골목으로 향한 직관만은 놓치지 않은 듯 그러면서도 무심한 듯 슬쩍슬쩍 골목 안쪽을 훑어보았다. 간간이 이어폰으로 뭔가를 청취하고 잠깐 입을 놀렸다. 기주는 사내들을 살폈다. 똑같은 행동을 보였다. 그들의 행동이 우습기도 하면서 한편으로는 무섭기도 했다. 어떤 정보도 가지고 있지 않은 자신을 잡으려고 전문적인 감시자가 네 명이나 나와 있는 셈이었다. 기주는 차가운 손으로 마른세수를 했다. 얼굴에 조금 따뜻한 기운이 퍼졌다.

기주는 모서리가 움푹 패인 소파에 앉아 물병을 양손으로 쥐고 물을 마셨다. 냉정함과 순발력이 절대적으로 필요한 세상에서 이십 대를 보낸 그녀였다. 날씨는 차가운데 머리는 뜨거웠다. 차가운 물을 마셔 봐도 몸과 머리는 식지 않았다. 호흡을 길게 뱉어 내고 가볍게 목을 돌렸다. 어깨 주변을 맴도는 열기는 물러가지 않았다. 생각이 많아지면 머릿속에서 많은 것들이 부딪쳐 그렇게 체온을 끌어올렸다. 지금은 한 가지만 생각했다.

집에서 가져와야 할 물건. 목각 마트료시카. 아버지를 열면 어머니가 나오고 어머니를 열면 큰 남자아이가 나오고 큰 남자아이를 열면 작은 남자아이가, 작은 남자아이를 열면 여자아이가 나오는 마트료시카였다. 얼굴은 물론 몸과 옷 색깔도 손길에 닳아 모두 지워진 목각 인형이었다. 마지막 인형의 바닥에 '기주'라는 이름이 적혀 있었다. 언제부터 기주의 물건이었는지 알 수 없지만 기주의 곁에 늘 머물렀던 인형. 징표이자 과거이자 비밀인 인형. 다른 물건들은 잃어버려도 상관없었다. 얼마든지 돈으로 살 수 있는 물건들이지만 기주만의 마트료시카는 세상에 단 하나였다. 이젠 그림이 거의 지워져 버렸지만 누군가 직접 그린 가족을 품은 인형이었다. 기주는 물을 반쯤 비운 후 병을 내려놓았다. 골목 초입을 서성이던 사내가 편의점으로 또 들어갔다. 아르바이트하는 여자와 몇 마디 나누었다. 그는 커피를 뽑아 들고 창가에 서서 밖을 내다보았다. 사내는 간간이 스마트폰을 들여다보았다. 여자 하나

쯤은 간단하게 제압할 수 있을 거라는 자신감이 보였다. 사내가 밖으로 나왔다. 그는 스마트폰을 들고 어디론가 전화를 걸었다. 익숙한 놀림. 몸의 형체는 물론 머리스타일까지 언젠가 보았던 사내와 닮았다는 사실을 깨달았다. 사내는 얼마 전 노우를 제압했던 감시였다. 저절로 입가에 미소가 떠올랐지만 기주의 얼굴은 금방 굳어 버렸다.

기주는 원룸으로 들어가는 길목을 초저녁부터 지켜보았다. 한 시간 간격으로 남자가 바뀌었다. 좀 전에 교체가 된 사내들은 거리 어디에도 보이지 않았다. 버스 정류장 부근에 승합차 한 대가 놓여 있는데 감시들의 차였다.

물병 속의 물이 바닥을 보였다. 기주는 백팩을 뒤져 캔커피를 꺼냈다. 식었지만 차가운 정도는 아니었다. 하늘엔 별과 반만 자란 달이 걸려 있고 간간이 비행기가 날아갔다. 지상엔 사람들과 감시들과 불빛 그리고 사람들의 말들이 흘러갔다. 멀리 마천루들이 빨간 경광등을 깜빡거리며 제 존재를 알렸다. 밤이 되어야 자신의 존재를 알릴 수 있는 불빛들. 순간 기주는 자신만으로는 끝낼 수 없는 이야기가 방금 시작되었다는 걸 깨달았다. 과거를 되짚어 보아서 반성하거나 현재나 미래를 수정할 수 없는 이야기.

그녀는 몸을 쑤욱 내밀고 거리를 내다보았다. 편의점에서 나온 사내는 골목 쪽으로 몸을 반쯤 들여놓은 채 담배를 피웠다. 정류장에 서 있던 사내는 스마트폰을 들여다보고 있었다. 시장 골목 쪽에 서 있던 남자는 분식집의 빨간색 플라스틱 의자에 앉아 오가는 사람들을 구경했다. 체육공원 쪽 차 안의 사내들은 보이지 않았고 정류장에 서 있던 승합차는 그 자리에 그대로 서 있었다. 문득 노우라면 어둠에 의지해 조용히 집으로 들어가 마트료시카를 꺼내 왔을 지도 모르겠다는 생각이 들었다.

캔 커피가 바닥난 뒤 살펴보니 사내들이 또 바뀌었다. 편의점 앞에는 조금 전의 사내보다는 어깨가 좀 넓고 키가 작은 사내로, 버스 정류장 쪽에는 여자가 나타났다. 시장 입구 쪽에는 늙수그레한 남자가 서성거렸다. 그들은 자신이 서 있는 곳을 중심으로 오 미터 내외만 움직였다. 겨울인데도 가벼운 옷차림에 똑같은 운동화를 신고 있었다.

골목 입구 쪽 남자가 유독 눈에 들어왔다. 그는 감시를 하고 있다기보다는 골목을 지키고 서 있는 듯한 인상을 주었다. 골목 안으로 들어가던 남자와 여자들이 사내를 발견하곤 흠칫 놀라 그를 피해 안으로 들어가는 모습이 보였다. 어쩌면 사내들의 시선을 잠깐은 따돌릴 수 있겠다는 생각이 들었다. 게다가 어디로든 들어가야만 했다. 날이 추운데다가 물 한 통에 커피 한 캔을 마셨더니 오줌이 마려웠다.

기주는 스마트폰을 꺼내 들고 소방서에 전화를 걸었다. 312번지 골목 지하에 불이 났다, 시장으로 불이 번질지도 모르겠다, 골목에 수상한 사람들이 나타난 뒤에 불길이 일고 있다, 아무래도 방화 같다, 이 동네 왜 이 모양이냐, 홧김에 불을 지른 것 같다……. 기주는 한껏 격앙된 목소리로 주절주절 떠들어댄 후 전화를 끊었다. 오 분도 채 지나지 않아 소방 지휘차를 필두로 소방 구급차, 구조공작차, 펌프 차, 물탱크 차까지 출동을 했다. 그것들은 요란하게 경광등을 돌리며 골목 입구에 나타났다. 사람들이 하나 둘 모여들었다. 사방에서 감시를 하던 사내들도 관심을 보였지만 골목 입구의 사내를 제외하곤 골목 앞으로 모이지 않았다. 기주는 백팩의 손잡이를 두 손으로 단단히 잡은 후 사람들 사이로 밀고 들어갔다. 312번 골목의 옆 골목인 311번 골목에 기주의 원룸이 있었다. 요란한 사이렌과 행인들 장사꾼들의 소란 속에서 기주는 틈을 찾았다.

뭔가 잘못되었다는 건 그냥 느낄 수 있어야 돼. 노우가 농담처럼 했던 말들이 떠올랐다.

'잘 아는 인간이 잡히긴 왜 잡혀가지고.'

긴장이 고조되면 그냥 느껴져. 그의 말들은 농담이 아니었다. 그럴 수도 있을 거라는 생각이 들었다. 기주는 모자를 더 깊이 눌러쓰고 가방을 단단히 잡았다. 소방수들은 모여든 사람들을 정리하느라 경황이 없었다. 게다가 어찌 알고 나타났는지 방송국 차량까지 달려왔다. 기주는 소란한 그 틈을 비집고 골목으로 들어갔다. 골목 앞에서 서성거리던 사내의 눈길이 느껴졌지만 무심한 척 어깨를 잔뜩 움츠리고 골목 안으로 들어갔다. 그 사이 소방수들은 골목 앞에 모인 사람들을 몰아내려 애를 썼다. 버스 정류장 부근에 주차해 있던 승합차는 이동할 수밖에 없었다.

그 사이 기주는 자신의 원룸에 가까이 다가들었다. 그녀는 뒤를 한번 살폈다. 골목 입구는 행인들과 가게에서 나온 손님들, 가게의 종업원들 그리고 소방수와 방송국 사람들로 아수라장이 되었다. 그들 사이에 감시를 하던 사내도 섞여 있었다. 그는 사람들 얼굴을 일일이 살피느라 여념이 없었다. 기주는 사람들을 들쑤시고 다니는 사내를 뒤로 하고 원룸으로 쑤욱 들어갔다. 필로티형의 건물 일 층엔 차들이 주차되어 있었는데 소방차 등장 이후 서로 빠져나가려고 차들을 빼내느라 주차장도 소란스러웠다. 기주는 단숨에 삼 층까지 뛰어올라 간 뒤 문을 잡고 복도를 살폈다. 문의 잠금장치를 해제하고 단숨에 문을 열었다. 기주는 제 방으로 들어가기 전 다시 복도를 살폈다. 복도에도 거리의 소란스러움이 고스란히 전해졌다. 원룸 문을 열고 복도를 살피는 이도 있었고 가방을 메고 빠른 걸음으로 방을 빠져 나오는 사람들도 있었다. 기주는 그들을 복도에 남기고 방으로 들어갔다.

기주는 현관의 센서등이 불을 밝힌 후 시야에 펼쳐진 광경을 보고 적잖이 놀랐다. 기주가 방을 비웠을 때보다 방은 더 깔끔하고 깨끗하게 정돈되어 있었다. 기주는 잠깐 다른 사람의 집에 들어온 게 아닌가 하는 착각이 들었다. 그럴 리는 없었다. 출입문 도어록의 비밀번호는 동일했으니……. 기주는 신발을 벗으려다 말고 신발을 신은 채 방안으로 들어갔다. 그녀는 벽을 등지고 벽을 따라 움직여 화장실로 들어갔다. 불을 켜지 않은 채 오줌을 쌌다.

방의 불을 밝히지 않은 채 더듬더듬 앞으로 걸어 나갔다. 창을 밀고 들어온 가로등에 의지해 걸음을 옮겼다. 희미한 빛 때문인지 방안 풍경이 더 낯설게 여겨졌다. 게다가 침대 위에 벗어놓은 옷들이 가지런히 개켜져 있었다. 책상 위의 책들도 반듯하게 각진 자세로 놓여 있었다. 누군가 찾아와 방을 정리하고 갔다는 인상을 받았다.

기주는 서둘러 오른쪽 책상 서랍을 열었다. 서랍 속은 텅 비어 있었다. 기주는 손길을 멈추었다가 서랍을 끝까지 열었다. 마트료시카는 보이지 않았다. 네 개의 서랍을 모두 열어 보았지만 서랍 속엔 가로등 불빛만 가득할 뿐 아무 것도 남아 있지 않았다. 팔을 타고 소름이 돋았다. 서랍 속의 모든 걸 누군가 가져가 버렸다. 마트료시카까지. 나쁜 새끼들. 기주는 뒷걸음질 쳤다. 뒷걸음에 무언가 부딪쳐 그녀는 걸음을 멈추었다. 택배 상자였다. 노우와 자신이 두르려고 장만한 머플러. 정상적이라면 상자는 문밖에 있어야만 했다. 기주의 방이었지만 이제는 다른 누군가의 방이 되어 버린 곳이었다. 여기저기 단추가 설치되어 있을 터였다. 어쩌면 감시들이 놓은 덫도 깔려 있을지 몰랐다. 기주는 방에 들어온 순간 그들과 정면으로 부딪치기로 결정하고 말았다는 사실을 깨달았다. 그녀는 서둘러 머플러를 챙겨 가방에 쑤셔 넣고 문을 열었다.

4

'광장으로 와. 세종문화회관 계단에 있을 거니까.'

양광수에게 다시 전화를 걸었지만 기주는 한마디도 하지 않았다. 침묵을 대신해 그가 먼저 말했다.

그가 만나자고 제안한 장소는 파주가 아니라 서울 한복판이었다. 기주에게 기술을 가르치고 증오와 미움 그리고 의리를 가르친 인간이었다. 적어도 사춘기를 벗어날 때까진 그를 아버지라 믿고 자랐고 그의 모든 걸 믿었다. 사춘기를 벗어나며 그에 대한 많은 것들을 믿을 수가 없게 되었다. 의적처럼 굴었지만 그는 그저 소매치기였다. 낡은 행상의 노인들 돈도 빼냈다. 속이면 밥을 굶겼다. 남자와 여자 구분을 두지 않았고 한 방에 섞어 버렸다. 남의 지갑을 빼내지 못하면 구걸이라도 시켰다. 아이들이 그를 떠나지 않는 건 늘 매를 손에 쥐고 사는 여느 양아치들과 달리 그가 매를 들지 않은 때문이었다. 기주가 그를 떠난 건 현장에서 붙잡힌 때문이었지만 학교에 있을 땐 그에게 돌아가고 싶지 않았다. 그에게는 여자로 변한 자신을 설명할 수도 도움을 받을 수도 없었다. 돌아가기를 바라지 않았던 건 점점 소심해지고 늙어 가는 그를 보고 싶지 않았던 이유도 컸다.

하지만 지금 기주는 자신의 선택을 믿기로 했다. 지금 그녀에게 방향을 일러줄 이는 양광수가 유일했다. 아직 기주는 자신이 덜 여물었다고 생각했다. 두려움을 어떻게 이겨 내야 하는지, 화창하게 벌어지는 마음을 어찌 다스려야 하는지, 남자라는 존재를 어떻게 대해야 하는지, 외로움에서 벗어나려면 뭘 먹어야 하는지…….

그가 보고 싶기도 했다. 그냥 그를 만나면 막연하게나마 답답한 길이 보일 것도 같았다. 다행히 광장이라면 나쁘지 않았다. 게다가 연일 촛불집회가 열려서 사람들 사이에 숨기에 좋았다.

기주는 시청역을 빠져나오며 거리와 광장을 메운 인파에 적잖이 놀랐다. 소매치기들에겐 천국이었다. 기주는 한눈팔지 않고 곧장 세종문화회관 쪽으로 걸었다. 어느 지점에서는 사람들에게 밀려 움직일 수 없을 정도로 사람이 많았다. 횡단보도에도 차와 사람이 뒤엉킨 채 하나 된 목소리로 떠들어댔다.

기주는 사람들을 헤집고 조금씩만 앞으로 나갔다. 횡단보도를 건너고 세종문화회관이 있는 쪽으로 걸어 나갔다. 사람들은 이리저리 밀려다니며 구호도 외치고 노래도 불렀다. 아이도 있었고 노인도 있었다. 남자들도 있었고 여자들도 있었다. 촛불도 있었고 깃발도 넘쳐났다. 광장은 뜨거웠다. 기주는 양광수를 떠올리며 세종문화회관 계단 쪽으로 종종걸음을 쳤다.

기주는 계단에 다다라 빈자리를 찾았다. 한 여자 아이와 부부가 깃발을 흔들며 광장 무대 쪽을 향해 노래를 부르고 있었다. 기주도 흥얼거렸다. 자신도 모르게.

'내 선택을 믿지 내 앞을 막거나 말거나…….'

그 노랫말만 입안에서 맴돌았다. 기주는 계단에 앉은 사람들과 같이 행동했다. 누군가 연설을 하면 박수쳤고 곁의 누군가 우스갯소리를 하면 소리 내어 웃었다. 물러가라는 외침에 동참하고 진실을 밝히라는 함성에도 목소리를 담았다. 삼삼오오 무리가 있긴 했지만 계단에 앉아 있는 사람들은 궁극적으로 서로에 대해 알지 못했다. 무엇을 하며 사는 사람들인지, 오늘의 고민은 무엇이었고, 선택은 했는지, 누군가를 의심하기도 하고 혹은 누군가를 기다리기도 했는지. 아무도 알지 못했다. 기주 역시 이 도시에 보통의 한 인간이었다. 노우 역시 그런 인간에 지나지 않았다. 멀리 광장의 중심 쪽 무대에서 낯익은 이름 하나가 들렸다.

"……교수님이십니다. 다시 한 번 진보국 교수님께 힘찬 박수를 부탁드리겠습니다."

기주는 벌떡 자리에서 일어났다. 계단에 앉아 있던 사람들 몇몇도 덩달아 일어났다. 진보국.문제의 실마리를 가진 인간. 불과 이틀 사이에 세상이 감당할 수 있는 곳에서 감당할 수 없는 곳으로 바뀌었다. 그의 집에 들어간 그 순간부터 시작된 일이었다. 기주는 그를 만나 봐야 한다는 선택을 했다. 계단을 하나둘 내려섰다.

"그냥 그대로 서서 들어."

등 뒤에서 몸의 말처럼 익숙한 목소리가 들렸다. 기주는 흠칫 놀랐다. 그 목소리와 톤을 한순간도 잊어버린 적이 없다는 사실에 더 놀랐다. 그는 양광수였다. 그의 목소리가 어깨를 건너왔다. 기주는 고개를 돌리려 했다. 그러자 그가 뒤돌아볼 수 없도록 그녀의 머리를 잡았다.

"아저씨."

기주도 정면을 바라본 채 그를 불렀다.

"우릴 버리고 떠났으면 잘 살아야지."

기주가 뒤돌아보려고 하면 그는 다시 그녀의 머리를 잡아 고정시켰다.

"나 쳐다보지 마. 잘 봐. 이 자리에 어울리지 않는 사람들이 있어. 무심한 척 둘러봐."

어깨 너머로 남자 목욕탕에서 쓰는 싸구려 스킨 냄새가 넘어왔다. 철길 건너 사우나엘 다녀오면 그 냄새가 났다. 냄새가 익숙해서인지 단단하게 얼어 있던 마음이 조금 녹아내렸다.

"광화문역으로 들어가는 입구 보이지, 거기에서 떡볶이 파는 포장마차 오른편에 서 있는 남자."

기주는 그의 손이 조정해 주는 대로 고개를 돌렸다. 남자가 보였다. 남자는 천천히 고개를 돌리며 사방을 둘러보았다. 눈빛까지 확인할 수는 없지만 고갯짓만으로도 그가 집회에 나온 사람이 아니라는 걸 알 수 있었다. 누군가를 찾는 눈길.

양광수는 기주의 머리를 오른편으로 돌렸다. 기주는 여전히 그의 얼굴을 볼 수 없었다.

"이번엔 코리아나 호텔 쪽으로 건너가는 횡단보도 앞."

기주는 숨이 멎는 듯했다. 횡단보도 앞에서 다급하게 주변을 살피는 사내는 조금 전까지 편의점에서 김밥과 우유를 먹던 사내였다. 독거의 사람들.

"더 있을지도 몰라. 그런데 저 치들이 왜 나를 찾아온 거야?"

양광수는 기주의 어깨를 눌러 그녀를 계단 바닥에 주저 앉혔다. 기주는 여전히 그의 얼굴을 볼 수 없었다.

"쟤네들 누군지 알지?"

기주는 고개를 끄덕거렸다.

"금방 너를 찾아내겠지. 아마 그럴 거야. 나를 쉽게 찾아냈을 정도니까."

그의 말은 듣는 순간 한 가지는 명백하게 느꼈다. 독거는 노우로부터 알아내야 할 뭔가를 알아내지 못했다는 사실. 그 사실이 기주에게 있을 것이라 믿고 있다는 것까지.

"저 인간들이 어떤 인간들인지도 알지? 조직이 우리랑은 달라. 명분도 다르고. 저들은 언제나 존재했고 저들은 언제나 자신들이 정의의 길을 걷고 있다고 믿잖아. 그건 굉장히 무서운 거야. 정권이 바뀌어도 그럴 테고. 조직의 보스가 이 사람에서 저 사람으로 바뀐다고 해도 조직원들은 그대로이기 때문이야. 잘 알잖아."

어깨에 올라가 있는 그의 손이 따뜻해지기 시작했다. 기주는 사람들 사이로 두 사내의 움직임을 놓치지 않으려고 신경을 곤두세웠다.

"너한테 연락이 오면 반드시 알리라고 하더라. 내가 왜 그래야 하지?"

사내들이 움직였다. 몇이 움직이는지 알 수 없었다.

"그래도 옛날 우정 생각해서 한 번은 너를 감싸 줄 거야. 딱 한 번이야. 이십 년 가까이 같이 살았는데 그 정도 의리는 있어야 하지 않겠어? 그래야 이 양광수를 의리 있는 인간으로 기억할 거 아냐. 기주야, 네 단점은 결정적일 때 주저하는 거야. 이미 포석이 다 깔린 후에 뛰어드는 무모한 구석도 있고. 네가 지금 뭘하고 돌아다는지 모르겠지만……. 노우라는 친구는 뭘 하는 놈이지? 차갑게 생긴 여자가 내게 묻더라. 그놈에 대해서 아냐고? 당연히 나야 모르지."

그가 기주를 일으켜 세웠다. 기주의 팔을 잡고 경복궁 쪽으로 행진하는 무리들 속으로 들어갔다. 여느 사람들과 다른 몸놀림을 보이는 사내들이 여기저기 눈에 띄었다.

"너, 그 조직에 들어간 거 아니었어?"

"나도 이러고 싶지 않았어요."

기주는 처음으로 그의 말에 대꾸를 했다. 사람들이 걷는 속도에 밀리기도 하고 빨라지기도 하면서 양광수는 기주의 곁에 서게 되었다. 그제야 기주는 그의 얼굴을 쳐다보았다. 까만색 비니 모자를 쓴 초로의 남자가 곁에서 같이 걷고 있었다. 불과 이 년 전에 보았을 때와 달리 이마의 주름이 더 짙고 깊어진 듯했다. 눈자위도 더 검어졌다.

"앞만 봐."

그의 손이 기주의 팔을 힘주어 잡았다.

"어떤 지경에 처한 건지 정확하게 알 순 없지만 너 진짜 좆됐다는 건 알겠어. 내가 우리 조직 떠난 년 때문에 밤새 잠 못 자기는 처음이다."

그의 입가에 주름이 졌다.

"제가 떠나고 싶어서 떠난 거 아니잖아요. 그 여자가 학교까지 찾아오지 않았으면 지금 아저씨랑 여길 놀러 와서 돌아다니고 있겠죠."

"그랬겠지. 살다 보면 어쩔 수 없는 순간을 만나긴 해. 그런데 하필이면 왜 너냐는 거야."

처음엔 기주도 곰곰이 생각해 보았다. 발 빠르고 눈치 빨랐다. 무엇보다 손이 빨랐다. 독거는 여자인데다 손이 빠른 기주를 원했다. 독거를 따를지 말지 결정하라 했지만 기주가 결정할 성질의 일이 아니었다. 그런 후 노우와 파트너가 되었다. 그의 곁에 기주를 붙여 준 게 아니라 기주 곁에 그를 붙여 준 거라고 말했다.

진행하던 무리가 경복궁 앞에서 왼편으로 꺾어지기 시작했다. 경복궁 앞으로 다가갈수록 무리의 규모가 점점 불어나 거대한 덩어리가 되었다. 누구도 막을 수 없고 누구도 진행 방향을 바꿀 수 없는 관성의 힘에 의해 밀려갔다. 양광수가 기주의 주머니에 돌돌 말린 돈뭉치를 찔러 넣었다.

"많진 않지만 내가 해 주는 마지막 배려야. 그리고 세 가지 길."

바람이 불었다. 차고 건조한 바람이었다. 사람들의 손에 들린 촛불이 왼쪽으로 날리며 팔랑거렸다.

"저들한테 잡히던가, 아니면 영원히 도망가던가. 뭐든 쉽진 않겠지만……."

"나머지 하나는 뭐죠?"

양광수가 걸음을 멈추었다. 뒤를 따라던 사람들이 그와 기주를 비켜 앞으로 걸어 나갔다.

"기주야. 나도 잘은 모르지만. 세 번째는 정면으로 부딪쳐야 한다는 거야. 부딪치는 게 두려우면 멀리 도망가, 도망가서 붙잡히지 말고 살아. 그리고 중요한 건 뭔지 모르겠지만 끝까지 붙잡고 있어야 해. 그걸 잃는 순간 모든 걸 잃게 될 수도 있어."

양광수의 얼굴을 정면으로 보았다. 건물이 흘린 불빛에 그의 얼굴이 선명하게 드러났다. 그의 왼편 관자놀이에 둥글게 찢어진 상처가 보였다. 기주가 손을 들자 그가 고개를 돌렸다. 그녀는 그의 어깨 너머로 사람들의 무리가 양편으로 갈라지는 게 보였다. 행진하는 사람들과 다른 걸음걸이와 속도를 지닌 사람들이 몰려오고 있었다. 양광수가 기주의 눈을 읽었다. 그가 손을 놓았고 기주를 돌려세운 후 등을 밀었다.

"몸조심해."

"아저씨 금방 연락드릴게요. 아저씨도 건강 조심하세요."

"연락하지 마."

기주가 뒤돌아선 채로 고개를 돌렸다. 사람들은 몰려오고 행진은 계속 진행되었다. 기주와 양광수는 빤히 쳐다보았다.

"내가 미쳤지, 어쩌자고 널 만나가지고. 얼른 가, 일단 붙잡히지나 마."

그가 어느새 사람들 사이로 사라졌다. 기주도 사람들 사이를 비집고 들어갔다.

5

……

난 지금 눈을 감아야 해

내일의 나는 달라져야 해

우린 아무것도 없이 여길 올라왔고

넌 이 밤을 꼭 기억해야 돼

We're livin' in a different time zone

바뀌어 버린 낮과 밤이야

yeah

Have a good night 먼저 자

아직 난 일하는 중이야

……

기주는 래퍼 우원재의 '시차'를 들으며 독거의 오피스텔 주변을 맴돌았다. 노우가 붙잡힌 지 육십 시간 정도가 지났다. 지금까지 흐른 시간이 하루처럼 여겨졌다. 두 번의 밤을 보냈고 두 번의 낮이 지났지만 육십 시간 동안 잠 든 건 겨우 두세 시간에 불과했다. 잠이 오질 않았다. 편의점에서 끼니를 때웠고 찜질방에서 잠을 청하기도 했지만 먹는 일도 잠을 자는 일도 현실감이 느껴지지 않았다. 현재의 지구를 훌쩍 떠나 다른 지구에 발을 딛고 서 있는 기분이 들었다. 노우는 잠을 잤는지, 꿈같은 건 꿨는지, 일찍 일어나라고 강요당하고 있는 건 아닌지, 어둠을 보는 눈으로 무얼 보고 있는지. 궁금했다. '시차'가 계속해서 플레이 되었다. 기주의 생활과 동떨어진 가사임에도 왜 그런지 기주의 마음을 흔들었다.

기주는 노래를 들으며 버스 정류장의 사람들 틈에 서서 길 건너편 오피스텔 입구를 살폈다. 기주의 방으로 들어가는 골목 초입에서 서성거리던 사내들이 나타났다가 사라졌다. 광화문에서 뒤를 쫓던 사내들도 간간이 모습을 드러냈다.

여러 대의 버스가 멈추었다가 떠났다. 사람들이 떠나고 내렸다. 누구도 모자를 눌러쓴 아담한 체형의 기주에게 관심을 보이지 않았다. 기주는 운동화를 물끄러미 내려다보았다. 양광수가 준 돈으로 세탁 편의점에서 운동화를 빨았다. 기분이 좋았다. 양광수와 일을 나갈 때면 깨끗한 운동화를 신고 나갔다. 그래야 컨디션이 좋았다.

기주는 정류장 벤치에 앉아 길 건너를 주시했다. 눈앞에서 얼쩡거리던 사내가 버스 도착을 알리는 전광판을 들여다보다 욕을 했다. 그러더니 정류장에서 두 발쯤 벗어난 후 담배를 꺼내 물었다. 사람들이 눈살을 찌푸렸다. 그는 스마트폰을 꺼내 들더니 전화를 걸었다. 그의 입에서 중국말이 흘러나왔다. 중국인이거나 조선족인 듯했다. 잠깐 남자와 눈이 마주쳤다. 기주는 얼른 눈길을 돌려 버스 전광판과 오피스텔 입구를 번갈아 보았다. 버스 한 대가 도착했고 전화를 걸던 중국인인지 조선족인지 모를 사내가 버스에 뛰어올라 탔다. 버스가 출발한 후 느닷없이 스마트폰이 몸을 떨었다. 양광수?

기주는 스마트폰을 꺼내 들고 전화번호를 확인했다. 양광수의 전화번호가 아니었다. 잘못 걸려온 전화이거나 스팸 메시지였다. 통화 거절을 눌렀다. 다시 같은 전화번호로 전화가 걸려 왔다. 곁에 서 있던 여학생이 기주를 빤히 쳐다보았다. 기주는 얼결에 이어폰의 통화 버튼을 눌렀다.

"해정아, 진짜 오랜만이다."

독거였다. 짐작했던 일이 맞아 들어갈 때 기주는 기분이 나빴다. 누군가 폰이나 전화번호를 바꾼 일쯤은 쉽게 알아낼 수 있는 조직이라는 걸 새삼 깨달았다. 기주가 통화 종료 버튼을 누르려는 순간 독거의 거친 목소리가 다시 쏟아져 나왔다.

"끊지 마. 끊지 말고 내 말 잘 들어."

기주는 정류장 밖으로 벗어났다. 오피스텔 십칠 층을 올려다보았다.

"해정!"

기주는 대꾸하지 않았다.

"이것들은 부르면 대꾸를 안 해요, 대꾸를. 야, 단추 이 번호 맞는 거지?"

'맞다'는 남자의 목소리가 들렸다.

"야, 해정. 아니지, 야, 얘 이름이 뭐였지? 기주? 그래 기주."

누군가에게 묻고 누군가 답하고. 기주는 가만히 듣고 있었다.

"기주야, 너는 나랑 이럴 필요 없잖아. 너는 내 사람이야. 알잖아."

기주가 노우의 파트너였던 건 노우가 얻은 것들을 독거에게 은밀히 알려야 했기 때문이었다. 기주가 노우의 파트너로 선택된 건 그러니까 그가 몸에 지닌 모든 걸 카피해서 독거에게 알려줄 수 있어서였다.

"지금까지 잘해 왔잖아. 그냥 예전처럼 내게 보내 주면 되는 거야. 듣고 있어?"

그 동안 잘해 왔던 것일까? 그가 독거에게 보내지 않았던 정보들. 훔치고 카피한 후 원래의 자리로 돌려놓았다. 하지만 그런 것들은 업무 시간에 이루어진 일들이었다. 노우가 가진 무엇, 진보국의 방에서 찍었을 어떤 여자의 사진, 업무 이후의 시간에 벌어진 일이었다.

"노우가 사진 찍은 거 알지? 그거 말이야. 그거 가지고 있는 거 알아. 그러니까 가져와. 너는 나한테 이러면 안 되는 거야. 우리 계약은 아직도 계속 유지되고 있어. 난 그 계약 파기할 생각 없어. 너도 마찬가지잖아."

이전에 알던 독거가 아니었다. 어르고 달래고 결국엔 협박을 하겠지. 하지만 사진은 없었다. 독거는 지금 기주에게 사진이 없다는 걸 믿지 않았다. 독거가 사진에 대해 말한다는 건 노우가 내놓지 않았다는 뜻이었다.

"그 사진 말이야. 사진만 주면 돼. 너희들이 그걸 뭐 하러 가지고 있냐고. 아무짝에도 소용없는 걸."

노우는 자세히 말하지 않았다. 진보국의 집에서 죽은 혹은 죽은 채 배달된 어떤 여자의 사진을 찍었다는 것. 그의 행동으로 유추한 일이었다. 여자가 죽었냐는 질문에 노우는 대꾸해 주지 않았다. 그것으로 그나마 독거에 대한 의리를 지켰다고 생각했다.

"그 사진 원본하고 복사본만 돌려주면 너는 계속해서 나랑 아름답게 살아갈 수 있어. 정규직도 약속대로 진행할 거야. 내 약속이 곧 국가의 약속이라는 거 알지. 각서도 써 줄 수 있어."

믿어야 할까? 그런데 그녀에게 믿음이 가질 않았다.

"뭐라고 말을 좀 해 봐, 말을!"

독거의 숨소리가 빨라졌다. 빨갛게 달아오른 그녀의 얼굴이 그려졌다.

“좋아, 내가 각서를 먼저 써서 네 메일로 보내줄 수 있어. 어때?”

대꾸할 말이 없었다. 기주는 멀뚱 궂은 하늘만 올려다보았다. 난 이게 궁금해/시계는 둥근데 날카로운 초침이/내 시간들을 아프게/모두가 바쁘게/뭐를 하든 경쟁하라 배웠으니/우린 우리의 시차로 도망칠 수밖에/이미 저 문밖엔 모두 그래/야 일찍 일어나야 성공해 안 그래/맞는 말이지 다/근데 니들이 꿈을 꾸던 그 시간에/나도 꿈을 꿨지. 우원재가 부르는 랩 가사가 머릿속을 채웠다.

“내가 우스워?”

독거의 목소리가 차가워졌다.

“너는 나한테 보고만 하면 돼. 너와 난 그렇게 맺어져 있잖아.”

독거의 억지가 확신처럼 느껴졌다. 잠깐 침묵이 흘렀다.

“다시 물어볼게. 사진 어딨어?”

그녀의 마음을 종잡을 수가 없었다.

“사진, 사진, 도대체 무슨 사진이요. 나한텐 사진 같은 거 없어요!”

기주는 통화 종료 버튼을 눌렀다. 그 짧은 사이 화가 잔뜩 밴 독거의 목소리가 들렸다. 너 죽고 싶냐는 말. 그 말을 듣는 순간 기주는 노우를 찾으러 가야겠다고 다짐했다. 독거 곁에 둔다면 그가 죽을 수도 있겠다는 생각이 들었다. 기주는 또한 노우가 있어야 자신도 살아남을 수 있을 거라 믿었다. 붙잡히거나 영원히 도망가지 않고 문제와 부딪치려면 노우가 있어야만 했다. 그리고 그를 구하려면 양광수가 필요했다.

6

지하 주차장까지 들어가는 건 어렵지 않았다. 특별한 제지도 없었다. 일반인들이 거주하는 오피스텔로 위장한 건물이었다. 평소 드나들 때는 자각하지 못했는데 곳곳에 감시카메라도 많다는 걸 알게 되었다. 감춰야 할 게 많고 드나드는 사람들을 주시해야 하는 건물.

"확실하게 이 건물에 있는 거 맞아?"

양광수의 얼굴이 일그러지자 이마와 입가에 깊은 주름이 잡혔다.

"붙잡힐 때 뒤를 밟았는데 이 건물로 들어왔어요. 여긴 나랑 그 사람이 매일 보고하러 다닌 건물이기도 하고요."

"다른 데로 옮겼으면?"

양광수는 핸들을 오른쪽으로 꺾으며 기주에게 물었다. 기주는 그의 질문에 할 말이 없었다.

"그렇진 않을 거예요. 지하 어딘가에 분명 다른 방들이 있을 거예요. 다른 직원들이 지하 이야기를 많이 했어요."

노우와 관련된 일이 언제 마무리될지 알 수 없지만 일이 마무리된다면 양광수의 밑으로 다시 들어가겠다고 말했다. 하지만 양광수는 선뜻 대답하지 않았다. 어쩔 수 없었던 일이었지만 결국 그의 곁을 떠날 때부터 그는 다시는 돌아오지 말라고 못을 박았다. 아무 것도 줄 게 없으니 그냥 도와달라고 말했을 때 그가 자동차 키를 들고 나섰다. 기주는 그의 마음을 헤아릴 수가 없었다. 세상의 모든 일에는 대가가 따른다고 믿어 왔기 때문이었다. 대가가 필요 없는 관계가 존재하지만 기주는 자신과 양광수가 그런 관계라고 생각해 본 적이 없었다.

"정보기관 애들이 넘치니까 간첩 같은 건 안 잡고 엉뚱한 짓이나 하고."

양광수는 혼잣말을 중얼거렸다.

"아직도 간첩 같은 게 있어요?"

"간첩은 니미……. 얼마나 할 일이 없으면……"

두 사람이 탄 차가 지하 일 층으로 내려갔다. 양광수는 지하 1층에 머물지 않고 지하 오 층까지 내려갔다.

"지하 일 층인데 어디까지 가요?"

“감시하는 애들은 먼저 들어오는 차에 관심을 보이게 되어 있어. 나가는 차는 아니지만.”

기주는 반쯤 어둠에 잠긴 그의 옆모습을 쳐다보았다. 얼굴은 잘 보이지 않았지만 비니 모자 밖으로 삐죽 빠져나온 흰 머리카락들이 보였다. 기주가 그에게 다시 전화를 걸었을 때 전과 달리 이번에는 그가 말하지 않았다. 두서없이 말하는 기주의 말허리를 자르고 약속 장소를 말했을 뿐이었다. 양광수가 말없이 행동하는 건 믿음이 있어서라고 받아들였다. 신뢰하지 못하면 살아남을 수 없는 세상을 살아온 사이였다.

언제부터 그가 기주의 곁에 있었고 기주 역시 언제부터 그의 손에서 자랐는지 알 수 없었다. 어느 순간 눈을 떠보니 그가 곁에 있었다. 그의 식구들은 소매치기 치고는 드물게 고등학교까지 졸업했다. 소매치기들도 배워야 해. 그게 양광수의 지론이었다. 그게 그 세계의 법칙이라 생각하며 살아왔다. 하지만 그럴 뿐, 서로 호의를 베풀 만큼 강렬한 결속력을 가진 사이가 아니라고 생각했다.

‘우린 막다른 골목에서 사는 인간들이야. 명심해.’

언젠가 양광수가 그런 말을 한 적이 있었다. 양광수를 떠올리면 그 말이 가장 먼저 기억났다.

양광수는 지하 주차장 끝까지 내려간 후 다시 차를 돌려 위로 올라가기 시작했다. 지하 이 층에서 지하 일 층으로 올라온 후 출구에서 가장 먼 자리에 차를 주차시켰다. 라이트를 끄고 시동도 껐다.

"그 여자 원래 그렇게 사나웠어?"

"누구요?"

"너랑 또 어떤 놈에 대해서 묻던 여자."

"나이 좀 들어 보였어요?"

"그래."

"눈이 좀 작고 광대뼈가 좀 튀어 나왔던가요."

양광수는 고개를 끄덕거렸다.

"다들 무서워해요."

"보통 여자가 아냐. 그런 짓들 하려면 독하긴 독해야 하겠지만……."

그가 마른 손으로 얼굴을 문질렀다. 기주는 오디오 박스 위의 시간을 확인했다. 곧 자정이었다. 기주는 안전벨트를 풀고 도어록에 손을 가져갔다.

"잠깐만!"

양광수는 '관계자 외 출입 금지-기계실'이라는 문구가 적힌 문을 노려보고 있었다.

"여기에 사람을 가두고 뭔가를 캐내는 그런 곳이라면, 이건 국정원 건물이거나 그 유사한 기관의 건물이겠지. 그렇겠지?"

"그럴 지도……."

"기주야, 마지막으로 한 번만 더 생각해 봐. 이건 미친 짓이야. 우리 같은 소매치기가 나라를 상대로 벌일 일이 아냐."

"결국 부딪쳐야 한다면서요?"

"그건 이상일 뿐이야. 결국 우리 같은 건 고꾸라지게 되어 있어."

"이제 와서 그런 이야길 하면 어떡해요."

기주는 도어록에 손을 얹고 잡아당겼다.

"그리고 여긴 사람을 가둘 만한 그런 공간이 없어 보이는데?"

양광수는 시선을 전방을 둔 채 밋밋한 말투로 말했다.

"아저씨, 여기 올 때마다 출구 쪽 공간이 왜 좁은가 늘 생각해 봤어요."

양광수는 의자에 몸을 묻은 채 제 손가락으로 턱을 만지작거렸다. 중요한 작업이 있을 때 나타나는 그의 버릇이었다.

"그래서."

"저기 기계실 안쪽에 방들이 있을 거예요."

"그건 기계실이잖아. 이런 정도의 건물이 돌아가려면 지하 한 층 전체가 기계실 정도는 되어야 해."

"기계실을 여기다 둘 필요는 없잖아요. 지하 오 층도 있고 옥상도 있는데."

양광수는 운전대 위에 손을 얹은 채 고개를 가로저었다.

"그건 그냥 상식적인 거야. 여자들은 상식을 믿지 않는 거 같아. 가끔은 그게 도움이 되기도 하지만. 진짜 마지막으로 한 번만 더 물을게. 꼭 들어갔다가 나와야겠어?"

기주는 입을 다문 채 그의 눈을 들여다보았다. 그의 눈엔 초조함이 잔뜩 깃들어 있었다.

"내가 이 일에 연루되었다는 게 밝혀지면 너도 그렇겠지만 나 역시 살아남지 못할 거야. 그 사람 꼭 구해야 하는 거야?"

"저 혼자 가 볼게요."

기주는 도어록을 열었다. 늙으면 순발력만 떨어지는 게 아니라 직감 역시 희미해지는 걸까. 문을 닫고 기계실 쪽으로 걸어갔다. 양광수가 부리나케 차에서 뛰어나왔다. 그는 가까이 다가오더니 기주의 팔을 잡았다.

"기주야, 가끔은 말이야. 어떤 일들은 모른 척 넘어가는 게 나을 때도 있어."

"제가 가지 않으면 같이 일했던 사람이 죽을지도 몰라요. 보통 고집이 아니어서 저 사람들이 찾으려고 하는 걸 말하지 않을 거예요."

"그게 뭐야?"

"사진."

기주는 가능한 벽에 붙어 걸어 나갔다. 인기척이 느껴져 뒤를 돌아보니 양광수가 뒤따라왔다.

"내가 미쳤지, 미쳤어. 난 그냥 소매치기라고."

"어쨌든 가야 해요."

두 사람은 어느새 '관리자 외 출입금지' 안내문이 보이는 문 앞까지 다다랐다. 양광수는 앞으로 나가려는 기주의 팔을 잡고 주위를 살폈다. 문틀 위에 감시 카메라가 보였다. 앞에 섰다. 문은 카드로 잠금이 해제되는 문이었다. 카드가 필요했다.

"어쩌죠?"

"기다려."

양광수는 주차해 놓은 차 쪽으로 되돌아갔다. 기주도 그의 뒤를 따랐다. 두 사람은 다시 차에 올라탔다.

"언제까지 기다려요?"

"누군가 저 문으로 나올 때까지. 그때가 기회야. 딱 한번."

양광수는 팔짱을 끼고 느긋하게 몸을 의자에 깊이 묻었다. 기주는 무릎을 모으고 손을 마주 잡았다. 좁은 공간에 양광수와 둘이 앉아 있기는 처음이었다. 양광수의 패거리들은 이동할 때 주로 봉고차를 썼다. 분산해서 일을 벌인 적도 없었다.

바람 잡고 누군가는 빼내고 누군가는 인수받았다.

"얘들은 잘 있어요?"

"궁금하긴 하니?"

양광수는 차창 밖에 시선을 둔 채 물었다.

"궁금하죠. 내 가족이나 다름없는데."

"가족이라……"

기주는 문득 궁금했던 게 생각났다.

"내 이름이 기주 맞아요?"

기주의 질문에 양광수가 상체를 돌려 그녀를 바라보았다.

"무슨 소리야?"

"내 이름이 기주 맞냐고요?"

"그럼 뭔데?"

"아저씨한테 연락하기 전에 내 방엘 가 봤는데, 누가 지키고 있더라고요."

"그건 또 무슨 소리야? 거길 왜 들어가!"

"찾아야 할 게 있어서요. 아시잖아요. 제가 가지고 있던 인형."

"넌 인형 안 좋아했잖아. 인형이라면 질색을 했는데."

"그냥 인형 말고 마트료시카……."

"아, 그 나무 인형, 안에서 계속 작은 인형이 나오는 거."

"마지막 인형 바닥에 기주라고 쓰여 있었잖아요. 그래서 내가 기주인 거고."

"그 인형을 아직도 가지고 있었어?"

양광수가 팔짱을 풀었다. 손으로 턱을 쓰다듬고 괜히 비니 모자를 고쳐 썼다.

"그 인형까지도 가져갔어요. 여기 인간들이. 돈도 옷도 노트북도 필요 없었어요. 그 인형만 찾으려고 했는데."

"웃긴 인간들이네. 하다하다 별짓을 다하네. 너도 그래, 그 인형 찾겠다고 거길 들어간 거야? 간이 배밖으로 나왔어요, 간이."

기주는 가늘고 희미하게 웃었다.

"그 인형이 기주니까."

양광수가 갑자기 몸을 바짝 세웠다.

"나왔다."

양광수가 급히 차에서 내렸다. 기주도 덩달아 몸을 움직였다.

"너는 여기 있어."

기주가 손을 뻗을 사이도 없이 그는 문에서 나온 남자의 뒤를 따랐다. 기주는 그저 눈으로 그의 뒤를 쫓았다. 남자도 양광수도 계단 입구로 들어갔다. 양광수의 걸음은 깃털처럼 가벼워 보였다.

7

문이 열렸다. '관계자 외 출입 금지'의 방은 기계실이 아니라 복도식 사무실 구조였다. 복도가 가운데 있고 양옆으로 나란히 방을 마주보고 있는 구조. 모두 여덟 개의 방이 있었다. 어디선가 가느다란 흐느낌이 들렸다.

'선배라면 어떻게 했을까?'

기주는 문득 상황이 반대였다면 노우가 자신을 구하러 왔을까 라는 의문이 들었다. 양광수는 복도를 자연스럽게 걸어 나가며 좌우를 살폈다.

카드키를 어떻게 손에 넣었는지를 묻는 기주에게 '더 이상 묻지 마. 지갑 속의 카드 한 장 빼내는 건 일도 아니라는 거 너도 잘 알잖아.' 양광수는 그렇게 대답했다. 기주도 수긍이 갔다. 소매치기로 평생을 산 인간이었다.

"왼쪽 방들은 밖에서 잠그는 구조였고 오른쪽 방들은 일반적인데 사람들이 있는지는 없는지 알 수 없어. 최대한 빨리 찾아서 나가는 게 상수야. 왼쪽 방만 뒤져."

왼편 방들은 양광수의 말대로 밖에서 잠그게 되어 있는 구조였다. 기주는 첫 번째 방문을 열었다. 문을 여는 순간 서늘한 냉기가 쏟아져 나왔다. 구석에 책상과 희미한 조명의 스탠

드가 놓여 있었다. 그리고 책상 곁에 머리를 산발한 여자가 앉아 있는 게 보였다. 짐작대로 이곳은 누군가를 가두거나 심문을 하기 위한 방이었다.

"진짜 무서운 인간들이네. 사람들이 사는 바로 밑에 이런 게 다 있다니."

기주는 방 안을 더 살폈다. 여자만 보일 뿐 노우는 보이지 않았다. 여자는 방문이 열렸는데도 나올 생각을 하지 않았다. 문을 닫았다. 문을 잠글까 말까 고민하다 열어 두었다. 두 번째 방도 구조는 같았지만 아무도 없었다. 세 번째 방문을 열었을 때 그를 보았다. 노우는 벽을 의지한 채 어둠 속에 벽인 양 서 있었다, 기주의 머릿속에 '시차'의 랩 가사가 예고도 없이 떠올랐다.

'난 지금 눈을 감아야 해/내일의 나는 달라져야 해/우린 아무것도 없이 여길 올라왔고/넌 이 밤을 꼭 기억해야 돼/We're livin' in a different time zone/바뀌어 버린 낮과 밤이야……'

진자

1

좌에서 우로, 우에서 좌로. 차가 흔들렸다. 기주는 노우의 머리를 무릎에 받치고 있었다. 그의 목이 유난히 차가워 머플러를 둘러 주었다. 운전을 하는 양광수가 뒤를 돌아다보았다. 그는 간간이 룸미러로 뒤도 살폈다. 자정을 넘긴 시각이라 그런지 도로는 한산했다.

"어디로 가?"

양광수가 물었다. 기주는 거기까지 생각해 보지 않았다.

"아무 데나……"

양광수는 도로변으로 차를 끌고 들어가 멈추었다.

"어디로 갈지 정하지도 못했단 말이야?"

양광수의 양쪽 어깨가 크게 위로 솟아올랐다가 꺼졌다.

"그럴 리 없다고 했건만."

"네?"

"아무 것도 아냐."

가로등도 보이지 않았고 지나가는 차도 뜸했다. 안전벨트를 푼 양광수가 차에서 내렸다. 그는 뒷문을 열며 자동차 키를 기주에게 건넸다.

"키는 왜?"

"네가 운전해."

기주는 얼결에 키를 받았다. 키를 건넨 후 양광수는 뒤를 살폈다.

"빨리 운전대로 가."

"왜요?"

기주도 차창을 통해 뒤를 살폈다. 멀리 두 대의 차가 달려오는 게 눈에 들어왔다. 기주는 눈을 크게 뜨고 양광수를 쳐다보았다.

"빨리!"

양광수가 기주를 차 안에서 끌어냈다.

"아저씨……"

"미안해. 나도 어쩔 수가 없었어. 우리 애들 전부 잡아넣겠다고 그래서……. 넌 그럴 애가 아니라고 말했는데. 그거하고는 상관없는 일이 벌어지고 있는 거 같아. 얼른!"

양광수는 기주와 눈을 마주치지 않으려고 애썼다. 금방이라도 눈앞에 독거가 나타날 것만 같았다.

"혹시 카드키 그쪽 사람들한테서 받은 거예요?"

"난 선택의 여지가 없었어. 시간 없어."

기주의 눈에 힘이 들어갔다. 양광수라면 믿을 수 있는 인간이라 믿었다.

"얼른 도망가. 얼른!"

기주는 서둘러 운전석에 올라탔다. 그녀는 양광수와 뒷좌석의 노우를 번갈아 보았다.

"지금 운전할 수 있을지 모르겠는데."

"너만큼 운전 잘하는 여자 본 적 없어. 잘할 거야."

양광수도 노우에게 눈길을 주었다가 거뒀다.

"이건 아닌데……."

"미안해. 그래도 저 친구는 꺼냈잖아. 얼른 가!"

"아저씨……."

"아무도 믿지 마. 내 걱정도 하지 말고. 나도 서울 떠야겠다."

기주는 그를 빤히 쳐다보았다. 양광수를 믿을 수 없다면 누구를 믿을 수 있을까. 양광수는 기주의 눈빛을 읽었다.

"어쩌면 이런 순간에는 가장 믿을 수 없는 인간이 가장 믿을 수 있을 지도 몰라. 내 말 명심해. 아무도 믿지 말라는 말. 특히 그 여잔 믿으면 안 돼. 내가 주는 마지막 선물이야."

양광수는 히죽 웃었다. 어색해 보였다. 그의 어깨 너머로 굉음을 내며 달려오는 차가 보였다. 양광수는 운전대 위에 올려놓은 기주의 손을 한 번 잡았다가 놓았다. 양광수는 기주의 손등에서 손을 걷은 후 이면 도로 쪽으로 달려갔다. 기주도 브레이크를 풀고 액셀을 깊이 밟았다. 뒤에서 달려오던 차가 위협적으로 하이빔을 쏘았다. 기주는 룸미러로 양광수를 살폈다. 그는 이미 사라지고 보이지 않았다. 기주는 계기판의 바늘이 끝까지 올라갈 때까지 액셀을 밟았다.

기주는 여러 순간이 단번에 이해되었다. 광화문에 나타난 사내들이, 간단하게 '관계자 외 출입 금지'로 들어갈 수 있었던 일이, 노우 구하는 일을 극구 말리던 일들이, 그나마 들어갔다가 나오는 것까진 곧장 그들에게 말하진 않은 것 같은 그의 마음이…….

기주의 머릿속에서 랩이 맴돌았다. 요즘 시간이 멈춘 것처럼 이 가사만 입안에서 맴돌았다.

'난 지금 눈을 감아야 해/내일의 나는 달라져야 해/우린 아무것도 없이 여길 올라왔고/넌 이 밤을 꼭 기억해야 돼/We're livin' in a different time zone/바뀌어 버린 낮과 밤

이야……'

기주의 차를 뒤쫓던 자가용들이 굉장한 속도로 따라붙었다. 기주는 속도를 높였다. 서대문역이 보였다. 잠깐 공덕 로터리 쪽으로 꺾어 내려가는 도로의 바깥 차선이 번득였다. 블랙아이스? 안쪽 차선은 결빙이 되지 않은 듯했다. 안쪽 차선을 타고 달렸다. 어느새 두 대의 승용차가 따라붙었다. 기주는 안쪽 차선을 따라붙던 차를 바깥 차선으로 밀어붙였다. 기주는 고가도로에 인접해 핸들을 왼쪽으로 꺾으며 고가도로 안으로 들어갔다. 덩달아 왼쪽으로 꺾었던 미행 차는 도로에서 팽그르르 돌며 중앙선을 넘어 반대쪽 차선까지 넘어갔다. 넘어가며 가로등에 부딪쳤고 가로등이 꺾이며 그대로 부러져 도로를 덮쳤다. 뒤따르던 차도 미끄러지며 고가도로의 보호벽에 부딪치며 멈춰 섰다. 기주는 두 차가 빙판 길에 미끄러지는 걸 본 후 공덕로터리 쪽으로 방향을 잡아 나갔다.

비상등 불빛이 숨넘어갈 듯 깜빡거리며 어둔 사방을 헤집어 놓았다. 기주는 룸미러에 담긴 광경을 무심하게 들여다보았다. 겨울밤을 흔들어 놓은 자동 경보기 울음소리가 조금씩 멀어졌다. 기주의 차는 도시에서 조금씩 멀어져 갔다.

2

어깨를 세게 흔들었지만 노우는 깨어날 기미가 보이지 않았다. 기주는 히터의 온도를 삼단으로 높였다. 뒷좌석까지 훈기가 닿지 않아 그런지 노우는 몸을 새우처럼 꼬부리고 모로 누워 있었다. 어깨가 미세하게 움찔거렸고 약간 벌어진 입으로 숨이 흘러나왔다. 너무 깊은 잠에 빠져 있거나 약에 취해 있는 듯했다.

기주는 그의 몸에 자동차 방석이며 머플러 그리고 자신이 입던 점퍼를 덮어 주었다. '관계자 외 출입 금지'에서 나올 때 그는 맨발에 카키색 면바지 그리고 셔츠 차림이었다. 다행히 옷 밖으로 드러난 피부에 멍 자국은 보이지 않았다.

기주는 의자에 등을 깊이 묻은 채 앉아 휘발유의 잔량을 살펴본 후 창밖으로 눈길을 주었다. 바다 너머 수평선에 희붐한 기운이 깔리고 있는 게 보였다. 머잖아 해가 뜰 모양이었다. 저 수평선이 어둠과 빛의 경계라는 생각이 들었다. 어둠 속에서도 경계를 보는 사람이 있다는 건 신기한 일이었다.

'독거가 선배의 재능을 알고 있을까?'

기주는 엉뚱하게도 그게 궁금했다. 사실 노우의 재능이라는 것도 별스러운 건 아니었다. 한 낮이나 빛이 있는 곳에선 무의미한 재능이었다. 다만 어둠 속에서 모든 걸 볼 수 있다는 건 매력적일 수도 있지만 한편으로 고통스러울 지도 몰랐다. 봐서는 안 될 것들을 봐야 하기 때문이리라.

기주는 노우를 한번 살핀 후 다시 바다 쪽으로 시선을 옮겼다. 다음에 무엇을 해야 할지 어떤 계획을 잡아야 할지 종잡을 수가 없었다. 막막하고 두려워야 하는데 노우가 같이 있다는 사실 때문인지 앞으로의 일들이 무서울 것 같지만은 않겠다는 낙관적인 생각도 들었다. 당장 가야할 곳을 떠올려 보았다. 양광수를 제외하고 나니 믿고 찾아갈 수 있을 만한 곳이 한군데도 떠오르지 않았다.

'베이비 박스/낮과 밤이 달라/마트료시카/마트료시카/목각인형은 누구 거지?/기주는 진짜 이름?/아무도 찾지 않는 방/당연한 결과/거리에서 보낸 세월/누구도 쳐다보질 않아/갈 수도 멈출 수도 없어/갈 곳도 없어/누구를 믿지?/모두를 믿을 수 있고 모두를 믿을 수 없고/엄마라면 믿을 수 있을까?/아빠라면 믿을 수 있을까?/엄마는 뭐야/아빠라는 단어는 뭐지……'

기주는 머릿속에 떠오르는 느린 속도의 비트 속에 단어들을 실어 보았다. 불과 며칠 사이 랩이 입에 붙었다. 하지만 노래의 끝으로 가면서 맥이 빠졌다. 노래는 지친 마음을 잠시 위로를 해 주긴 하지만 그때뿐이었다. 노래에는 술 깨고 난 뒤의 공허함 같은 게 있었다.

그동안 기주의 마음을 달래 주었던 랩을 들어 보려고 꺼두었던 스마트폰을 켰다. 스무 통이 넘는 부재 중 전화가 걸려 왔다. 액정 화면에 두 개의 번호가 번갈아 가며 찍혀 있었다. 문자도 여러 건 들어와 있었다.

〈우리 뜬다. 아예 필리핀으로 건너간다. 큰 놈들 중에 한국에 남겠다는 놈들은 그대로 있으라 했고 가겠다는 놈들만 데리고 간다. 가면 앞으로 한국 땅은 다시 안 밟을 생각이다. 잘 살고 필리핀에 오게 되면 연락해라. 멀어져도 어떡하든 연락이 닿을 수 있도록 해 둘게. 그리고 미안하다…….〉

양광수였다. 밤새 떠날 준비를 한 듯했다. 그는 무엇보다 결정과 행동이 빨랐다. 조금이라도 이상한 기미가 보이면 곧바로 아이들을 철수시켰다. 그런 날이면 어느 조직 아이들이 걸려들었다는 이야기가 들리곤 했다. 이제 마지막으로 기댈 곳마저 사라졌다. 수평선에 강렬한 빛이 번지기 시작했다.

〈언제까지 숨어서 살 수 있을까? 그게 가능할까? 기다리고 있겠어.〉

독거의 문자였다. 문자는 끊어졌다가 다시 이어졌다.

〈국가 기밀 편취, 누설할 가능성도 크고 소매치기 조직이랑

붙어서 중범죄자를 빼 가기도 하고. 전시였으면 사형이야.〉

또 끊어졌다가 이어졌다.

〈기다릴 테니까 빠른 시일 내에 돌아와. 내가 국가의 이름으로 모든 걸 용서해 줄게. 달라지는 거 없어. 조건은 있지, 너희 둘 모두 와야 한다는 거, 사진 원본을 가져온다는 거, 혹시 복사본 있다면 그것도 모두 회수해서. 전국에 지명 수배 내리기 전에 돌아와. 난 그렇게까지 하고 싶진 않으니까. 겁대가리가 없어도 유분수지. 아지트까지 들어와 사람을 빼 가?〉

수십 통의 부재 전화 중 다른 한 번호는 뒤 번호만 바뀐 독거의 사무실 전화였다.

기주가 전원을 끄려고 할 때 폰이 몸을 떨었다. 짐작한 대로 독거였다.

"기주 맞지?"

"네, 저예요."

그녀는 처음부터 피할 수 없는 상대였다. 노우를 구해 온 지금 그녀를 더 이상 피해서도 안 된다는 생각이 들었다.

"기주야, 그동안 내가 너희들한테 섭섭하게 한 게 있냐, 국가가 무슨 잘못을 했다고 이런 식이냐. 문자에도 남겼지만 원래대로 되돌려 줄 수 있어. 내 권한으로. 시집도 가고 직장도 잡아야 하잖아. 전과도 깨끗하게 없애 줄 수 있어. 다른 요원들

하고 다르게 넌 그래도 전문대도 졸업했잖아. 그래서 우리가 선택한 것도 있고. 그 정도 배웠으면 국가관이 좀 남다를 거라 믿었지. 나의 그 믿음을 배신하지 마. 그리고 과거 같은 거 깨끗하게 세탁해 준다니까. 넌 나와 이런 미래를 약속했잖아."

"그런다고 해서 달라지는 게 있을까요."

"달라지겠지. 최소한 국가 전복을 꿈꾸는 범죄자에서 벗어날 수 있겠지. 그리고 안정된 직장을 가질 수도 있을 거야."

독거의 이야기가 진부해서 웃음이 나올 것만 같았다. 독거는 그런 기주의 속내를 꿰뚫어 본 듯했다.

"시대가 변했다고 국가와 조국이 변하는 게 아냐. 국가와 조국을 음해하려는 세력도 여전히 존재하고. 어느 나라 어느 시대건 더러운 것들은 꼭 있어. 넌 순수해."

그녀의 목소리는 딱딱했다.

"난 국가 전복 같은 거 꿈꿔 본 적 없어요."

가슴 속에 채워지던 웃음기가 싹 가셨다. 기주는 뒷좌석의 노우를 힐끗 돌아보았다. 그는 여전히 잠들어 있었다.

"네가 할 일은 간단해. 노우 설득해서 사진 가져와. 혹시나 싶어서 말해 주는데 우리가 너희들 찾는 건 시간문제야."

잠시 폰에서 차가운 침묵이 흘러나왔다.

"너 대부도에 있지?"

기주는 깜짝 놀랐다. 그녀가 사용하는 폰은 대포폰인데다 이곳에 도착할 때까지 폰의 전원은 꺼져 있었다. 휴대폰으로 위치를 추적할 수 있다는 건 알고 있었지만 전원을 켜고 통화 몇 분 만에 위치를 파악해 내리라고 생각해 보지 못했다.

"우릴 우습게 생각하지 않겠지만 진짜로 우습게 생각하지 마. 이틀 생각할 시간을 주겠어. 그 안에 돌아오면 넌 원래의 자리로 돌아갈 수 있어."

잠시 저편에서 웅성거리는 소리가 들렸다. 독거가 누군가와 말을 나누는 듯했다.

"나흘 주지."

왜 이틀에서 나흘로 시간이 늘어난 것인지 감이 잡히질 않았다. 하지만 독거의 꿍꿍이를 알아낼 수 없었다.

"우리가 너희를 먼저 찾았을 경우에 내 약속은 꽝이야. 잘 선택해. 지금 내 말을 들으면 애국자가 되겠지만 내 제안을 거절하는 순간 반역자가 되는 거니까. 반역하지 마, 내가 가장 증오하는 인간은 되지 마."

툭, 전화가 끊어졌다. 어떡하든 기주와 노우를 달래려고 통화를 이어 가려던 예전과는 달랐다. 그 사이 넓은 뻘 위로 태양이 길게 빛들을 늘어놓았다. 독거의 힘을 무시하고자 하는 건 아니지만, 그녀가 독기를 품으면 평생 감방 생활을 하게 될 지도 모르지만, 당장은 불안하지 않았다. 한편으로는 그녀가 기주를 선택했을 때 일정 정도의 연민도 작용하지 않았을까 하는 생각이 들었다. 지금이라도 돌아가면 그녀의 말처럼 평범한 인간으로 살아갈 수 있을 지도 몰랐다.

'특히 그 여잔 믿지 마. 정말 재수 없는 여자니까.'

양광수의 말이 퍼뜩 떠올랐다. 기주는 서둘러 스마트폰의 전원을 껐다.

바다는 이제 태양 아래 드러났다. 바다는 일렁이며 몸을 반짝거렸다. 일렁이는 빛들 속으로 배 몇 척이 먼 바다를 향해 달려가고 있는 게 보였다. 기주는 기어를 드라이브에 넣고 사이드 브레이크를 풀었다. 그때까지도 노우는 깨어나지 않았다.

3

39번 국도를 타고 달렸다.

"일 킬로미터 전방에 교통 정보 수집 카메라가 있습니다."

기주는 속도를 줄였다. 우측으로 빠져나가는 샛길이 보였다. 기주는 우측으로 빠져나갔다. 오백 미터 남짓 내리막길을 내려간 뒤 빨간불이 들어온 신호등 앞에서 멈췄다. 신호가 녹색으로 바뀐 뒤 길을 건너 오르막길로 차를 몰고 갔다. 오르막길 오백 미터 남짓 되는 지점을 내비게이션으로 확인해 보니 교통 정보 수집 카메라는 기주의 차 뒤에 나타났다.

기주는 차를 39번 국도에 올린 뒤 이차선 도로로 천천히 달렸다. 교통정보 수집 카메라, 과속 단속카메라, 방범용 카메라 등 카메라가 나타나면 샛길로 빠졌다가 다시 큰 도로로 올라왔다. 그건 양광수와 살면서 익힌 습관이었다. 한동안 독거의 사람이 되어 다닐 땐 무시했지만 이젠 처지가 달랐다. 기주가 무심하게 실수만 하지 않으면 그녀가 차를 끌고 어디로 향하고 있는지 독거가 알아낼 방법이 없을 터였다. 카드를 쓰지 않고 휴대폰만 사용하지 않으면 가능했다. 전국적으로 지명 수배를 내린다면 그땐 다르겠지만. 지명 수배령이 내려졌을 지도 몰랐다. 양광수의 차도 수배가 떨어졌을 터였다.

하늘이 검어지더니 싸락눈이 날리기 시작했다. 와이퍼를 느리게 작동시키고 휴게소가 어디쯤 있는지 가늠해 보았다. 청북 IC 진입 오백 미터 전에 휴게소가 있다는 게 기억났다.

기주는 차를 휴게소로 몰고 들어갔다. 국도변인데다 평일이어서 그런지 쉬고 있는 차들은 몇 되지 않았다. 그나마 화물차들 위주였다. 출구 쪽에 십여 대의 오토바이가 서 있었다. 모두 할리데이비슨이었다. 눈이 많이 오면 오토바이 몰기가 위험할 거라는 생각이 들었다.

기주는 주차를 한 후 뒷좌석을 살폈다. 노우는 새우처럼 꼬부린 그대로 꼼짝도 하지 않았다.

'혹시 죽었나?'

기주는 소름이 돋아 검지를 그의 코에 가까이 대보았다. 가늘고 희미하게 숨이 흘러나왔다. 아무래도 담요도 필요할 듯했다. 새로운 차도 필요했다.

그녀는 차에서 내려 두 차례 문이 제대로 잠겼는지 확인한 후 휴게소 마트로 들어갔다. 양광수와 두 번쯤 들른 마트였다. 반대편에 콩으로 만든 여덟 가지 종류의 음식이 진열되어 있고, 분식으로는 라면과 우동을 팔았다. 마트에는 네 개의 중앙 진열대가 나란히 놓여 있었고 맨 안쪽에 과자 코너, 그 맞은편 벽 쪽에 음료와 유제품이 진열되어 있었다. 카운터와 가까운 쪽에 잡화가 놓인 것까지 모든 게 고스란히 기억났다. 그래도 기주는 고개를 갸웃거렸다. 이렇게 기억이 선명한 자신이 신기했다.

잡화 코너에서 간이 담요를 구입한 후 바지 주머니를 뒤졌다. 양광수가 준 돈뭉치. 그는 지갑을 가지고 다니지 않았다. 돈은 돌돌 말아서 주머니에 넣고 다녔다. 그 중 한 덩어리를 기주에게 준 것. 오만 원권이었다. 모두 누군가의 주머니에서 나왔을 돈일 터였다. 마흔 장은 되어 보였다. 당분간은 떠돌며 지낼 수 있을 것 같았다.

"팔천 원이에요."

기주는 카운터 여자에게 오만 원권을 내밀었다.

"지난번엔 육천 원이었는데 가격이 올랐네요."

카운터 여자의 얼굴이 살짝 달아올랐다. 기주는 이 년도 훨씬 더 된, 담요의 가격이 기억났다. 양광수와 천안으로 원정을 가던 때의 일.

식당으로 옮겨 라면을 주문했다. 번호표를 받아 들고 주차장을 살폈다. 휴게소가 크지 않아 식당에서도 주차된 차들이 훤히 보였다. 싸락눈은 멎었지만 차들이 지나가지 않은 곳에는 그나마 쌓인 눈이 바닥을 하얗게 덮고 있었다.

주문한 라면이 나오자 그릇을 들고 의자에 앉아 창밖을 내다보았다. 바깥 풍경을 보기 위해서가 아니라 본능적으로 밖을 살피면서 생긴 버릇이라는 것도 알았다. 그리고 이 년 전 앉았던 바로 그 자리에 앉아서 똑같이 라면을 시켜 놓고 밖을 내다보았다는 사실도 깨달았다. 한순간에 이 년 전으로 거슬러 올라가 버린 듯한 기분에 빠졌다.

'좀 찝찝해. 넌 가기 싫으면 안 가도 돼.'

남자들 몇몇과 기주 그리고 양광수가 따로 떨어져서 각자 뭔가를 먹어댔다.

'여기까지 왔는데 그냥 갈게요.'

'기주야, 이건 우리 작업이랑 성격이 좀 달라. 알잖아.'

'왜 이제 와서 그런 소릴 하세요. 떠나기 전에 그랬으면 모를까. 그냥 가요. 뭐 별일 있겠어요.'

지방에서 치러진 고속열차 역사의 개통식에 나타날 기업인의 지갑에서 카드 한 장을 빼내는 일. 총리도 오고 경제인들이 모이는 자리였다. 상가발전위원회의 한 회원으로 그와 악수를 하게 되어 있던 자리. 양광수와 애들이 바람을 넣었고 기주는 남자의 손을 잡았고 카드를 빼냈다. 그 모든 과정이 지방 방송국 카메라에 잡혀 있었는데 남자는 카드가 없어진 걸 서울로 출발하는 그 순간 발견했다. 기주는 하루 만에 붙잡혔다.

그 모든 게 생생하게 기억났다. 독거가 학교로 찾아오고 출감하던 그 날도 선명했다. 원룸을 얻었을 때도 주변의 상가에서부터 시장에서 파는 꽈배기의 가격까지 사진으로 찍어둔 것처럼 기억했다. 그제야 기주는 깨달았다. 기억하려 마음먹으면 거리에서 마주친 여자의 잡티까지도 기억해 낼 수 있다는 걸. 흐르듯 지나친 것들에 대해 인간들은 기억할 필요를 느끼지 못하지만 기주는 저절로 기억했다. 타깃으로 정한 남자의 머리털부터 발끝까지 기억할 수 있었다. 뒷모습만으로도 상대가 누구인지 기억해 내려 마음먹으면 알아낼 수 있었다.

노우가 건물로 들어간 뒤 그를 따라 들어갔던 키가 일 미터 팔십쯤 되고 하관이 빠른 남자. 커피숍 사장이 퇴근할 때 같이 나간 여자의 인상착의. 일상적이지 않을 때 그런 것들은 기억에 남았고 머릿속에 저장되었다. 그건 다음의 실수를 줄이는데 사용되었다. 현장에서 기억해 내야 할 것들이 있었다. 남들은 보지 못했던 것들. 양광수가 기주를 아꼈던 이유가 그래서였다는 걸 깨달았다.

'조금 전에 우리 앞을 지나간 사람 이십 분 전에도 지나갔던 사람이야.'

똑같은 상황이 연출되면 일을 접고 철수했다.

기주는 라면을 먹으며 두서없이 떠오르는 일들을 되새겨 보았다. 노우는 여전히 일어날 기미가 보이지 않았다. 라면을 반쯤 비웠을 때 스포츠카 여러 대가 주차장으로 들어섰다. 기주는 젓가락을 들었다가 내려놓고 서둘러 자리에서 일어났다. 그릇을 반납하고 사람들의 시선을 피하며 차로 돌아갔다. 요즘 경계하는 것 중 하나가 차에 설치된 블랙박스였다. 공개적인 영상은 아니지만 어느 순간 느닷없이 존재를 드러내 불운한 일을 발생시킬 수도 있었다.

기주는 노우에게 담요를 덮어 주고 차에 시동을 걸었다. 차

앞을 지나가는 남자와 여자들이 도색이 벗겨지고 녹이 올라오기 시작한 차와 운전자를 헬끔거리며 지나쳐 갔다. 괜히 낯이 뜨거웠다.

4

기억을 따라 나갈 방향을 잡았다. 노우와 찾아왔을 때는 보지 못했던 플래카드를 보았다. 동일한 플래카드였고 도로의 로터리나 사람들 왕래가 많은 곳에 붙어 펄럭거렸다.

『송희주를 찾습니다. 20년 전 실종된 송희주를 애타게 찾습니다……』

플래카드에 붙어 있는 사진은 성인 여자의 사진이었다. 어린 시절의 사진을 바탕으로 추측해 그려 놓은 사진이라는 말이었다. 이십 년 전 잃어버린 딸을 지금 찾고 있었다. 자꾸만 눈길이 갔다. 이십 년 동안은 뭘 하다가 이제 와서 찾는 걸까? 여러 생각들이 스쳐 지나갔다.

'난 버려진 아이였을까? 길을 잃은 아이였을까?'

'버려지고/길을 잃고/혼자라는 건/견딜 만도 하고/견디기 힘들기도 하고/노래 하나 눈물 하나/노래 둘 한숨 하나/버려지고/길을 잃고/외롭진 않아/원래 인간은 외로운 거니/언젠

가는 새로운 가족/다시 버려지고/다시 길을 잃고/가던 길 가야겠지'

저절로 떠오른 가사에 비트를 실어 속으로 중얼거렸다. 노우가 붙잡혀 가는 바람에 힙합과 랩을 알게 되었고 랩이 큰 위로가 되었다. 몇몇 래퍼들은 매력적이었다. 멋대로 랩을 중얼거리고 나면, 노래는 어떤 형식이나 격식을 갖출 필요도 없으며 가사의 검열도 무의미했고 한 순간 모든 제약으로부터 해방된 듯한 느낌이 들었다.

아래로 내려갈수록 길이 질퍽거렸다. 서울 쪽과 달리 아래쪽은 눈이 제법 많이 내린 듯했다. 차가 달리면서 눈 섞인 흙탕물이 튀어올라 번호판을 가렸다. 차가 지저분한 게 다행이라는 생각이 들었다. 기주는 갓길에 차를 세우고 번호판을 확인했다. 절반 이상이 흙탕물에 덮여 확인이 힘들었다. 평범하고 오래된 소나타였으며 차체에는 흙탕물이 튀어 본래의 색상을 알아보기 힘들었다. 양광수는 눈에 튄다고 밝은 색을 선호하지 않았다.

다시 차에 올라탄 기주는 조용히 노우를 불러보았다.

"선배……."

그는 여전히 대답이 없었다. 조금 걱정이 되었다. 차에 싣고 돌아다닌 게 열두 시간 가까이 되어 가는데 그는 깨어나지 못하고 있었다. 기주는 다시 운전대를 잡았다. 기억이 가르쳐 주는 길을 따라 차를 몰았다.

기주는 보육원에서 백 미터 떨어진 상가 단지의 주차장에 차를 세웠다. 사방이 아파트 단지였다. 아직 초등학생이 방학을 하지 않아 그런지 상가도 거리도 한산했다. 주차장에 노란색 학원 셔틀버스가 일렬로 도열해 있었다. 주차를 하고 노우를 살폈다. 그 자세 그대로였다. 기주는 더럭 겁이 났다. 그의 코에 다시 손을 대보았다. 숨은 끊이지 않고 이어졌다. 그의 어깨를 흔들어 보았다. 그는 깨어나지 않았다. 기주는 차에서 내려 차문을 잠그고 확인 했다. 그런 후 노우가 자란 보육원을 향해 걸어갔다. 한차례 지나갔을 뿐인데 오래 다녔던 길인 양 헤매지 않고 보육원 앞까지 다가설 수 있었다.

'헤라 미용실이 있고, 더 커피라는 커피전문점, 롯데슈퍼, 바로 곁에 굿뜨래 슈퍼, 파리바게트, GS편의점, 고수떡볶이, 망해 가는 보세 옷집, 이 층은 한의원과 정형외과, 소아과 그리고 노래방 두 개, 세탁 편의점도 있었지.'

머리에 그린 그대로 상가들이 나타났다. 너무 흔하고 뻔해서 카메라는 담지 않는 것들을 기주는 기억했다. 가끔은 그것들 속에 감당하기 힘든 진실 같은 게 숨어 있었다. '관계자 외 출입 금지' 같은 것처럼.

기주는 보육원의 대각선 길 건너편에서 멈추었다. 보육원을 살피고 주변의 으슥한 곳들을 눈여겨보았다. 보육원을 중심으로 주차된 차안을 슬쩍 살폈고 보육원 가까이 접근해 지형과 탈출로와 몸 숨길 만한 건물을 가늠해 보았다. 노우가 도망가다 붙잡힌 상가 건물까지의 거리도 측정해 보았다. 처음부터 노우는 차라리 도로 방향으로 도망쳤어야 옳았다.

기주는 한차례 더 주차된 곳에서부터 보육원까지의 건물과 도로 거리를 살폈다.

'가장 위험하다고 판단되는 곳이 가장 안전할 수도 있어.'

양광수가 가르쳐 주었고 교육을 받는 동안에도 배운 역설이었다. 노우가 잡힌 곳이 사실은 현재로서는 가장 안전할 거라고 계산해서 평택까지 내려온 것이었다.

기주는 주차장으로 돌아가 운전석에 올라탔다. 노우는 얼굴만큼은 평온했다.

'결심했음 밀고 나가/어차피 갈 데 없어/남자 여자 여자 남자/길은 하나/자란 곳 위험한 곳/어쩌면 가장 안전한 곳/차는 똥차/여잔 제 정신 남자는 취침 중/사감을 만나러 가는 길/아군일까 적군일까'

기주는 중얼거렸다. 마음 한구석에서 싹트던 불안감이 서서히 누그러졌다. 그녀는 보육원 정문 앞에 이르러 벨을 눌렀다.

"무슨 일로 오셨는지요?"

"사감 선생님을 만나러 왔습니다."

"사감 선생님이요?"

"백발이시고 오래 계셨다고……."

"아, 원장 선생님요?"

노우가 사감으로 기억하는 백발의 남자. 기주는 그가 독거에게 신고했을 거라고는 생각하지 않았다. 그렇게 생각하기엔 그에게 주어진 시간은 촉박했다.

정문이 열렸다. 기주는 차를 끌고 보육원 마당으로 들어섰다. 인터폰을 받았을 여자와 백발의 사감이 기주를 마중 나와 있었다.

5

노우를 옮긴 건 백발의 사감이었다. 노우를 원장실 방에 눕히고 세 사람이 응접실로 나왔다.

"저는 차 가져올게요."

여자가 나간 사이 사감이 재빨리 물었다. 기주는 이곳에서 잡혀간 뒤부터 오늘까지의 일에 대해서 설명했다.

"……달리 갈 곳도 없었고 원장님밖에 믿을 사람이 없었어요."

여자가 믹스커피를 들고 들어왔다. 두 잔 뿐이었다. 여자가 얼른 차를 내려놓고 나갔다.

"……짐작은 가지만 걔네들이 어떻게 여기까지 따라온 건지 모르겠군. 며칠 걱정이 되어서 잠도 못 잤는데."

그의 눈이 퀭했다. 눈가에 진물도 흘렀다. 커피를 마시는 그의 아랫입술이 떨리기까지 했다.

"그 사람들 마음만 먹으면 이미 죽은 사람도 살릴 수 있을 거예요. 지금껏 그래 왔고."

둘은 희미하게 웃었다.

"앞으론 어떡할 텐가."

기주는 할 말이 없었다.

"선배가 깨어나 봐야 알 것 같아요. 선배는 괜찮겠죠."

"오래 자고 있는 거겠지. 여기 아이들은 사실 평생을 긴장한 채 살아가고 있다고 보면 돼. 그런 상황을 맞이하면 아마 정신줄을 놓을 수도 있을 거야. 그래도 노우는 워낙 강하고 독한 놈이니까."

기주는 사감의 어깨 너머 감시 카메라 모니터를 살폈다. 정문과 후문, 놀이터 건물 입구와 복도 따위가 정지되어 있는 듯 흘러가고 있었다. 그제야 기주의 마음을 단단히 죄었던 끈이 풀어졌다.

'어디로 갈지/간다고 알지/길은 없고 갈 길은 멀고/노우는 깨어나지 않고 사감의 눈엔 진물만/어디로 가지/독거도 곧 알 거야/비상한 여자 외로운 여자니까/외로운 여잔 직관이 날카로워/나도 날카로워/노우가 깰 때까지만/인생 원래 헤매는 거잖아/헤매며 좀 살지 살지/'

머릿속에 가사들이 맴돌자 기주는 오른쪽 관자놀이가 지끈거리기 시작했다. 긴장이 빠져나간 자리를 새로 떠오른 가사들이 채웠다. 허벅지에 실렸던 힘이 서서히 빠져나갔다.

"언제 어떻게 될지 모르니……"

사감이 백발을 쓸어 넘겼다. 기주는 이마가 넓다는 생각이 들었다.

"내 기억이 맞는지 모르겠지만, 서류를 확인해 봐야 알겠지만, 그러니까 서류에 진짜 이름이 적혀 있을 리 없기도 하고."

사감은 횡설수설했다.

"무슨 말씀이시죠?"

기주는 전신으로 퍼지는 잠을 몰아내려 눈을 빠르게 깜빡거렸다. 하지만 잠은 그녀의 눈꺼풀을 무겁게 끌어 내렸다.

"그러니까 한 이십오 년이나 됐네, 참 야무졌는데, 누구한테 맞아도 울지 않고, 공부도 지지리 못했지 아마, 수학하고 과

학은 잘했던 것 같은데, 누굴 닮았는지 아무튼 어려서부터 문은 잘 땄어, 잠겨 있는 걸 견디지 못하는 성격이었지, 뭐든 따 버렸으니까, 학교에서도 뭐든 따 버려서 한번은 난리가 났지. 기말고산가 그랬는데 시험지를 빼내서 학생들한테 죄다 나눠줬던 일도 있어. 학교가 발칵 뒤집어졌지. 이래저래 말썽을 많이 부렸어. 고등학교 다니다 그만뒀는데 참, 하고 많은 재능 중에 원장한테 참 많이도 두들겨 맞았고."

사감의 말들이 분절되어 기주의 귓속으로 들어왔다. 흐리멍덩한 정신에도 노우가 말하지 않았던 노우의 이야기라는 걸 알았다.

"참, 내가 서류를 찾아보긴 하겠는데, 그때 서류가 남아 있으려나 모르겠지만, 어쩌면 노우가 훔쳐간 옛날 그 노트에 뭔가 있을 지도 모르고, 그러니까 내 말은 그때 노우가 여기 올 때, 노우 어렸을 때를 말하는 건데, 어떤 여자 같았는데."

기주는 눈을 반쯤 뜬 채 사감의 말을 들었다. 그의 말들이 눈앞에서 떠돌고 있는 기분이 들었다. 손을 뻗으면 '노우'라는 단어를 잡을 수 있을 것만 같았고, 입김을 내뱉으면 '여자'라는 단어를 불어 버릴 수 있을 것 같았다.

"……그래, 어떤 여자야. 무척 서둘렀던 거 같아, 자꾸만 뒤돌아보기도 하고, 그래 남자도 기억나. 출입문 앞에서 서성거렸던 그 남자 같던데, 기억은 정확하지 않지만……, 원장한테 봉투를 건네기도 했던 거 같았는데, 가끔 데리러 오겠다며 부탁하는 사람들이 그래, 돈 같은 걸 건네기도, 여자랑 남자랑 무척 젊었던 거 같았는데 서둘러 떠났어. 여잔 울었던 것 같기도 하고, 남잔 그런 여자를 잡아끌고, 누군가한테 쫓겼던가, 그냥 느낌이 그랬어. 아 원장이 한참 운동장 쪽을 내다보기도 했던 것도 같네, 원장이 살아 있었으면 자세히 이야기해 줄 텐데……."

기주는 실눈을 뜬 채 손을 뻗어 보려 했다. 손은 움직이지 않았다. 사감이 떠들어대는 몇 마디를 손으로 잡을 수 있을 것 같은데 도무지 몸이 말을 듣지 않았다. 뭔가 중요한 단어들 같았지만.

3부

결

1

어둠에도 결이 있다. 땅에서 올라오는 어둠은 굵고 거친 결을, 하늘에서 내려온 어둠은 가늘고 긴 결을, 수면을 차고 올라오는 어둠은 넓게 퍼지는 결을. 노우는 자신을 믿고 어둠을 믿었다. 사무실 구석 모서리에 밴 어둠을 향해 이를 앙다물고 기어갔다. 무릎이 깨져 감각이 사라졌는데도 바닥의 냉기는 송곳처럼 피부를 뚫고 올라왔다. 통증은 곧장 심장으로 전달되었다. 누구에게 맞은 기억이 없는데, 무릎이 왜 깨진 것인지 기억나지 않았다. 몇 시간 간격을 두고 주사를 맞은 듯했다. 그마저도 정확한 기억인지 알 수 없었다. 기계실이거나 보일러실인 줄로만 알았던 공간으로 끌려 들어가며 발버둥치다 입구 모서리에 부딪친 듯했다.

독거가 한참 노우의 눈을 뚫어지게 바라보다 나갔고 눈에 익은 몇몇 사람들도 보였다. 감시, 단추, 분석이라 이름 불렸던 사람들. 처음 보는 인물은 '심문'이었다. 그들은 누구보다 침착하고 차분했으며 냉정했다. 독거처럼 화를 내지도 않았고 흥분하지도 않았다. 목소리를 높이거나 얼굴이 달아오르지도 않았다.

노우는 종아리와 허벅지에 힘을 주었다. 무릎을 일으키는데 절로 신음이 터져 나와 입이 벌어졌다. 이빨 두 개가 바닥으로 떨어졌다. 하나는 어금니인데 다른 하나는 어떤 이인지 구분이 가질 않았다. 저들은 노우의 몸에 손을 대지 않았다. 다만 치가 떨릴 정도로 똑같은 질문을 지치지도 않고 무수히 반복했다. 분명 시간은 흘러가고, 방안에 고인 어둠의 농도가 시간 흐름에 따라 달라지고 있는 듯한데 노우의 시간은 멈추어 버린 듯했다. 노우가 갇힌 방안에는 어둠만 고여 있는 게 아니라 시간도 고여 있었다. 지금이 과거인지 현재인지 미래인지 구분할 방도가 없었다. 겨우 일 초가 흐른 듯 것 같은데 어느 순간에는 백 년의 시간이 흐른 것 같기도 했다. 방에 갇혀 달리 생각할 것들이 없었다. 탈출하거나 누군가 구해 주리라는 생각은 피를 마르게 했다. 아무 생각하지 않기, 일 초의 시간 안에도 백 년을 생각할 수 있고 백 년의 시간을 일 초처럼 느낄 수도 있다는 생각을 했다.

노우는 벽을 잡고 몸을 일으켰다. 어둠에 몸을 감추고 싶었다. 어둠에 스며들어 어둠으로 변하고 싶은 심정이었다. 구석의 어둠 속에 충분히 빨려 들어갈 수 있을 것만 같았다.

더는 독거와 그 패거리의 심문을 견뎌낼 재간이 없었다. 무수하고 무수한 질문의 반복으로 머리가 쪼개질 것만 같았다. 똑같은 말을 반복한다는 것, 단어의 조사나 어미가 약간 달라지기는 했지만, 무수한 반복은 몸에 깃든 단어들을 모조리 뽑아 버리고 싶을 정도로 말을 하는 행위에 치가 떨리도록 만들었다. 차라리 때리거나, 고문을 가했다면 어떻게든 견뎌냈을지도 몰랐다. 이들은 다만 질문을 했다. 그리고 잠을 재우지 않았다.

노우는 벽 가까이 기어가 벽에 붙어 섰다. 벽은 차가웠고 시멘트 냄새도 물씬 풍겼다. 벽에 몸을 붙인 채 잠을 잘 수 있을 것 같았다. 벽에 머리를 기댔다. 문득 이대로 한 시절이 지나고 두 시절, 나아가 수년 동안, 어쩌면 영원히 사회로 돌아갈 수 없겠다는 생각이 들었다.

노우는 벽에 더욱 바짝 몸을 붙였다. 금방이라도 벽에 스며들 수 있을 것 같았다. 적어도 벽에 몸을 반쯤 묻었다고 느꼈을 때 잠금장치가 풀리는 소리가 들렸다. 노우는 벽을 등진 채 숨소리조차 내지 않았다.

문이 조심스럽게 열렸다. 복도의 불빛이 천천히 방안으로 밀려들어 왔다. 노우는 문 쪽을 노려보았다. 누군가가 안쪽으로 조심스럽게 발을 내딛었다. 그는 문을 연 사람들이 부디 모서리의 어둠 속에 숨은 자신을 발견할 수 없기를 바랐다.

"선배……."

'기주?'

삼분의 일쯤 열린 문틈으로 몸을 비집고 들어온 사람은 기주였다. 기대하지 않았던 인물의 등장이었다. 그녀 뒤에 비니 모자를 쓴 양광수도 보였다.

"선배 뭐해요?"

그녀는 톤을 한껏 낮춘 목소리로 벽에 붙어 서 있는 노우를 빤히 쳐다보았다.

"왜 그러고 서 있어요."

그녀의 말을 듣는 순간 노우의 다리를 지탱하던 힘이 쫙 빠져 버렸다. 기주는 엉겁결에 노우의 상체를 안았다. 양광수가 다가와 부축을 했다.

"선배, 정신 차려!"

"기주야, 빨리 나가자."

노우는 양광수를 슬쩍 쳐다보았다. 처음 보는 얼굴이었다.

언젠가 기주로부터 들었던 인물이었던 것 같았다. 아빠 같은 인물이 소매치기의 수장이라고 했던 말. 그의 손에서 팔을 빼내려다 멈추었다. 그의 도움을 거절하지 않기로 했다.

"왜 이제야 온 거야?"

노우는 자신이 무슨 말을 하는지도 인식하지 못하고 두 사람에게 끌려 나가며 기주에게 물었다.

"그래도 빨리 왔잖아요."

'관계자 외 출입 금지'의 문이 열렸다.

"여긴 어떻게 알고 찾아온 거야?"

노우는 자신의 입에서 나온 말이 제대로 된 단어인지 인식하지 못했다. 어쩌면 이건 꿈이고 지금 심문과 이야기를 나누고 있는 지도 몰랐다.

"선배 잡혀갈 때 미행했어요."

"여기 낯이 익은데."

노우는 초점 없는 눈으로 주차장 사방을 둘러보았다.

"노닥거릴 시간 없어, 빨리 움직여."

양광수는 머뭇거리는 노우의 겨드랑이에 손을 넣고 끌고 가다시피 했다.

"여기 독거 사무실 있는 건물이에요."

"진짜?"

물속 같았다. 사방에 물고기들이 떠다녔다. 각색의 물고기들이 느리게 헤엄치며 노우의 곁을 지나갔다. 때론 아귀가 입을 벌렸고 상어가 이빨을 드러내며 지나갔다. 수천 마리의 구피가 떼를 지어 이편에서 저편으로 저편에서 이편으로 빠르게 오갔다. 노우는 손을 저었지만 구피들은 흩어지지 않았다. 노란 열대어 몇 마리가 지느러미를 팔랑거리며 주변을 맴돌았다. 손을 뻗었지만 역시 잡을 수가 없었다.

"예쁘네."

"뭐라고?"

노우가 다시 걸음을 멈추었다. 그는 노란 불빛을 향해 손을 뻗었다.

"뭐라는 거야?"

"예쁘다는데."

"네가?"

"아저씨 지금 농담이 나와요?"

"이놈 멀쩡하잖아."

노우는 손을 뻗어 양광수의 볼을 잡았다. 복어의 볼을 잡은 듯 말랑거린다고 생각했다.

"정상은 아니다."

양광수와 기주가 노우를 잡아끌었다.

"나중에 이야기해요."

노우는 둘이 준비한 차의 뒷좌석으로 몸을 구겨 넣었다. 노우는 그대로 긴장의 끈을 끊어 버렸다. 많은 세월을 살아온 건 아니지만 긴장의 끈을 끊어 버린 건 이 순간이 처음이었다. 살아남아야 한다는 의욕도 녹아 버렸다. 잠이 거대한 밀물이 되어 밀려왔다. 차가 움직였다.

"이제 너랑 나는 되돌아갈 수 없는 강을 건넌 거야."

"아저씨나 나나 이미 되돌아갈 수 없는 강을 건넌 거 아닌가요?"

두 사람의 이야기가 노우의 귀에 자장가처럼 들렸다.

"몸 상한 덴 없는 거 같은데?"

"그러게요."

"이제 나한테도 말해 봐. 이 친구가 왜 여기 오게 되었고 너는 왜 여기로 와야만 했는지."

"그러니까 그게……."

기주의 말이 조금씩 멀어졌다. 시야도 흐려지고 냄새도 옅어져 갔다. 노우라고 해요, 아시겠지만 우린 정보기관에서 일해요, 하는 일은…… 옛날과 다르지 않아요, 월급을 받고 일하느냐 자기가 한 일 만큼만 먹느냐.

"그 정도는 나도 알아, 이 친구가 누구냐는 거야."

"이 사람 문 따는 귀신이에요, 우린 파트너고, 우린 지정받은 사람의 뒷조사를 해요. 그냥 하는 게 아니라 그 사람 집이 비면 들어가요. 최근에도 어느 집엘 들어갔었어요. 그 집엘 지시도 안 받고 한 번 더 들어갔고, 단추도 있고 감시도 있고 분석도 있어요. 우린 해정이라고……."

2

'집중해! 이 자물쇠와 열쇠들을 잘 봐, 지구상 아니 우주 전체라 해도 똑같아. 아무리 튼튼하게 잠긴 자물쇠라 해도 반드시 열쇠가 있어. 어떤 최첨단의 잠금장치라 해도 마찬가지야. 그리고 그것들은 열리기 위한 절묘한 지점을 가지고 있어. 자물쇠는 열쇠가 없으면 의미가 없으니까. 그 말은 모든 자물쇠는 열린다는 거야.'

테이블 위에는 수십 개의 자물쇠와 그 수와 비슷할 것 같은 열쇠들이 널브러져 있었다.

'자물쇠와 열쇠는 기본 중의 기본이야. 열쇠를 꼭 맞는 자물쇠 구멍에 집어넣고 여는 그 지점을 찾아야 해. 그래야 비로소 자물쇠가 열려.'

노우는 생각했다. 자물쇠라는 게 열쇠만 꽂으면 열리는 물건이 아니었던가.

'열어 봐. 여기 있는 자물쇠와 열쇠가 맞는 게 있을 수도 없을 수도 있어.'

난감한 테스트였다. 사십 개의 자물쇠가 보였다. 열쇠도 사십 개. 열쇠를 하나씩 들고 사십 개의 자물쇠에 일일이 꽂아 봐야 한다는 소리였다. 그래도 딱 맞는 하나가 나오지 않을 수도 있다는 말이었다. 자물쇠와 열쇠가 맞을 확률은 천육백분의 일. 하나씩 맞춰 보는데 대략 이 초 정도, 마지막까지 맞춰 본다면 삼천이백 초가 걸린다. 마지막에야 꼭 맞는 자물쇠와 열쇠를 찾는다면 오십 분 가량이 걸린다는 말이었다. 주어진 시간은 오 분. 계산상으로는 불가능한 테스트였다.

시간 안에 통과한 사람들은 없었다. 어디서 온 건지 알 수 없는 사람들이었다. 노우는 테이블 위에 펼쳐진 자물쇠와 열쇠를 둘러보았다. 등 뒤에서 자기 차례를 기다리는 사람들이 저희들끼리 시시덕거렸다. 열쇠공을 뽑는데 둘 아니면 셋이 짝을 지어 나타났다.

열쇠공을 뽑는다는 공고에 천여 명이 넘는 사람이 모였다. 전국에서 내로라하는 열쇠공들은 다 모인 듯했다. 계약직이지만 성과를 봐서 정규직으로 전환이 된다는 말이 사람들을 홀렸다. 비정규직이 아니라 정규직의 직업을 갖고 싶다는 바람 때문인지도 몰랐다. 열쇠공 따위를 정부 기관에서 요원으로 쓰겠다는 말이 매력적이었던 것인지도 몰랐다.

열쇠의 종류와 특성을 맞추는 일차 시험에서 절반이 떨어졌다. 자물쇠 몸통만 보고 열쇠의 성질을 알아맞히는 시험에 통과한 사람은 절반의 절반도 되지 않았다. 첨단 잠금 장치들의 비밀번호를 알아내는 시험에서 오십여 명이 남았고 지금 그들이 모여 있었다. 그들 앞에 수십 개의 자물쇠와 수십 개의 열쇠가 놓였다. 시험 감독관은 정장 차림이었다. 지금까지 제 시간 안에 자물쇠를 연 사람은 없었다. 아직 시험을 보지 못한 사람들은 열 명 남짓.

노우는 테이블 위에 굴러다니는 자물쇠를 보았다. 대부분의 사람들은 열쇠 하나를 들고 자물통을 일일이 맞춰 보는 방법을 택했다. 사실 다른 방법이 없었다. 노우는 이런 미련한 시험을 보는 그들의 저의를 헤아릴 수가 없었다.

'정규직이라……'

중요한 건 사대 보험 혜택도 받을 수 있다는 점이었다.

노우는 열쇠를 일렬로 늘어놓았다. 그런 후 자물쇠를 들었다. 하지만 노우의 방법은 달랐다. 자물쇠를 하나씩 들고 구멍만 살폈다. 등 뒤에서 웅성거리던 소리가 약간 잦아들었다. 구멍과 열쇠의 형태 맞춰 보기. 노우에게 어둠이 깃든 것들은 무엇이든 잘 보였다. 어둡고 비좁은 자물쇠 구멍의 깊숙한 구석이 어떤 비밀스러운 형태를 띠고 있는지도 보였다. 그 형태를 따라 노우는 어렵지 않게 열쇠의 굴곡을 그려낼 수 있었다.

감독관들은 노우를 구경하느라 숨소리조차 내지 않았다. 정해진 시간은 계속해서 흘러갔다.

'절묘한 지점, 절묘한 어둠의 굴곡!'

은색의 몸체를 가진 열쇠 하나가 눈에 들어왔다. 노우는 열쇠를 들고 자물쇠에 천천히 밀어 넣었다. 열쇠의 끝이 자물쇠의 끝에 닿기 직전 열쇠를 오른쪽으로 돌렸다. 자물쇠와 열쇠가 만나는 순간 노우는 시간이 정지되는 듯한 기분이 들곤 했다. 시험장에 모인 감독관들과 수험자들이 굳어 버렸다. 노우는 느긋하게 그들을 둘러보았다. 멈춰 버린 것들, 이 순간은 소멸하고 있는 건지 생성되고 있는 건지 가늠이 되지 않았다.

자물쇠가 열렸다. 감독관들이 서로를 쳐다보았다. 사람들은 노우가 딱 맞는 자물쇠와 열쇠를 찾았다며 중얼거렸다.

억세게 운 좋은 놈, 제한 시간 중 십분의 일도 안 지나갔어, 아무튼 재수 좋은 놈들은 따로 있다니까, 니기미 요즘 누가 저런 고물 자물쇠를 쓴다고, 유치해……. 그런 말들이 들렸다. 열쇠공 시험을 보러 온 사람 중에 여자들도 있었다.

미련스럽고도 어이없는 그 마지막 테스트를, 그것도 주어진 시간 오 분 안에 그 절묘한 지점을 찾아 자물쇠를 연 사람은 노우가 유일했다.

"사람이 어떻게 저럴 수가 있지?"

사람들이 노우를 쳐다보며 수군거렸다. 노우는 일반 자물쇠든 디지털 도어록이든 최첨단 도어록이든 그 안에 도사린 어둠이 보였다. 그 어둠은 대부분의 인간들에겐 강했지만 노우에겐 허약했다.

'201669번 도대체 어떻게 한 거야?'

감독관 중 누군가 물었지만 딱히 대꾸할 말이 없었다.

"그냥 운이 좋았던 것 같습니다."

"운이 좋다? 그래 그 운 우리가 좀 쓰자."

감독관들 중에 유일한 여자가 노우 앞으로 나와 손을 내밀었다. 독거였다. 노우는 얼결에 그녀의 손을 잡았다. 물 묻은 손으로 얼어붙은 문손잡이를 잡을 때의 기분. 차가워 손을 떼내려고 해 보지만 피부가 떨어져 나갈 것만 같은 고통스러운 기분. 하쿠나 마타타(Hakuna matata)! 라이온 킹에 나오는 대사. 독거를 마주했던 순간 왜 그 대사가 떠오른 것인지 알 수 없었다. 잘될 거라는 믿음. 그땐 만사 잘될 거라 믿었다.

"선배, 선배!"

노우는 눈을 번쩍 뜨며 벌떡 일어나 앉았다. 딱딱한 침대 위였고 낯선 곳이었다. 어느 먼 과거에서 현재로 돌아오자 머릿속이 핑 돌았다. 노우는 비틀거렸다. 기주는 백팩을 맨 채 노우의 어깨를 잡았다.

"정신 차릴 수 있지."

노우는 흩어져 버린 정신을 모으느라 고개를 빠르게 저었다. 기주는 노우의 겨드랑이에 팔을 넣고 그를 일으켜 세웠다. 노우는 '관계자 외 출입 금지'에서 기주와 양광수의 부축을 받아 빠져나오던 기억을 떠올렸다.

기주는 노우의 팔을 잡아끌었다. 노우는 자신의 옷매무새를 살폈다. 헐렁했지만 오리털 점퍼까지 걸치고 있었다. 그래도 추웠다.

"뭐가 어떻게 된 거야? 여긴……."

복도로 나오자 그는 그곳이 보육원이라는 걸 알아차렸다. 노우는 기주에게 잡힌 팔을 홱 빼냈다.

"너 뭐야?"

"설명할 시간 없어."

노우는 비틀거렸다.

"내가 여기 왜 와 있냐고!"

노우가 소리를 질렀다.

"여기가 가장 안전하다고 생각했으니까!"

기주도 그의 얼굴에 대고 소리를 질렀다.

"얼른 도망가야 해! 독거가 우릴 찾아냈어."

노우는 예전 사감이 지금은 원장이라는 사실을 얼른 받아들이지 않았다. 노우에겐 여전히 사감이었을 뿐. 기주는 여전히 비틀거리는 노우를 잡아끌었다. 기주와 노우를 맞이했던 행정 실장이라는 여자가 건물 출입문 앞에 서서 두 사람을 바라보았다.

"저 여잔 누구야?"

노우가 물었다.

"여기 행정 실장."

여자가 다가왔다.

"돌아오는 길에 일이 생기셨다고 본인 차라도 빌려주라고……."

여자가 USB가 달린 자동차 키를 건넸다. 기주가 키를 받았다.

"고마워요."

"혹 차는 버리더라도 키는 버리지 말라고 하셨어요."

"고마워요."

기주는 서둘러 그녀의 곁을 지나쳤다.

건물 뒤편에 사감의 오래된 회색 SUV 차량이 세워져 있었다. 기주는 노우를 조수석에 앉힌 후 자신은 운전석에 앉았다.

"내 인생은 왜 맨날 엉망인지 모르겠어."

노우는 좌석에 등과 머리를 기댄 채 기주를 쳐다보았다.

"사감은?"

"나도 몰라. 빨리 피하라는 말뿐이었어."

기주는 사방을 재빠르게 살폈다. 차가 도로로 진입한 후에야 그녀는 길고 긴 한숨을 내쉬었다.

3

노우는 문을 열었다. 눈이 부셨다. 빛에 적응이 되자 오른편에 가지런하게 비질된 마당이 눈에 들어왔다. 마당 둘레로 눈이 쌓여 있었다. 노우는 마당 너머를 바라보았다. 천지가 온통 하얗게 펼쳐져 있었다. 눈밭이 끝나는 곳에 자리한 둥근 돌산의 정상에도 눈이 덮여 있었다. 눈은 바람의 결을 따라 한 방향으로 흩날리고 있었다. 세상사는 일이 그처럼 간단할 수 있을까. 한나절 내린 눈으로 모든 게 사라진 것처럼 보였다. 흰 눈조차 깊고 깊은 어둠을 품고 있을지도 모른다는 생각이 들었다. 누구를 지키고 누구를 뱉어낼 것인지 따위도 중요하지 않았다. 눈은 검든 희든 모든 걸 덮어버렸다. 그게 악이든 죽음이든.

'모른 척 넘어가야 할까?'

독거에게 보고를 하러 갔던 날, 건물 휴게실에서 차를 마시며 떠들어대던 심문들의 이야기가 떠올랐다.

'그 페이퍼 한 장이 모든 걸 뒤집어 버린 거라니까. 박 계장이 모른 척 넘어갔으면 역사가 바뀌었겠지. 그 페이퍼 한 장이 그 인간을 나락으로 떨어트렸거든.'

심문들은 페이퍼를 찾아낸 수사관이 입을 다물었다면 박 계장이라는 자는 평온한 나날들을 보내고 있을 거라고 말했다. 박 계장, 한 장의 페이퍼, 역사 같은 단어들 속에 감추어진 이야기를 알지 못하면서도 익숙한 것들처럼 느껴졌다. 노우는 뻣뻣해진 목을 천천히 돌렸다. 종이 한 장 혹은 사진 한 장. 노우는 방안을 훑어보았다. 군데군데 자개가 떨어져 나간 화초장 하나만 덩그러니 놓여 있었다. 방바닥에 온기가 남아 있다는 게 신기했다. 노우는 기주가 모는 차에 실린 채 어디인지도 모를 곳으로 달려와 다시 쓰러졌다.

'어디까지 갈 수 있을까.'

문밖의 풍경이 점점 선명해지며 기억들이 돌아왔다. 좁고 어두운 밀실에 갇혀 독거를 만나고 심문을 만났다. 지독하게 반복된 질문과 어둠. 반복된 주사. 견딜 수 없었던 건 결이 없는 어둠을 계속 들여다보면서도 위안을 얻을 수 없다는 것이었다. 눈을 감아야 어둠이 사라지는데 그들은 노우가 눈을 감도록 내버려 두지 않았다. 어둠은 점점 백야의 거리처럼 하얗게 변색되었고 이 밝은 어둠은 노우의 숨통을 조여 왔다. 살갗을 파고들어 몸에 어둠을 심었다. 진저리를 치며 떨쳐내도 잠시 물러날 뿐 어둠은 살을 파먹어 들었다.

"선배, 정신 들어요?"

기주였다.

그녀는 물과 도시락 그리고 작은 박스가 들어 있는 봉투를 들고 있었다.

"여긴 어디야?"

"철원."

"이 집은?"

"빈집이야."

그녀는 작은 박스에서 스마트폰을 꺼냈다.

"어떻게 폰을 마련한 거야?"

"신분증 하나 주워서……."

기주는 노우의 눈길을 피하며 스마트폰의 전원을 켰다.

"진짜 주운 건 아니겠지……."

노우는 말을 얼버무렸다.

"마을 사람들 없어?"

노우는 화제를 돌렸다.

"없긴. 대략 백 가구 되는 거 같던데. 빈집이 절반은 넘는 거 같았어. 통일을 두고 조금씩 땅값이 오르고 있다는데 여긴 예외야. 여긴 가장 외곽이거든. 그래도 곧 뜨긴 해야겠지만."

그동안 스마트폰의 화면이 밝아졌다.

"독거가 돌아오는데 나흘 여유를 준다고 했어. 왜 나흘인지 모르겠지만."

"나흘? 자료를 파기하려는 모양이네. 보육원은 별일 없으려나?"

"들어오는 길에 공중전화에서 전화 걸어 봤어요."

노우가 상체를 기주 쪽으로 기울였다. 기주는 노우의 눈길을 피해 스마트폰을 바라보았다. 그 바람에 노우의 눈에 그녀의 정수리가 보였다. 숱이 많아 그녀의 두피가 보이진 않았다.

"별일…… 없지?"

노우는 시원하게 묻지 못했다.

"선배……"

기주는 답을 꺼내기 전에 뜸을 들였다. 노우는 마른침을 삼켰다.

"……연락이 안 된대요."

기주가 고개를 들고 노우와 눈을 마주쳤다. 피해서도 안 되지만 노우의 눈을 피할 수도 없었다.

잠깐의 침묵이 두 사람의 시간을 정지시켰다. 멀리서 눈의 무게를 이기지 못한 나뭇가지들이 뚝뚝 부러지는 소리가 들려왔다. 노우가 재차 물었다.

"연락이 안 되다니?"

기주는 물 한 모금을 들이킨 후 입을 열었다.

기주는 원장으로 알지만 노우에겐 사감이었던 남자와 연락이 되지 않고 있는데, 남자는 단 한 번도 무단 외박을 한 적이 없었다. 노우와 기주가 떠난 직후 검은 옷을 입은 사람들이 떼로 몰려와 보육원을 헤집어 놓았다. 독거의 패거리임이 분명했다.

"그놈들이 조용히 돌아가진 않았을 텐데……."

그들은 신발도 벗지 않고 원장실부터 폐쇄된 방까지 함부로 뒤지며 엉망으로 만들었다. 어린 아이들은 오들오들 떨기도 했다. 여자 애들 몇몇은 울었다. 아이들을 함부로 대해 속상했다. 경찰에 신고했는데 나와 보지도 않았다. 아이들이 사감을 찾았지만 사감은 돌아오지 않았다…….

노우의 귓속에 기주의 말이 뱅뱅 맴돌았다. 노우는 눈가루가 날려 반짝이는 허공을 쳐다보았다. 현실임에도 귀에 들리는 이야기나 눈에 보이는 풍경들이 비현실적으로 다가왔다. 노우는 기주에게서 스마트폰을 빼앗아 들었다.

"어디다 전화하게?"

전화번호를 누르던 노우가 손길을 멈추었다.

"나쁜 새끼들……."

노우는 기주에게 스마트폰을 돌려준 후 일어섰다.

"가자!"

"어디로?"

"우리가 어떻게 할지 생각 좀 해봐야겠어."

기주는 백팩을 멨다. 고개 숙인 그녀의 이마 위로 머리카락이 흘러내렸다.

4

"기다리는 사람 없어/노래하는 사람도 없어/아는 사람도 없어/세상은 모 아니면 도/거리의 인간들/쓰레기 인간들/우린 버려진 인간들/너와 난 버려진 인간들……."

기주는 전방을 주시한 채 중얼거렸다. 노우가 힐끔거렸다.

"뭐라고?"

"아냐, 그냥 나 혼자 중얼거린 거야."

"노래?"

기주는 고개를 끄덕거렸다.

"랩."

"랩? 네가 그런 음악을 좋아했어?"

"그냥 편하고 내 마음대로 주절거릴 수도 있고 그래서."

"언제부터 그런 노랠 좋아했어?"

"선배 끌려간 뒤부터."

노우는 바짝 마른 손으로 얼굴을 문질렀다.

"우리가 쓰레기는 아니지……."

노우는 창밖으로 시선을 던지며 혼잣말처럼 말했다.

"지금 기분이 그렇다는 거야."

기주는 가늘고 길게 한숨을 내쉬었다. 그녀의 숨에서 단내가 났다.

"잠은 잤어?"

기주는 대꾸하지 않았다. 노우는 운전대 위에 놓인 기주의 손을 바라보았다. 손등의 핏줄이 파랗게 돋아나 있었다. 가늘고 긴 손가락을 가지고 있다는 걸 오늘 처음 알았다.

"나오긴 했는데 어디로 가지?"

"처음으로."

"처음?"

"서울로 가야 할 거 같아."

기주가 브레이크를 밟았다.

"겨우 빠져나왔잖아."

"영원히 도망 다닐 순 없어. 더 올라갈 수도 없고."

"도망가지 않으면?"

"박이 깨져도 부딪쳐 봐야지. 어차피 우린 몸뚱이밖에 없잖아."

기주는 노우를 빤히 쳐다보았다.

"선배 너무 낭만적인 거 아냐? 우린 지금 독거를 상대하는 게 아니라 독거가 몸담고 있는 조직을 상대하고 있는 거야. 정권이 아무리 바뀌어도 변하지 않는 조직을 말이야."

"그래서 더더욱 처음으로 돌아가야 한다고 말하는 거야."

"그런 웃긴 말이 어딨어? 뭔가 잘못되었을 때 되짚어 보라고는 했지만 다시 돌아가라는 말은 아니었어."

어둑해진 도로 위를 달리는 차들의 헤드라이트가 하나둘 켜졌다. 멀리 보이는 능선도 어둠에 잠기고 있었다. 반면 노우의 시야는 더 환해지고 있었다. 능선의 굽이가 분명하게 보였고 빽빽한 나무들의 모양새도 선명했다.

"좋아. 서울로 가면 어쩔 건데?"

어둠에 잠기기 시작한 기주의 입술이 훤히 보였다. 그녀의 입술이 희미하게 떨고 있었다. 노우는 눈을 감았다가 떴다. 그녀의 푸른 입술이 더 선명하게 보였다.

"각자 원래의 자리로 돌아가야지."

"소매치기랑 도둑으로?"

"아니 그냥 너랑 나로."

기주는 등을 기댄 채 점점 짙어지는 어둠에 눈길을 주었다. 도로 양옆으로 간간이 자동차와 트럭이 지나갔다. 헤드라이트가 어둠을 쓸고 지나가면 어둠은 더 짙어졌다. 그럴수록 노우는 어둠 속의 것들이 더 자세히 보였다. 길을 건너려는 두 마리의 고양이와 덤불속에 숨어 숨죽인 참새들.

"어떻게 할 건데?"

기주는 자동차 안에 꽉 찬 어둠을 몰아내려는 듯 활기찬 어조로 말했다.

"내가 가진 것들을 세상 사람들이 알게 하면 어떨까?"

"폭로하시겠다? 독거가 그 정도 대비를 안했을까?"

"대비했겠지. 우리도 대비를 해야지. 진보국 교수를 만나야겠어."

"진보국?"

"어쩌면 그 사람한테 길이 있을 지도……."

기주는 대꾸하지 않았다. 도로 앞뒤를 살핀 후 차를 유턴했다. 고양이 한 마리가 후다닥 이편에서 저편으로 뛰어갔다.

"이 차도 곧 버려야 해."

노우는 말없이 고개를 끄덕거렸다. 서울로 돌아가는 게 옳은 결정인지 확신이 서질 않았다. 그렇다고 달리 갈 곳도 없었다. 영원히 숨어 산다는 건 치욕스럽기도 했지만 그건 불가능했다.

5

노우는 자동차 문을 열고 밖으로 나왔다. 노외주차장 양쪽, 발길이 닿지 않는 길엔 눈이 지저분하게 쌓여 있었다. 거리를 쓸고 지나가는 바람이 차가웠지만 목을 움츠리지 않아도 견딜 만했다. 노우는 낯선 소리에 끌려 어두워지기 시작한 골목 안을 들여다보았다. 낮의 골목보다 밤의 골목은 더 환했고 지저분했다.

노우는 길을 걸으며 어둔 골목들을 살폈다. 버려진 쓰레기들이 보였고 개와 고양이들도 보였다. 가로등 빛조차 닿지 않는 곳엔 부서진 의자와 옷가지 등이 버려져 있었다. 그 쓰레기들 속에서 금방이라도 독거의 패거리들이 뛰어나올 것만 같았다.

기주는 골목 안으로 눈길을 주었다.

"뭘 그렇게 봐?"

"쓰레기들……."

기주는 앞서 걷는 노우의 등에 눈길을 주었다.

'어둠을 보는 인간/낯설면서 익숙한/사람들은 기대하지/나쁘게 살지 말라고/어떻게 사는 게/나쁜지 나는 몰라/어둠을 보는 건 나쁜 짓/슬픈 짓 화나는 짓/우린 새벽의 추위에 떨고/가로등은 더 노랗고.'

말들이 주절주절 기주의 머릿속에 떠올랐다. 앞서 걷던 노우가 걸음을 멈추었다. 그들 쪽으로 걸어오던 사람들이 노우와 기주를 피해 지나갔다. 한국인, 흑인, 백인, 동남아시아인, 군인, 학생들, 남자와 여자들, 더러 술 취한 사람들. 그들은 떠들고 웃고 혹은 무표정한 채로 거리를 지나갔다.

기주가 스마트폰을 들여다보았다.

"금요일이네."

기주는 혼잣말을 했다. 노우는 지나가는 사람들을 둘러보았다. 거리에서는 술 냄새와 음식 냄새가 떠돌았다. 오랫동안 물 이외 아무 것도 먹지 않았지만 배가 고프지 않았다. 그랬는데도 냄새 때문인지 입 안에 침이 고였다.

노우는 망원역 쪽으로 걸어갔다. 기주는 그의 뒤를 따랐다.

홑겹의 점퍼 하나만 걸친 노우는 춥지도 않은지 어깨를 편 채 걸었다. 기주는 백팩에서 머플러를 꺼내 노우에게 건넸다.

"뭐야?"

"내 방에서 유일하게 건져온 거야."

"너나 해."

"내 거 사면서 선배 것도 하나 샀어. 감기 걸려 나 고생시키지 말고 얼른 해."

주저하던 노우가 머플러를 받아 목에 둘둘 감았다. 기주가 보기에 머플러는 그와 제법 어울렸다.

"머플러 가지러 다시 갔었어?"

"머플러 찾으러 간 건 아니었어. 가지고 나올 게 그것밖에 없었던 거지."

두 사람은 어느새 주차장 거리 끄트머리에 다다랐다. 노우는 차도와 인도를 살핀 후 구둣방 부스 창을 두드렸다.

"여길 왜 두드려?"

구둣방 부스는 검정색 커튼까지 드리워져 밤이 주름져 있는 듯한 느낌이었다. 노우는 사방을 살피며 다시 노크를 했다.

"여기 누가 살아?"

기주의 목소리가 좀 높아졌다. 술 취한 남녀가 비틀거리며 걸어가다 두 사람을 힐끔 쳐다보았다. 그뿐 더 이상 관심을 보이지 않았다. 노우는 문고리를 잡고 노골적으로 흔들었다.

"아무도 없나 봐."

노우는 다시 창문을 두드리고 문고리를 잡아 흔들었다.

"지오야!"

노우가 불렀지만 구둣방은 조용했다.

"문 따고 들어간다."

노우의 말이 끝나기 무섭게 구둣방 안쪽에서 잠금장치가 풀리는 소리가 들렸다. 검은 커튼이 물결처럼 움직였고 커튼이 들린 후 문이 열렸다. 짧은 곱슬머리의 남자가 문만 살짝 열고 얼굴을 내밀었다. 기주는 느닷없이 나타난 얼굴에 놀라 뒤로 물러났다.

"하쿠나 마타타((Hakuna matata)/날 좀 내버려둬 제발!/나는 이 세계도 저 세계도 설 수 없어!/1995년생 시작과 끝은 몰라!/우리 형 shorty와 함께 왔네!/형의 손기술은 예술!/나의 손기술도 예술!/shorty의 손기술은 예술?/real recognize real/진짜는 진짜를 알아보지."

지오는 노우와 눈이 마주치자 다짜고짜 랩을 했다. 그의 랩이 끝나기도 전에 노우는 그를 밀치고 안으로 들어갔다. 기주는 지오의 얼굴을 유심히 들여다보았다. 어둠 속에서는 알지 못했는데 지오는 흑인이었다. 입술이 두꺼웠고 이는 눈부실 정도로 하였다. 그를 보고 주저하던 기주도 랩을 듣고 한껏 고양되었다.

지오가 문을 닫고 좁은 구둣방의 전등을 켰다. 작은 전기난로도 있고 혼자 눕기에 알맞은 침대도 놓여 있었다. 침대 맞은편에 수선 공구들과 구두, 운동화 등이 쌓여 있었다. 기주가 구둣방을 둘러보는 사이 지오는 그녀를 힐금거렸다.

"같이 일한다는 파트너?"

지오의 머리는 구둣방 천장에 닿았다. 노우보다 덩치가 컸고 확연하게 차이를 느낄 정도로 키도 컸다. 기주를 쳐다보며 미소를 짓는데 그의 입은 얼굴의 절반 정도를 차지할 정도로 컸다.

"한동안 안 보이더니 어쩐 일이셔?"

그의 질문 속에는 독거의 기미가 보이지 않았다.

"며칠 전에 '하쿠나 마타타(Hakuna matata)'가 문득 떠오르더라. 요즘도 랩 계속해?"

"하지. 한국에서 나만큼 랩 잘하는 인간이 있을까? 난 원조라고."

노우가 기주와 함께 침대 위에 앉았다. 지오는 플라스틱 의자에 걸터앉았다.

"요즘 길거리에서 공연도 해."

"돈이 돼?"

"맥주 한 잔 마시면 없지 뭐. 그래도 이 바닥에선 내가 제일 잘 나가."

노우는 고개를 절레절레 저었다.

지오가 믹스커피를 탔다. 노우는 기주에게 지오에 대해 설명했다. 보육원 동생이라고. 지오가 기주에게 친동생이라고 너스레를 떨며 인사했다.

"이 시간에 생전 안 오다가 어쩐 일이야?"

"추워 죽겠는데 문 좀 빨리 열어 주면 안 되냐?"

지오가 스마트폰을 가리켰다. 스마트폰에는 이어폰이 꽂혀 있었다.

"요즘 애들이 하는 랩 듣느라 다른 소리는 못 들었지."

"요즘 랩 어때요?"

기주가 몸을 앞으로 바짝 내밀며 물었다.

"랩 좋아해요?"

기주가 빠르게 고개를 끄덕거렸다.

"좋아졌어요. 옛날처럼 어둡거나 우울하지도 않고. 밝은 랩 하는 친구들도 많아지고."

"난 랩에 대해 아무 것도 몰라요. 그냥 들을 줄만 알지. 랩이 뭐예요?"

지오의 얼굴에 희미하게 미소가 번졌다.

"랩은 사실 잘은 모르지만……그 시대를 살아가는 사람들의 고민, 아픔, 비판 등을 담기 때문에 사실 비트가 변한다 해도 랩의 근본은 안 바뀌죠. 하지만 시간이 갈수록 우리나라에서도 본토 래퍼들보다 뛰어난 친구들도 나오고 있죠. 이건 그냥 내 느낌인데 랩의 리듬하고 우리나라 전통적인 리듬은 닮은 구석이 있는 거 같아요. 그냥 그렇다는 거예요. 흑인이 우리나라 전통 이야기하니까 웃기죠? 나도 한국에서 태어난 한국 사람이에요. 아버지가 흑인이긴 하지만……."

지오는 기주를 쳐다보며 머리를 긁적거렸다. 그러다 말을 멈추었다.

"그런데 나한테 이런 이야기 들으려고 이 시간에 온 건 아니잖아."

"오늘 하루 신세 지자."

"뭐? 여기서?"

"이 동네 지금 나가 봐야 방도 못 구하잖아."

"그건 그렇지만……."

지오는 작업대 위의 물건들을 치운 뒤 전기장판을 깔아 간이침대를 만들었다.

"나나 형은 괜찮지만 이 쇼티는 좀 그렇잖아."

"난 기준데 쇼티가 뭐예요?"

"기주……. 쇼티는 흑인들이 애인이나 멋진 여자를 부를 때 쓰는 말이야."

기주는 지오가 신기했다. 흑인이 스스로 한국인이라 인식하고 있다는 사실도 그랬고 검고 두툼한 입에서 거침없이 한국말이 흘러나오는 점도 그랬다.

"설마 하쿠나 마타타(Hakuna matata)가 생각나서 여기까지 오진 않았을 테고. 무슨 일이야?"

"모르는 게 나아."

공간이 좁아 별다른 난방기가 없었지만 훈훈했다. 세 사람이 내뿜는 열기만으로도 구둣방 안은 따뜻했다.

"그래, 일은 할 만해?"

"그럼, 형이 구해준 건데. 들어왔다가 내 얼굴 보고 기겁하고 도망가는 사람들이 종종 있다는 게 문제이긴 하지만."

지오는 문의 맞은편에 붙여놓은 거울 쪽으로 고개를 돌렸다. 기주는 거울 속에 담긴 흑인을 보았다. 마주 앉아 있는 지오보다 거울 속의 지오가 더 낯설었다.

"형 수배 중이야?"

"몰라."

노우의 시선이 기주에게로 향했다. 진즉 수배령이 내려졌을 지도 몰랐다.

"수배 중일 수도 있다는 말이네. 그런데 모른다? 요즘 사람 맞아?"

지오는 선반 위에서 태블릿 PC를 꺼내 전원을 켰다.

"씻는 건 여전히 망원역에 들어가서 해결해?"

"다른 방법이 없잖아. 가끔 수입이 좀 짭짤하면 사우나 가기도 하는데 사우나 갔다 오면 늘 후회하는 거야. 그 비싼 델 뭐하러 다녀왔나 하는 생각이 드는 거지. 그래서 사우나 갔다 오는 날은 점심이든 저녁이든 굶어."

기주는 두 사람의 이야기가 구둣방을 숙소 삼아 사는 지오만큼이나 낯설었다.

"형 지명 수배는 '원터치 폴리스'라는 사이트에 들어가 보면 바로 확인할 수 있어."

지오가 내민 화면 앞으로 세 사람이 머리를 들이밀었다.

"이쪽으로 잘 아네."

"우리 애들이 가끔 들르잖아. 이놈들이 뭔 짓을 하고 돌아다니는지 그때마다 말하는 거야. 자기 지명 수배 당한 거 같다고. 그래서 찾아봤지. 지명 수배는 좀 무시무시한 범죄자들한테만 때리는 거고."

지오가 몇 차례 마우스를 클릭하자 '지명 수배' 페이지가 모니터에 나타났다.

"현재는 이 사람들이 전부야. 그러니까 지명 수배 당한다는 건 굉장히 유명해진다는 말이기도 해. 노우 형이 이번엔 무슨 사고/우리의 우상, 우리의 호프/거리는 차갑고 세상은 냉정/아무도 고아 따위 반기지 않아/ 하쿠나 마타타(Hakuna matata)……."

빠르면서도 굵은 목소리가 기주의 마음에 감겼다. 특히 후렴구는 중독성이 강했다.

"형은 없어. 그럼 잡범이라는 말인데."

지오의 얼굴에 웃음이 돌았다. 노우는 아무런 대꾸를 하지 않았다. 문득 보육원 사감이 떠올랐다. 노우는 지오에게서 태블릿을 낚아채 인터넷 검색창에 '학수보육원'을 입력했다.

'……학수보육원의 생활 팀장으로 알려진 이종명 씨는 당뇨 합병증과 노인성 우울증을 앓고 있었으며 보육원 경영의 어려움을 겪던 중 급작스럽게 저하되는 심경의 변화를 이겨내지 못하고 자살한 것으로 알려졌고…… 빨간색 모닝 차량에서 번개탄 두 개가 발견된 것으로 보아…… 근처를 지나던 고등학생이 발견해서 신고를…… 타살의 정황은 없어 보이고…….'

노우는 기사를 끝까지 읽지 못하고 몸을 부르르 떨었다.

"이게 무슨 소리야? 그 양반이 자살했다고?"

지오가 태블릿 화면 쪽으로 얼굴을 바짝 들이밀었다. 빨간색 모닝 주변에 폴리스 라인이 쳐져 있었고, 현장을 수습 중인 경찰들의 모습이 보였다.

"잠깐만요."

이번에는 기주가 얼굴을 들이밀었다.

"이 사람……."

기주가 짧은 머리에 회색 파카를 입은 남자를 가리켰다. 얼굴은 희미하게 보였지만 어깨가 다부졌다. 노우와 지오가 기주를 쳐다보았다.

"우리 집을 감시하던 남자예요."

"설마. 비슷한 사람이겠지."

"선배, 우리 대장이 어떤 현장이든 날 데려간 이유가 뭐라고 생각해요? 난 눈으로 본 모든 걸 기억해요. 다른 사람들은 무심하게 넘겨버리는 것도 난 기억한단 말이에요. 무슨 말인지 알아요? 그냥 기억하는 정도가 아니라 몸태며 그날 입었던 옷까지도 기억해요. 우리 대장이 나를 데리고 다닌 건 그 힘을 믿었기 때문이에요. 기억력 덕분에 사람들이 나타났다 사라지는 간격을 관찰해서, 그들이 동네 거주민인지 형사인지 쉽게 구분할 수 있었죠. 일주일 전에 본 사람과 나흘 전에 본 사람, 바로 어제 본 사람이 동일인이라는 걸 기억한다고요."

지오의 눈이 커졌다.

"오, 재밌는 재주 가졌네. 그걸로 밥 빌어먹기는 어려워도."

지오가 혼자 낄낄거렸다.

"그나저나 사감이 왜 자살을 했지? 그럴 이유가 없는데……. 혹시 형 때문에?"

"무슨 소리야!"

"아무래도 저건……."

기주의 눈이 빠르게 깜빡거렸다.

"우리가 쓸 중고차 마련하러 간다고 그랬는데."

이번에는 기주가 검색창에 '평택 사건 사고'라는 단어를 써넣었다. 화면에 어제 날짜의 사건 사고들이 올라왔다. 노우는 질문을 하려다 입을 닫았다. 기주가 띄운 화면에 어김없이 빨간색 경차가 등장했다. 노란 폴리스 라인과 경찰들. 기사의 단어들이 드문드문 세 사람의 눈에 들어왔다.

'검찰은 보육원 경영을 둘러싼 보육원 출신들과 경영권 다툼 여부에도 초점을 맞추어…… 일대가 개발이 되면서 개발권과 땅값 상승에 따른…… 타살의 가능성도 배제하지

않고……'

지오는 천천히 노우를 살폈다. 기주는 그런 지오를 바라보았다. 노우는 모니터에 눈을 둔 채 미동도 하지 않았다. 노우는 모니터에 되비친 거리의 어둠을 응시했다. 좁은 틈을 밀고 들어온 어둠은 일정한 방향으로 흘러가지 않았다. 땅 혹은 건물이나 자동차에 부딪친 우박처럼 사방에서 모여들었다가 삽시간에 흩어지기를 반복했다. 무질서한 채, 가던 길도 잊은 채, 본연의 결을 버렸다. 노우는 주머니를 뒤져 구겨진 담뱃갑을 꺼냈다. 지오는 손을 뻗으려다 천장에 난 작은 문을 열었다. 갑자기 누전 차단기가 떨어지며 전등이 꺼졌고 어둠이 별과 함께 폭포처럼 쏟아져 내렸다.

달과 함께

1

겨울의 달은 말랐다. 여느 계절의 달보다 빈약했다. 날이 추워지면서 달이 상현의 모습을 띠었지만 노우에게는 나머지 부분도 보였다. 색감의 차이가 약간 있지만 달은 울퉁불퉁한 제 모습을 감추지 못했다. 노우는 고개를 저었다. 달의 뒤편을 볼 수 있는 게 미래를 보장할 수는 없는 일이었다. 그는 팔짱을 끼고 보닛에 엉덩이를 걸친 후 쪼그려 앉아 담배를 피우는 지오와 그 앞에서 괜히 발바닥만 비벼대는 기주를 쳐다보았다.

"형, 너무 억측 아냐?"

담배꽁초를 어둠 속으로 튕기며 지오가 먼저 입을 열었다.

"형 논리대로라면 그 독거라는 여자가 사감을 죽였다는 건데, 그렇게 자살로 위장해서 죽일 정도면 우리가, 아니지, 형이 감당할 수 있는 상대가 아니라는 말이잖아."

지오는 다시 담배를 꺼내 물었다.

"그렇다고 원래의 자리로 돌아갈 수는 없어요."

기주가 말했다.

"그렇겠지. 공권력에 반기를 드는 건 원래의 자리로 돌아갈 마음이 없다는 것이기도 할 테니까. 좋아, 저런 인간들하고 싸운다 치자. 우리가 총이 있는 것도 아니고 뭐 전직 특수부대 요원도 아니잖아. 그 사람들하고 부딪치면 백전백패라는 말인데."

골목의 어둠이 추위와 함께 세 사람에게 몰려왔다. 망원동에서 합정동 쪽으로 몰려가던 바람의 방향과 어둠의 흐름이 바뀌었다. 노우는 망원역 방향의 도로를 살폈다. 새벽 세 시, 쓰레기를 수거하는 트럭이 요란한 소리를 굴리며 다가오고 있었다.

"일어나, 어서!"

노우는 검정색 세단 두 대가 트럭 뒤에 조심스럽게 따라 붙는 걸 보았다. 노우의 눈에는 세단 안에 앉아 있는 남자들의 모습이 보였다.

"왜?"

지오는 투덜거리며 일어섰다. 기주는 노우가 무언가를 봤다는 사실을 알아차렸다.

"너 중요한 거 챙겨서 빨리 나와!"

"왜 그러냐니까?"

기주가 먼저 백팩을 들고 움직였다. 지오도 뭔가 심상치 않다는 걸 금방 눈치챘다.

"너미, 나까지 엮이는 거야?"

지오는 태블릿과 작은 백팩을 챙겨들고 부리나케 구둣방을 빠져나왔다. 노우와 기주는 이미 세단이 내려오는 반대 방향으로 걸음을 옮기고 있었다.

"형, 괜한 노파심 아냐?"

노우는 대꾸하지 않았다.

"그리 가면 금방 노출돼. 날 따라와."

두 사람을 밀치고 지오가 앞장섰다. 그는 건물과 건물 사이 빈틈으로 불쑥 들어갔다. 노우와 기주가 뒤에 붙었다.

"아, 진짜 중요한 거 놓고 왔네."

지오가 걸음을 멈추었다. 그는 뒤돌아서서 건물의 그림자가 드리워진 입구까지 거슬러 올라갔다. 노우가 손을 잡았지만 그는 그 손을 뿌리쳤다.

"뭘 안 가져왔는데?"

"하쿠나 마타타(Hakuna matata)"

"그건 그냥……."

"랩 작사집이야. 처음부터 태블릿에 넣었어야 했는데."

지오는 건물 모서리에서 걸음을 멈추었다.

"설마 했는데……."

멀리 지오의 구둣방 주변을 서성이는 남자들이 보였다. 노우와 기주도 그들을 살폈다.

"아니 저놈들 정보망이 도대체 어떻기에 나를 다 찾아오는 거야? 이해가 안 되네."

"내 신상 조사하다가 네가 잡혔겠지. 친하다는 것도."

"구둣방 날아가도 형이 준 돈으로 장만한 거라서 아쉬울 거 없지만, 저것들 해도 너무하네."

사내 중 하나가 구둣방 문짝을 부숴다. 문짝 부서지는 소리가 어둠을 갈랐다.

"빨리 뜨자."

"이거 참, 난 아무 짓도 안했단 말이야."

지오가 투덜거렸다.

"어디 갈 만한 데 없을까?"

노우가 골목 밖을 내다보며 물었다.

"형, 앞으로 난 어떻게 되는 거야?"

"나도 몰라. 일단 피하는 것밖에."

"난 형 일하고 아무런 연관이 없잖아. 형 혹시 간첩 아니지?"

"간첩 같은 소리하고 있네."

구둣방 앞에 모여 있던 사내들이 빠르게 흩어졌다. 흩어지는 사내들을 둘러보는 사람은 독거였다. 늘 치마를 입던 여자였는데 오늘은 바지 차림이었다. 노우는 두 사람의 팔을 잡고 골목 안의 더 깊은 어둠 속으로 들어갔다.

2

"누가 규정하지? 너는 빨강 나는 파랑/아무도 믿지 말라던 사람 누구도 믿을 수 없는 세상/거짓말 싫어하던 사람/스스로 죽을 줄 모르는 인간/누가 빨간 차를 누가 사소한 인간/소식도 없고 바람도 없는 인간/인사도 못했는데 미워했던 시간들 전달하지 못했는데/아무래도 좋아 내가 누구의 아이인지 내가 어디로 가야하는지 말해주지도 않고 가버렸네/yeah yeah……."

지오는 넋두리 같은 랩을 주절거렸다. 노우는 투덜대는 지오를 데리고 단숨에 평택까지 내려왔다. 사감의 죽음을 확인해야만 했다. 그리고 사감의 죽음이 남긴 흔적들을 보아야 한다고 믿었다. 남이라 생각했는데 막상 사감이 자살했다는 뉴스의 사진을 보니 참담했다. 아기자기한 걸 좋아하는 사람이었다. 자살을 했다면 자신의 침대에서 곱게 죽을 거라고 생각했다.

"좀 조용히 해 봐."

"형은 참, 저기까지 짭새한텐 들리지도 않아."

기주는 지오가 랩을 더 하도록 부추겼다.

"내 나이 스물하고도 여섯/세상을 다 살아버린 기분/구두 닦다 쫑난 인생/ 누구도 거들떠보지 않을 인생/아둥바둥 산다고 달라질까/달라질까……."

노우는 그런 지오를 쳐다보지 않고 길 건너편에 시선을 두고 있었다. 평택까지 내려가야 한다고 막연하게 생각했는데 현장을 보자 막연했던 게 분명해졌다. 지오가 들려주는 랩도 노우의 생각을 분명하게 결정해 주었다. 물러서지 않는다는 것, 자신의 삶이 독거에 의해 결정되어 버리는 걸 용서할 수 없다는 것, 부당한 많은 걸 세상에 알려야 한다는 것. 노우는 몸을 앞으로 당기며 유리창에 얼굴을 바짝 붙였다.

빨간색의 모닝은 이면도로 너머 작은 풀숲에 그대로 세워져 있었다. 수사가 종결되지 않았다는 뜻일까. 뒤쪽의 쿼터패

널은 녹이 슬고 타이어는 낡아 희미한 달빛에도 반들거렸다. 폴리스 라인도 그대로였다. 경찰관 세 명이 주변을 어슬렁거렸다.

노우는 모닝을 뚫어지게 노려보았다.

“우리가 형사도 아니고 이게 무슨 짓인지.”

지오가 낮은 목소리로 투덜거렸다. 마침 일 톤 트럭이 사방을 헤드라이트로 헤집으며 도로를 지나갔다.

“계속 그렇게 투덜거릴래? 너 가고 싶은 대로 가라고 그랬잖아.”

“내가 갈 데가 어딨어? 형하고 떨어지면 언제 어떻게 될지도 모르는데.”

“나는 너 책임 못 져.”

“누가 책임지래? 나도 지금 혼란스러우니까, 적어도 다음에 뭘 할지 결정할 때까진 의지할 사람이 있어야 할 거 아냐.”

지오가 고개를 돌렸다. 기주가 손을 들어서 그의 둥근 어깨 위에 천천히 내려놓았다.

“어쩌자고 사람 목숨을 파리 목숨처럼 생각하는 인간들하고 엮인 건지. 어떻게 이런 일이 일어날 수 있는 거지?”

노우는 여전히 모닝 주변을 골똘히 살펴보았다. 흩어진 여러 개의 발자국들, 무언가를 끌고 가거나 끌고 온 긴 흔적, 폴리스 라인에서 일 미터쯤 떨어진 곳에 강렬하게 남은 두 개의 힐 구멍. 구멍 뒤에 떨어져 있는 한 개의 담배꽁초.

"기주야, 독거도 담배 피웠지?"

"피웠지. 보헴 시가 미니 1밀리. 취향이 바뀌지 않았다면 그거야."

"형! 나 변호해 줄 수 있냐고?"

지오가 둘 사이에 얼굴을 들이밀었다. 노우는 그의 얼굴을 밀어내고 기주에게 다시 물었다. 그는 힐 구멍 뒤에 버려진 담배꽁초를 노려보았다.

"여기에도 독거가 왔었어?"

"현장에 담배꽁초를 함부로 버리는 여자 아닌데."

"좀 멀리 떨어진 곳에서 몇 사람이 서성거렸어. 오 미터쯤. 거기에 담배꽁초 몇 개가 버려져 있는데 보헴 시가 미니 1밀리야."

기주가 어깨를 떨었다.

"독거라면 그 여자?"

지오의 질문이 바뀌었다. 기주의 눈도 노우의 눈길이 닿은 곳으로 향했다. 하지만 기주는 노우가 보는 걸 볼 수 없었다. 그저 어둠뿐. 주변을 살피던 경찰관 둘이 현장에서 두어 걸음 벗어난 후 담배를 꺼내 물었다. 다른 한 명은 그저 그들을 구경하기만 했다. 두 경찰관의 담배는 보헴 시가 미니보다 굵었다. 두 경찰관은 좌우를 살피며 한 모금씩 신중하게 담배를 빨았다.

"독거가 여기 왔다면 사진 때문이겠지."

"사진을 못 찾았으면 그냥 돌아가야지, 사감을 왜?"

기주도 이해되지 않았다.

"뭔가 잘못된 거지, 다른 이유가 있을 지도 모르고."

"형, 다시 한 번 물어보는 건데 도대체 뭔 짓을 한 거야? 옛날처럼 줘야 할 거 훔쳐서 감추고 그런 거지?"

"우리 일은 그러니까 정상적인 건 아냐. 나한테 정보가 없으면 우린 어느 순간 사라져버릴 지도 몰라. 나를 가둬 놓고 고문하는 것도 그렇지만 걸림돌이 된다면 그 상대를 가차 없이 제거해 버리는 인간들이야."

"나 참, 그게 가당키나 해? 여긴 법치국가라고, 법치국가!"

"법치국가가 뭐? 법보다 위에 있는 존재들은 항상 있어 왔거든."

지오는 할 말을 잃고 입맛을 다셨다. 보육원에 있었을 때, 그곳의 원장 역시 법보다 높은 곳에 존재하는 사람이었다. 원장은 독재자였으며 신이였다. 살고 죽는 문제까지 그가 결정했다. 병이 깊어도 그가 병원을 보내 주지 않으면 보육원에서 죽어야만 했다.

"형, 히터 좀 틀자, 얼어 죽겠다."

지오가 투덜거렸다. 노우는 그를 빤히 바라보았다.

"농담이야, 농담. 다 봤으면 얼른 자리 뜨자고."

담배를 피우던 경찰들이 세 사람이 탄 차를 주시했다. 맞은편에서 또 다른 경찰관 세 명이 등장했다. 교대 시간인 모양이었다. 먼저 근무를 섰던 세 명의 경찰관들은 서로 수군거리더니 노우와 기주, 지오가 앉아 있는 차 쪽을 쳐다보았다.

"기주야, 얼른 시동 걸어."

"왜?"

"빨리!"

기주가 시동을 걸었다. 열심히 키를 돌려봤지만 시동이 걸리지 않았다.

"선배!"

세 명의 경찰관이 좌우를 살피며 도로를 건너오고 있었다. 바뀐 근무자들의 눈길도 일제히 세 사람이 타고 온 차에 쏠려 있었다. 기주가 열심히 자동차 키를 돌렸지만 시동이 걸릴 기미가 보이지 않았다.

"내려!"

노우는 배낭을 챙겼다. 기주와 지오도 서둘렀다. 노우가 내리고 지오도 내렸다. 기주는 차문을 닫으려다 말고 차 키를 뽑았다. 경찰들은 중앙선을 넘어 점점 더 가까워지고 있었다. 노우는 하얗게 언 논으로 뛰어들어갔다. 그 뒤를 기주와 지오가 따랐다.

"어차피 버릴 거 키를 뭐하러 가져와?"

"행정 실장이 차는 버리되 키는 버리지 말라고 했어."

그들의 등 뒤로 차문을 여닫는 소리가 따라왔다. 노우는 거침없이 앞으로 걸어 나갔다. 그에게 밤은 낮과 다르지 않았다. 기주는 그의 발자국을 놓칠까봐 빨리 따라붙었고 지오 역시 덩달아 서둘렀다.

"형, 진짜로 깜깜한 상태에서도 다 보이는 거 맞아?"

"쓸데없는 소리하지 말고 잘 따라오기나 해."

노우는 별이 가득한 하늘을 올려다보았다. 등 뒤에서 사이렌이 울렸다. 세 사람이 걸음을 멈추고 뒤를 돌아다보았다. 세 사람은 뛰기 시작했다.

3

멀리 굴뚝 위로 검은 연기가 피어올랐다. 동이 틀 무렵이었다. 그 연기 속에 사감의 세월이 담겨 있을지도 몰랐다. 노우는 주변을 맴돌 뿐 화장터 안까지 들어가지는 못했다. 찜질방에서 밤을 꼬박 새우다시피 하고 나온 길이었다. 몸은 무거웠고 머릿속은 어지러웠다. 걸음을 옮길 때마다 다리가 휘청거렸다.

"날씨 한번 더럽게 춥네."

지오가 입을 찢어지게 벌리다 말고 부르르 입술을 떨며 몸서리를 쳤다. 노우는 굳은 채 서서 화장터 입구를 쳐다보았다. 행정 실장과 큰 아이들 몇이 서성거리는 게 보였다.

"우리 보육원은 어떻게 되는 거야?"

"시에서 운영하겠지."

"찜질방 나올 때 슬쩍 지명 수배자 사진 보니까 우리 없더라고."

"그 사이에 올렸겠냐. 그리고 쉽게 지명 수배 같은 거 내리지 못할 거야."

"왜?"

"내가 중요한 걸 갖고 있으니까."

"필사적으로 형을 잡으러 오겠다는 말이네. 덩달아 이게 웬 날벼락이야."

행정 실장과 아이들이 화장터 건물 안으로 들어갔다. 자살에서 화장까지 일사천리로 진행되고 있었다. 화장을 돕는 이들은 경찰이었다. 일종의 감시일 수도 있었다. 주변 어디에 독거 패거리가 진을 치고 있을 지도 몰랐다.

'꽃이라도 한 송이 놔 드리고 떠나야 하는데.'

노우는 돌아섰다.

"이제 어디로 가?"

"진보국한테."

"누구?"

"진보국."

"요즘 광화문에서 시위대 선봉 서는 그 교수?"

노우는 발걸음을 빨리했다. 기주도 말없이 따라붙었다.

"기주야 차 시동선 연결할 수 있지?"

"첨단 차는 빼고."

노우는 구형 싼타페를 골랐다. 선팅도 짙어 안이 잘 들여다 보이지 않았다. 노우는 간단하게 차문을 열었다. 기주는 운전석으로 들어가 배선 덮개를 떼어낸 후 배선판을 꺼냈다. 그 동안 노우와 지오는 담배를 하나씩 꺼내 물었다.

"언제까지 이렇게 살아야 하는 거야?"

"언제까지 이렇게 살 수 없으니까 결단을 내려야지."

"무슨 결단?"

"빨리 타요."

기주가 두 사람을 불렀다. 조수석에 지오가 타고 뒷좌석에 노우가 탔다.

"선배 어디로 가?"

"일단 가장 가까운 PC방으로 가자."

"뭐하려고?"

"독거한테 까불지 말라고 경고해야지."

그들이 탄 차는 조용히 주차장을 빠져나갔다. 도로에 들어가자 오른편에 납골당 전경이 보였다. 연기는 끊이지 않고 솟아올랐다.

"형, 나중에 우리가 저 보육원 사자."

지오는 모처럼 밝은 목소리로 말했다.

"사야지, 꼭 사야지."

그들이 탄 차는 새벽을 뚫고 평택 번화가를 향해 나아갔다.

4

노우는 감시 카메라를 등지고 섰다. 보관함 416번. 보관함을 열자 검정색 크로스백과 남색의 소형 배낭이 나타났다. 노우는 크로스백과 배낭을 메고 벽쪽에 붙어 잰걸음으로 역사를 빠져나갔다.

지오와 기주는 음식점 골목 입구에 서서 사방을 살피고 있었다.

"선배 짐은 독거가 다 가져가지 않았어요?"

"중요한 건 여기 다 있어."

노우는 먼저 크로스백 지퍼를 열고 오만 원짜리 돈뭉치를 꺼냈다.

"형, 이런 걸 다른 데도 아니고 지하철 보관함에 넣어 놓다니 제정신이야?"

"은행보다 여기가 더 안전해. 은행은 기관에서 막으면 영영 사용할 수 없어. 그리고 지금 우린 은행 거래 자체가 안 되잖아. 은행 거래하는 순간 나 어디 있다고 폭로하는 것이기도 하고."

노우는 오만 원권 한 다발을 기주에게 건넸다.

"아무래도 차가 있어야 할 거야. 눈에 잘 안 띄게 평범한 차로 사와. 전에 폰 개설할 때 쓴 주민증 말고 다른 거 하나 더 구해서."

"밖에 세워둔 차는?"

지오가 물었다.

"진즉 도난 신고 됐을 거예요."

지오는 제 손으로 머리통을 쥐어박았다.

"내가 어쩌다 이런 인간들하고 엮인 거지."

기주는 일그러진 지오의 얼굴을 힐끔 쳐다보았다.

"진짜 이런 걸 지하철에 넣어놔도 돼?"

기주가 사방을 살피며 물었다.

"지하철 보관함이 안전하다니까."

"거긴 하루나 이틀 지나면 수거해 가는 거 아냐?"

"정기권 끊으면 몇 달 동안 아무도 안 건드려."

"진짜야?"

"속고만 살았나. 기주야, 차 마련해서 자유로로 진입하면 첫 번째 나오는 주유소 있지. 우리가 주유도 하고 커피도 사먹던 곳. 거기로 와. 그리고 대포폰 두 개 마련해 오고."

"두 개는 왜?"

"진 교수랑 쓸 폰으로."

"나 하나 있는데."

"그것도 이미 추적이 시작됐을 거야. 독거가 찾으라고 하면 어떻게든 찾아내는 팀이 있잖아."

"선배는?"

"우린 택시 타고 갈 테니까."

"좀 천천히 움직여야 하는 거 아냐? 재네들이 어떻게 움직이는 지 좀 보고."

"저것들 움직이기 시작했어. 덩치가 커서 우리가 못 느끼는 것뿐이야. 우리의 가장 큰 장점은 독거 패거리보다 빨리 움직일 수 있다는 거야. 빨리 결정하고 빨리 행동할 수 있는 게 우리 무기야."

"이것들은?"

기주가 배낭을 가리켰다.

"최후의 보루."

노우는 더 설명하지 않고 기주의 등을 밀었다. 골목에서 벗어난 기주가 사방을 살핀 후 지하철 출입구 부근에서 택시에 올라탔다. 노우와 지오도 손님이 내린 택시에 재빨리 올라탔다. 그들은 낮엔 숨죽이고 밤에 움직였다. 낮은 분주해 세 사람쯤 사람들 속에 묻힐 것 같았지만 오히려 그들을 깊이 묻어주었다. 노우와 기주는 누구보다 밤과 낮이 주는 선명한 이치를 잘 알았다.

택시는 금방 자유로로 접어들었다. 지오는 자꾸 노우의 배낭을 힐금거렸다.

"별 거 없어. 생존 배낭 같은 거니까."

그래도 지오는 호기심을 접을 수가 없었다. 그러자 노우는 통째로 배낭을 그의 무릎 위에 올려놓았다.

"봐도 돼?"

지오는 백팩 지퍼를 열었다. 두 개의 외장 하드, 미니 양주 세 개, 초콜릿 바 다섯 개, 구급약품 상자, 맥가이버칼, 담배 두 갑, 지포라이터, 지포라이터용 오일, 휴대용 미니 라디오, 검정색의 마스크 여러 장과 머리와 얼굴을 한꺼번에 가릴 수 있는 가리개, 손바닥이 코팅된 장갑 세 벌. 지오는 외장 하드를 꺼내들었다.

"이 안엔 뭐가 들어 있는 거야?"

"동영상이나 사진 같은 거지."

노우는 잠깐 택시 기사를 살폈다.

"형이 찍은 것들? 이거 지키려고 이렇게 도망 다니는 거야?"

노우는 창밖으로 시선을 둔 채 별다른 반응을 보이지 않았다. 지오는 노우를 빤히 쳐다보았다.

"옛날 생각난다."

노우는 눈짓으로 언제를 생각하느냐고 물었다.

"우리 단체로 나가서 사고 친 적 있었잖아. 사실 사고라기보다 주란이한테 함부로 한 놈들 혼내주러 갔다 온 건데. 경찰서에서 원장한테 연락이 왔던 날 생각나지?"

여자지만 원장은 완력이 대단했다. 여섯 명에게 매질을 하기 위해 스무 자루의 몽둥이를 준비해 두고 기다렸다.

"모두 원장한테 무릎 꿇고 비는데 형만 무릎 꿇지 않았잖아. 생각나지? 원장이 때리다 제풀에 지쳤잖아. 기주한테 대충 이야기 들을 때부터 형은 끝까지 가겠다는 생각이 들더라. 하지만 상대가 보육원 원장도 아니고 국가 기관이면 프로들이잖아. 그래도 그 인간들 엿 먹이는 건 형이라면 가능하겠다 싶더라고. 그 덕에 나도 빵빵이 치고 있긴 하지만 구두나 닦고 사는 거 보단 이렇게 살아보는 것도 나쁘진 않겠다 싶네. 죽을 수도 있겠지만."

룸미러 속에 뒷좌석을 힐끔거리는 택시 기사가 비쳤다.

"빈 몸으로 보육원 나올 때 형이 정문 앞에서 기다리고 있었잖아. 사실 난 어디로 가야할 지 막막했는데. 나 같은 거 기다리는 인간도 없을 테니 그냥 죽어버려도 나쁘지 않겠다는 생각도 했었는데……."

지오는 다음 말을 잇지 못했다. 노우는 그의 무릎 위에 놓인 손을 잡았다. 거칠고 두꺼운 손이었다. 손톱 사이사이 구두약이 박혀 있었다.

"진짜 궁금해서 묻는데, 진짜 밀고 나가는 거야?"

지오가 정색을 하고 물었다.

"다른 방법이 없어."

노우와 지오는 더 이상 입을 열지 않았다. 택시는 차가운 밤을 가르며 막힘없이 달렸다. 두 사람이 침묵한 지 십여 분 만에 택시는 주유소로 들어갔다.

"여기선 손님을 태워갈 수가 없는데……."

노우는 실랑이를 벌이지 않고 요금의 두 배를 주었다. 택시가 떠난 후 두 사람은 편의점으로 들어가 핸드 드립 커피를 샀다. 커피를 마시고 창밖을 보며 기주가 나타나기를 기다렸다.

5

노우는 모니터에 사진 한 장을 띄웠다. 양쪽에 붙어 앉은 기주와 지오가 목을 빼고 사진을 들여다보았다.

"선배, 이 사진은 뭐야?"

평범한 사진이었다. 방 중앙에 넓은 책상이 있고 책상 좌우에 방 주인의 사진이 놓여 있었다. 카메라의 초점은 모니터였다.

"이게 뭐야?"

지오가 머리를 바짝 들이밀고 모니터를 응시했다. 두 명의 남자가 백악관을 배경으로 찍은 사진이었다. 노을이 붉게 물든 해질 무렵이라 그런지 사진의 명암이 조금 어두웠지만 영화의 한 장면 같은 사진이었다. 미국에 여행을 간 사람들은 워싱턴에 들러 백악관을 배경으로 사진을 찍는다, 유명한 관광지에서 벌어지는 흔한 풍경이다. 문제는 사진 속의 인물이었다. 한 명은 노우가 정보를 빼내 왔던 김문근 교수였고 다른 한 명은 미국인이었다.

"누구지?"

기주도 모니터를 골똘히 들여다보았다.

"반년 전엔가 선배가 들어갔던 김문근 교수잖아."

기주는 사진 속의 한국인이 누구인지 알아차렸다. 지오는 사진 속 인물에 대해 알 리가 없었지만 모니터 앞으로 바짝 얼굴을 들이댔다.

"그런데 이 미국인은 누구야?"

기주도 처음 보는 사진이었다. 특별한 일이 생기지 않는 한 노우는 자신이 가지고 나온 정보에 대해 말하지 않았다.

사진 속의 미국인은 금발의 시원스러운 이목구비에 커다란 회청색 두 눈은 속을 짐작하기 어려웠다. 김문근 교수와 나이도 비슷해 보였다.

"나도 처음에는 그냥 친한 미국인이겠거니 생각했지."

"친하니까 어깨동무도 하고 찍었겠지."

김문근과 미국인은 서로의 어깨에 손을 얹고 있었다.

"이 사진이 왜?"

"아주 친해 보이지?"

노우는 워드 창을 모니터에 작게 띄웠다.

"여기에 김문근이 연구비를 지원해 주어서 고맙다는 편지를 쓴 게 있어."

그럴 수도 있는 일이었다.

"여기 편지를 보면 '친애하는 데이비드 듀크에게'라고 적혀 있어."

지오가 눈살을 찌푸렸다.

"혹시 김 교수의 동성 애인인 거 아냐?"

"상상하는 거라곤."

기주는 자신의 스마트폰 검색창에 '데이비드 듀크'를 입력했다.

"데이비드 듀크라는 사람은 미국 네오나치의 실질적인 대표야."

"네오나치는 또 뭐야?"

노우가 지오와 기주를 번갈아 보았다.

"김 교수가 네오나치의 수장하고 친했던 거야."

"그러니까 네오나치가 뭐냐고?"

"나치의 후계자들이며 아돌프 히틀러를 숭배하는 사람들의 모임이라고 생각하면 돼. 유색인종을 몰아내야 한다는 단체야. 미국 KKK가 전신이라고 할 수 있지."

지오는 말 속의 단체들이 조금은 위험한 단체처럼 들렸지만 김문근 교수가 그들과 친한 것과 독거에게 자신들이 쫓기는 것이 서로 무슨 연관이 있는지 해석이 되지 않았다.

"급진적인 사람들이니 친했을 수도 있겠지. 사실은 그게 독거한테 빌미를 줬을 거예요. 인종 우월주의자와 김문근 교수를 한통속으로 엮기에 좋은 재료인 거죠."

기주가 노우를 바라보았다.

"네오나치는……."

노우는 지오를 힐끔 쳐다보았다.

"형, 걱정하지 마. 구둣방에서 할 일이 없어서 책만 읽어대니까. 형이 말하면 전부는 몰라도 어느 정도는 알아들을 수 있어. 나치가 뭔지도 알고. KKK는 더 잘 알지."

"걔네들은 세계 각국에 있어. 예전에 KKK가 흑인들을 상대로 테러를 했다면 네오나치는 유색 인종을 테러 대상으로 삼는 거야. 테러 대상을 흑인으로 고집하지도 않아. 어쨌든 흑인이나 히스패닉계 사람들이 대상이었는데 최근에 들어서서 그 친구들의 제노사이드가 동양인으로 서서히 바뀌고 있대. 웃긴 건 아시아에도 네오나치들이 있다는 거지. 자세한 건 아마 독거가 알고 있겠지. 독거가 김 교수를 데이비드 듀크의 한국 연락책으로 만들어 엮으려고 했을 거야. 그러니까 네오나치의 한국 총책 정도로 몰아가려고 했겠지. 미국 네오나치 단체로부터 연구비를 받았으니 엮기 좋았을 거야. 내가 이 사진을 전달하지 않았으면 김 교수는 아마 살아서 서울 시장을 하고 있을 지도 몰라."

"김 교수라는 사람이 그걸 몰랐을까?"

"몰랐을 리 없어. 거액의 연구비도 매력적이었을 거고 미국 사람이니까 우리나라에서 자기완 엮일 일 없을 거라고 계산했던 건지 몰라. 일반적으로 그렇기도 하고. 독거가 지독하게 달라붙었을 거야."

"그러니까 이 사진이 빌미가 되어서 김문근 교수가 자살했다?"

노우는 별다른 대꾸를 하지 않았다.

"협박했겠지. 시장 후보에서 물러나라고. 재야 운동에서도 한발 물러서라고. 그런데 김 교수는 아마 데이비드 듀크를 부정하지 못했을 거야. 연구비를 많이 받았거든. 그 비용을 민민협을 위해 모두 썼지만. 받아서는 안 되는 돈을 받은 거지. 일본 우익한테서 민족 연구소가 연구비를 받는 것과 비슷한 일이니까. 그러니까 짐작해 보면 데이비드 듀크도 뭔가 요구했을 거 같아. 그런데 워낙 고상한 인물이라 이런저런 부탁을 거절하기가 어려웠을 거야. 게다가 독거가 협박까지 하고."

노우는 검색 화면에 '잡진'이라는 단어를 적어 넣었다.

"'잡다한 진실'에다 이 사진을 올린다고?"

"그 사진 독거랑 우리밖에 몰라. 사진 때문에 독거한테 엄청난 협박을 당했을 거야. 우리가 김 교수 집에 들어갔다 나온 뒤 얼마 안 있다가 자살을 했거든. 돌아가신 분에겐 죄송하지만 내가 독거에게 내밀 수 있는 카드 중의 하나야. 대중들에게 영향력이 굉장히 큰 사람이었잖아."

지오는 눈을 말똥거리며 노우의 이야기를 들었다.

"강인한 사람이었지만 결국 사진 한 장 때문에 교수가 선택할 수 있는 방법은 자살이 최선이었을 거야. 그때 독거의 말을 들었다 해서 해결될 문제가 아니라는 것도 알았겠지. 독거랑 타협하고 그 제안들을 받아들였다면 독거는 독거대로 두고두고 괴롭혔을 거야."

"그래서 김 교수의 자살 사건을 두고 여기저기에 재수사를 요구했던 거구나."

이번엔 기주가 말했다.

"하지만 자살은 분명 자살이었어. 그 사실이 확인된 뒤로 다들 조용해졌잖아. 독거만 목적을 이룬 거였어. 김문근 교수 조직 와해시키고 결국 그를 사라지게 만들었으니까. 손도 안대고 코를 푼 거야. 이 사진 한 장으로. 그런데 김 교수의 자살 뒤에 감추어진 내막을 아는 사람은 독거와 내가 유일한 거지."

노우는 입맛을 다셨다. 자신이 가져다준 정보로 어떤 사람들은 한순간에 나락으로 떨어질 수도 있었다. 정보가 정보 이상을 넘어 무지막지한 권력이 되기도 했다. 독거에게 정보를 전달한 후에야 네오나치의 거물급 인사인 데이비드 듀크와 김문근 교수가 찍은 한 장의 사진이 김문근의 조직뿐만 아니라 그까지 죽이고 말았으니.

"그래, 그럼 이 사진을 올리면?"

"진실을 수면 위로 서서히 끌어올리겠다는 거지. 공개 되었을 때 사람들은 처음엔 잘 모르겠지. 그냥 김문근 교수를 추억하는 사진 중 하나가 웹에 떠도는구나 하고 말이야. 하지만 독거는 알아. 꽁꽁 덮어둔 진실이 서서히 드러나기 시작했다는 걸 알게 되는 거지."

노우는 '숨겨둔 진실1'이라는 제목을 적고 사진을 올렸다. 사진 밑에 멘트도 달았다. '어느 교수의 방—앞으로도 멈추지 않고 숨겨둔 진실을 하나 둘 올리겠습니다.' 기주는 모니터를 노려보며 자판을 두드리는 노우에게서 강렬한 냉기를 느꼈다. 어깨가 시리고 가슴이 서늘해지는 기분이었다.

노우는 엔터키를 누르기 전 눈을 한번 감았다. 교수는 그때 독거로부터 협박받아 왔던 사실을 감춘 채 죽고 말았다. 교수의 실수도 있었다. 하지만 그 실수는 만회가 가능한 실수였다. 어쩌면 그는 국가 사회주의를 꿈꾸었던 것인지도 몰랐다.

노우는 배낭을 들고 벌떡 일어났다. 화면의 창을 지우고 종료시켰다. 두 사람은 모니터에 올려놓았던 창도 닫지 못한 채 노우를 따라 나갔다.

"움직이자. 우리 모르게 감시 카메라에 잡혔을 지도 몰라. 독거가 분석 족치면 우릴 금방 잡아낼 수도 있을 거야. 걔네들보다 빨리 움직여야 살아남을 수 있어."

노우는 계산을 하고 서둘러 계단을 내려갔다.

"구두나 닦는 놈이 이게 무슨 운명인지 모르겠네."

"난 운명 같은 건 안 믿어. 모든 일이 우연히 일어난다고 생각하니까."

"형이랑 내가 보육원에서 살게 된 것도?"

"그래, 그것도 우연이야."

노우의 등이 완고해 보였다.

"기주 씨, 우리 형 우는 거 한 번도 못 봤죠? 나도 그래요. 아주 냉정하다니까요. 저러니까 연애를 못한다니까."

기주와 지오는 그의 뒤통수를 보며 계단을 내려갔다. 노우는 건물 입구에 우뚝 멈춰 섰다.

"기주야, 계획대로 가자."

다른 선택이 없다는 걸 세 사람은 잘 알았다. 또한 어떤 선택을 할 수 없다는 사실도. 눈앞에 닥친 가장 가까운 진실에 다가가야 한다는 것도.

6

원칙을 세웠다. 형체 파악이 쉬운 낮에는 움직이지 않는다. 중요한 물품은 한 가방에 담아 움직일 때 분실하지 않도록 한다. 카드는 쓰지 않는다. 감시 카메라가 있는 도로나 거리는 무조건 피한다. 결국 도망가는 수밖에 없었다.

"무작정 기다린다고?"

지오는 라면을 집어 올렸던 젓가락을 내려놓았다. 기주도 젓가락질을 멈췄다. 노우만 컵에 담긴 라면을 줄기차게 먹어 댔다.

"매운 걸 먹으니까 스트레스는 좀 풀린다."

노우는 매운맛 컵라면 국물을 다 비울 때까지 두 사람에게 이런저런 말을 보태지 않았다. 다만 진보국을 다시 찾아가야 한다는 것, 그리고 은밀하게 만나야 한다고만 말했다.

지오는 통통 불은 면을 집어 들었다가 도로 내려놓았다.

“그거 안 먹을 거야?”

노우가 물었다.

“아니, 먹을 거야.”

지오는 불어터진 면을 허겁지겁 먹어치웠다. 기주도 남은 라면 그릇을 비웠다. 그리고 세 사람은 이백오십 밀리리터 초코 우유를 한 팩씩 마셨다. 우유를 마시자는 건 지오의 제안이었다. 우유까지 모두 비운 후 세 사람은 편의점 앞 플라스틱 의자에 앉아 길 건너 오피스텔을 쳐다보았다.

“의리라면 혼혈 지오/살아오며 의리 배신한 적 없지/그렇게 살 수밖에 없지/남들 중학교 고등학교 갈 때/거리에서 삐끼하며 놀아/의린 배신하지 않지/서울에 홀로 버려져도/의린 배신하지 않지/혼자 두 평 구둣방을 지킬 때도/혼혈 지오는 의리 배신하지 않지/얼굴 까만 한인/니그로라 놀려도 I am a man of loyalty/노우의 제안 노할 수가 없네/까만 얼굴의 한국인 갈 데가 없네/I am a man of loyalty.”

지오는 랩을 흥얼거렸고 기주는 고개를 까닥거렸다.

“진보국 교수는 시계처럼 사는 사람이야. 예전에 그 사람 집에 들어갈 때 이미 교육 받은 내용이고. 앞으로 한 시간 안에 나타날 거야. 문제는 그 사람 주변을 누군가 감시할 수도 있다는 거야. 그 사람 모르게. 아님 알 수도 있고.”

노우가 물었다. 지오는 기주를 쳐다보았고 기주는 노우에게 눈길을 주었다.

"옛날엔 그냥 되는대로 살았잖아."

"그런 적 없어. 매번 계획을 세우긴 했지만 매번 어긋났던 거지."

기주가 생수병을 만지작거렸다.

"좋아, 그 사람 만나면 뭘 할 거야?"

노우가 그에게 잠깐 눈길을 주었다가 거뒀다.

"형, 나도 이제 어쩔 수 없이 한 배를 탔다고. 나도 뭔가를 알아야 하잖아."

노우는 마른세수를 했다.

"일단 여자가 죽은 건지, 독거 패거리가 뭘 한 건지? 확인해야겠지."

노우는 의자에 올려놓았던 백팩을 멨다. 그는 팔걸이를 단단히 잡고 의자에서 일어났다. 지오와 기주도 의자를 밀치며 일어났다.

"난 형하고 친하다는 죄밖에 없는데……."

"미안하다. 난 태어난 죄밖에 없어."

"형이 꼰대가 되어가는 거 알아."

지오는 노우 곁에 바짝 붙어 섰다.

"꼰대가 될 수밖에 없는 세상이잖아."

"살다 지친다고 다 꼰대 되는 거 아니거든."

"난 꼰대 아냐."

"꼰대가 될 수밖에 없다면서?"

"아무튼 아냐."

"꼰대가 자신을 꼰대라고 말하는 거 봤어?"

"그래도 꼰대는 기댈 데라도 있는 거 아냐?"

"형 없어?"

"그런 게 있을 턱이 없잖아."

"형은 그래도 남다른 기술이라도 있잖아."

"문을 따는 게 기술이냐?"

"그것도 재주지. 형 오늘 보니까 박식하던데."

"박식은 무슨. 요원이 되면 테러 쪽 관계된 건 다 교육 받아."

"나는 못 들었는데?"

기주가 툭 치고 나왔다.

"넌 지원이잖아. 난 쉽게 말하면 첨병이고. 그래도 교육 받긴 받았을 텐데? 다른 사람들은 지루해 하던데 난 아주 흥미롭게 들었거든."

"용어 쪽은 젬병이었잖아."

"그쪽은 별로 흥미가 안 나더라고. 난 사람들한테 관심이 많지."

"그랬나?"

"아무튼 형은 공부를 했어야 한다니까."

"공부는 아무나 하냐."

"난 하고 싶어도 못하거든. 구두 닦는 재주밖에 없어서."

"넌 랩도 하잖아."

"그거야 취미 수준이고 그걸로 밥 못 먹고 살아."

"나도 문 따는 걸로 밥 못 먹어."

"지금까지 그걸로 밥 먹고 산 거 아냐?"

"아무튼 난 꼰대 아니다. 서른도 안 된 꼰대 봤어?"

"서른 안 되어도 꼰대 짓을 하면 꼰대지. 환갑이어도 꼰대 짓을 안 하면 꼰대가 아닌 거고. 형은 혼자 나서서 뭐든 해결하려고 하잖아. 나 아니면 안 된다는 그 발상."

"그건 말이지……. 아무튼 난 꼰대 아냐."

"그런 것도 같네."

기주는 핑퐁처럼 주고받는 두 사람의 대화에 실소를 터트렸다.

세 사람은 진보국이 들어오는 오피스텔 길목을 지키기로 했다. 큰길에서 이면도로 쪽으로 삼십여 미터 안쪽으로 들어가야만 했다. 그가 택시를 타고 돌아오거나 누군가의 차를 타고 온다고 해도 세븐일레븐 편의점 앞에서 내릴 터였다. 셀프 세탁소가 세 들어 있는 건물 앞을 지나야만 했고 세탁소 건물과 해장국 건물 사이에는 제법 어둠이 깊었다. 노우는 시계를 들여다보았다. 적어도 삼십 분 안에는 그가 등장할 터였다.

밤은 점점 깊어져갔다. 어둠의 농도가 짙어졌고 거리를 지나는 사람들의 수는 줄어들었다. 높은 건물과 건물 사이의 골목이어서 매운바람이 수시로 드나들었다. 귀가 아팠고 뼈가 시렸다. 그래도 노우는 벽에 붙어선 채 어깨만 움츠렸다. 기주와 지오는 발을 굴렀다.

"그런데 그냥 잡히면 안 돼?"

지오가 물었다.

"잡혀 봐야 학교 가서 몇 년 살다 나오면 되잖아."

"그렇게 간단하면 잡히는 쪽을 택하겠지. 학교도 익숙한 데니까."

"그게 쉽지 않아요. 국가의 일이라 그냥 잡히는 걸로 끝나지 않아요. 독거라는 그 여자나 윗사람들은 철저하게 비밀을 감춰야 하거든요. 그리고 비밀을 없애는 가장 좋은 방법은 근본을 없애는 거고요. 사감을 없앤 것처럼 말이에요."

지오는 몸서리를 쳤다.

"원장은 어쩌면 진짜 스스로 그런 건지도 모르잖아."

노우와 기주가 그를 보았다.

"가늘고 길게 사는 게 그 양반 좌우명이야. 너도 잘 알잖아. 그리고 하필이면 왜 차 안에서 그러냐고. 평생 보육원에서 살았는데."

"그래, 그래. 그 양반 보육원밖에 몰랐지. 그래도 내가 이거 무슨 짓인지 모르것다, 이러다 얼어 죽겠네."

지오가 언 발을 동동 구르며 말머리를 돌렸다. 그의 입에서 허연 입김이 흘러나와 어둠 속으로 흩어졌다.

"형 옛날에 죽은 원장 돈 엄청 많았다는 거 알고 있었어?"

노우는 거리를 내다보며 고개를 끄덕거렸다.

"나는 나중에 알았는데 돈 버는 데 혈안이 되어 있더라고."

지오는 발을 구르며 말을 이어 나갔다.

"지금 생각해 보면 뭐하러 그랬을까 싶어. 한방에 가버릴 거 돈 좀 풀어서 애들 잘 좀 먹이고 옷도 좀 사주고 사고 치면 두들겨 팰 게 아니라 합의금도 내주고 그랬음 좀 좋아. 이제와서 생각해 보니까 사감이 대신 애들 한 풀어주려고 했던 거 같아. 그러니 차도 사주려고 했겠지. 형 혹시 사감이 원장 좋아한 거 못 느꼈어?"

노우는 고개를 갸웃거렸다. 좋아한 건 모르겠지만 원장 곁을 평생 지킨 사람이었다. 원장의 손과 발이었고 원장에게 어떤 충고도 하지 않았다. 노우가 아는 한 그는 원장의 일부였다.

"저기!"

기주가 손가락으로 도로변을 가리켰다. 진보국이 택시에서 내리고 있었다.

"오른쪽에서 사람이 따라 붙는데."

포장마차에서 어묵을 먹던 남자가 다섯 걸음쯤 차이를 두고 따라붙었다.

"기주야."

기주가 주머니 속 폰을 재차 확인하고 골목을 빠져나갔다. 모자를 깊이 눌러쓰고 두 손을 주머니에 찔러 넣고 어깨를 한층 움츠린 후 진보국이 걸어오는 쪽으로 나아갔다. 고개를 숙인 채 이어폰을 귀에 꽂고 움직였다. 기주는 진보국 앞에 다다르자 발을 접지른 듯 비틀거렸다. 눈 깜빡할 새 대포폰을 든 기주의 손이 진보국의 외투 주머니에 들어갔다 나왔다.

"죄송합니다."

"아니, 괜찮아요."

진보국은 마른 몸에 비해 굵은 목소리를 가졌다. 기주는 그에게 꾸벅 인사를 하고 지하철역 쪽으로 걸어갔다. 남색 점퍼 차림의 남자가 느린 걸음으로 기주의 곁을 지나쳤다. 독거의 감시. 진보국이 오피스텔로 들어간 후 남색 점퍼는 뒤돌아갔다. 그는 도로변에 세워 놓은 코란도 승용차에 올라탔다. 눈여겨보지 않았다면 그가 감시라는 걸 알아차리지 못했을 것이다. 기주도 블록을 한 바퀴 돌아서 노우에게로 갔다.

7

세 사람은 진보국이 사는 오피스텔의 대각선 방향 이 층 카페에 자리를 잡았다. 구 층에 있는 진보국의 방에 불이 들어왔다.

"아직 주머니에 폰이 들어 있는 걸 발견 못한 거 같은데."

세 사람은 머리를 맞대고 노우의 손에 들린 스마트폰을 들여다보았다.

〈누구시죠?〉

"봤다!"

지오가 낮게 탄성을 질렀다. 노우가 눈을 부라렸고 기주는 카페 안을 살폈다. 그들을 눈여겨보는 사람은 없었다.

〈전화하세요.〉

〈안됩니다. 교수님 방은 도청이 되고 있습니다.〉

〈도청?〉

세 사람은 조용히 숨을 골랐다.

〈좋아요. 당신들 뭐하는 사람입니까?〉

〈저는 해정이라고 합니다. 해정은 요시찰 인물의 거주지를 침투해 중요한 사항들을 깨끗하게 빼내오는 사람을 일컫는 말입니다.〉

〈그게 무슨 소립니까? 해정이라니?〉

〈국가 기관에 소속된 요원입니다. 그리고 민간 사찰의 첨병이라 보시면 됩니다. 재야인사들이 거주지를 비울 때 조용히 문을 따고 들어가 그에 관한 모든 정보를 가지고 나오는 사람입니다.〉

〈그런 일이 가당키나 한 일인지……. 그렇게까지 정부가 타락했다고는 생각하지 않아요.〉

〈정부가 아니라 타락한 건 기관이지요. 그리고 지금 이야기는 사실입니다. 교수님 담당이 저였습니다. 교수님은 책상을 깨끗하게 관리하시는 편이시죠.〉

진보국의 반응이 없었다.

〈출입문에 프리다 칼로가 그린 듯한 그림 모조품이 걸려 있고요.〉

〈당신이 그걸 어떻게?〉

〈컴퓨터 안에는 무슨 이유인지 모르겠지만 수백 명의 여자 사진이 들어 있습니다. 여자들의 사진은 마치 한 사람을 찍은 듯한 느낌입니다. 그리고 보관하신 영화 중에 '2001, 스페이스 오딧세이' 라는 영화가 담겨 있다는 것도 알고 있습니다.〉

〈당신 도대체 정체가 뭐야?〉

〈저는 해정입니다.〉

지오와 기주는 침을 삼키며 두 사람의 문자를 들여다보았다. 몇 차례 방과 서재의 풍경을 이야기했지만 진보국은 여전히 노우의 말에 반신반의했다.

〈컴퓨터 내부야 원격으로도 훑어볼 수 있는 기술력이 있을 테고, 내 방이야 멀리서도 살펴볼 수 있겠지. 당신은 원하는 게 뭐야?〉

노우는 '당신은'이라는 단어의 '은'이라는 조사에서 그가 누군가로부터 억압받고 있다는 뉘앙스를 읽어냈다.

〈교수님, 저도 지금 쫓기고 있습니다. 교수님 침실에서 일어난 사건 때문에요. 교수님이 집을 비운 지난 금요일 저녁 열한 시쯤 두 명의 남자가 한 명의 여자를 업고 들어왔습니다. 그 여자가 죽었는지 살아 있는지를 확실히 확인할 수는 없었습니다. 그리고 전 업무에 충실하고자 침실과 여자를 사진으로 찍었습니다. 교수님 방의 모든 걸 사진으로 찍었고 보관하고 있습니다. 목소리만 들어도 그 남자들을 찾아낼 수도 있습니다. 그래서 전 지금 기관으로부터 버려졌고 쫓기고 있

습니다.〉

노우의 문자가 건너갔지만 한동안 반응이 없었다. 세 사람은 식은 커피를 들이키며 답이 오기를 기다렸다. 십여 분이 흐른 뒤에 답이 왔다.

〈당신들 어디에 있습니까?〉

〈가까운 곳에 있습니다.〉

〈일단 만납시다.〉

〈밖에서 만나는 건 위험합니다. 사방에 감시가 있을 겁니다. 교수님이 움직이길 기다리고 있을 겁니다. 교수님 집이 가장 안전하다는 생각이 들었습니다. 저희가 들어가겠습니다. 다만 불을 꺼주세요. 자는 것처럼. 교수님은 모르시겠지만 탐지기로도 감지할 수 없는 카메라나 도청기가 곳곳에 숨겨져 있을 겁니다. 만나도 지금처럼 문자로만 주고받을 겁니다. 문도 미리 열어 놓지 마세요. 저희가 알아서 들어가겠습니다.〉

노우가 보낸 문자에 아무런 답신이 오지 않았다.

"형, 밖에서 만나야 하지 않을까?"

지오가 물었다.

"이 일 해 오면서 느낀 건데 어느 정도 위험한 곳이 가장 안전해."

그때 노우의 스마트폰 화면이 밝아지며 문자 메시지가 떴다.

〈저희라니요?〉

〈이 사건으로 이미 한 명이 공식적으로는 자살한 보도를 읽었습니다. 우리도 머잖아 그렇게 되지 말란 법이 없지요. 사실은 교수님도 위험한 상황에 처한 건지 모릅니다. 그리고 지금 우린 세 명입니다. 들어가도 되겠습니까?〉

〈들어오세요.〉

지오와 기주가 참았던 숨을 길게 내쉬었다. 진보국이 오피스텔로 들어갈 때부터 세워져 있던 검정색 SUV는 여전히 도로변에 세워져 있었었다. 불이 한번 반짝거렸다가 사라졌다.

"가자!"

"하쿠나 마타타(Hakuna matata), 하쿠나 마타타(Hakuna matata)……."

지오는 머리카락을 쥐어뜯으며 주문처럼 혹은 랩처럼 중얼거렸다.

4부

돌이킬 수 없는

1

〈저들이 나에 대해 얼마나 깊이 알고 있는 거죠?〉

진보국 교수의 서재엔 어둠만 가득했다. 잠깐씩 밝아지는 스마트폰의 액정 화면 불빛으로 어둠을 몰아낼 수는 없었다. 어둠은 반짝이는 액정 화면의 움직임에 따라 이편에서 저편으로 또는 저편에서 이편으로 출렁거렸다. 진보국 교수는 스마트폰을 바닥에 내려놓으며 벽 모서리에 고인 어둠을 응시했다. 기주는 그의 스마트폰과 노우를 번갈아 보았다.

〈그 여자가 말하지 않던가요?〉

〈많은 걸 알고 있다고만……〉

〈아마 교수님의 모든 걸 다 알고 있을 겁니다. 태어나면서부터 오늘까지.〉

노우가 문자 화면에 글자를 적어 넣었다. 어둠 속에 드러난 글자들은 선명했다. 글자를 머금은 불빛은 폰에서 빠져나와 마치 살아 있는 듯 어둠 속을 유영했다. 글자 하나하나가 긴 꼬리를 남겼다.

〈교수님에 대해 안다는 건 중요하지 않아요. 그들이 조작한 대로 끌려가고 있다는 게 문제인 거죠.〉

이번엔 기주가 문자를 폰에 적어 넣었다. 지오는 태블릿 화면을 채운 사진들을 들여다보았다. 침대 위에 젖은 종이처럼 누워 있는 여자의 사진. 창백한 얼굴, 손, 발, 핸드백 그리고 귀걸이까지. 지오는 길게 한숨을 내쉬며 벽에 등을 기댔다. 노우와 기주도 출입문 쪽 벽에 등을 기댄 채 어둠처럼 앉아 있었다. 진보국 교수는 책상의 옆면에 몸을 의지했다.

〈정권이 바뀌면 결국 진실은 드러나요.〉

진보국 교수가 문자를 적어 넣었다.

〈하지만 정권이 바뀌어도 바뀌지 않는 게 있어요. 대통령은 오 년 일하지만 공무원은 정년이 될 때까지 일해요. 대통령이 바뀐다고 해서 그 밑에서 일하는 사람들도 하루아침에 바뀔 거라고 생각하지 마세요. 특히 정보를 가지고 있는 치들은 더 안 변해요. 그걸 힘이라고 생각하니까.〉

〈그래도 역사는 언젠가 진실을 드러냅니다.〉

〈교수님 죽은 다음에 진실이 드러나면 그게 무슨 소용이죠?〉

노우는 진보국의 문자들을 보며 답답함을 느꼈다. 교육받을 때 이념 교육 교관에게서 들었던 말들도 떠올랐다. 정치적으로 진보라 도 개인의 문제로 파고들면 보수가 되는 경우인 사람들이 많다고 했던 말.

진보국은 한동안 어둠만큼이나 깊은 침묵을 지켰다. 노우는 그가 뭔가 해결책을 꺼내 주기를 기다릴 수는 없다는 생각이 들었다. 그가 절박하지 않다는 생각도 들었다.

〈이봐요. 그런 사실이나 알리자고 나를 찾아온 건 아닐 테고.〉

노우는 어둠 속에 웅크린 지오와 기주의 눈을 살폈다. 총기도 사라지고 의지도 사라진 듯 맥없이 풀린 눈빛.

진보국이 노우를 빤히 쳐다보았다.

〈교수님, 양심선언 하세요.〉

〈양심선언? 내가 뭘?〉

노우는 어둠 속에서도 진보국의 눈동자가 동그랗게 커지는 걸 보았다. 눈가에 맺힌 주름 속엔 피로가 묻어 있었다.

〈민간 사찰이 있다는 건 우리 쪽에서도 이미 아는 일이에요. 이렇게 깊이 들여다보고 있다고는 생각하지 못했지만. 그

리고……〉

노우는 액정 화면을 노려보았다. 기주가 그의 곁에 가까이 다가가 화면을 살폈다.

〈진실을 가장한 거짓 소문이라 하더라도 한번 세상에 노출되면 회복하기 힘든 세상이라는 거 댁도 잘 알 겁니다. 사람들은 그 첫 번째를 기억해요. 후에 어떤 과정을 거쳐 거짓이나 조작임을 밝히고 그곳에서 진실을 건져낸다고 해도 사람들에게 그건 중요하지 않아요.〉

〈늦었어요.〉

진보국이 방 안의 다른 사람들에게 들키지 않게 소리 없이 한숨을 내쉬었다. 노우의 눈은 그의 가슴이 크게 부풀어 올랐다가 꺼지는 걸 놓치지 않았다.

〈늦긴 뭐가 늦어요. 그럼 저들이 하라는 대로 하며 살아갈 겁니까? 자신이 저지르지도 않은 죄 때문에 끌려 다닐 거냐고요.〉

〈그게 그러니까……〉

진보국의 시선이 출입문에 붙어 있는 기형의 초상화 쪽으로 향했다. 기주와 지오는 볼 수 없지만 노우는 그의 눈길이 어디로 향하고 있는지 알 수 있었다.

〈나는 그럴 수가 없어요. 끌려 다니고 싶지 않지만 그 학생,

내 침대에서 죽어간 그 학생한테 나 역시 죄가 있어요. 그래서 부정할 수도 긍정할 수도 없는 거예요.〉

〈어린 제자를 좋아했고 가족은 버릴 수 없고. 부르면 언제든 달려왔던 제자였고 그랬겠지. 그러면서 가족하고 다른 제자들하고 대중에겐 고귀한 철학자인 척 했을 거고.〉

이번에는 기주가 노우의 손에서 스마트폰을 빼앗아 문자를 날렸다. 진보국의 집에 들어설 때부터 지나치게 경계하는 듯한 그의 행동이 조금씩 이해가 되었다. 진보국은 기주가 보낸 문자를 확인한 후 고개를 떨어트렸다.

〈가족은……〉

진보국 교수가 고개를 푹 숙였다.

〈그래, 이제 사람들 앞에 나서지 않을 건가요?〉

〈목격자가 있어요. 어찌된 건지 모르겠지만 수란이가, 제 침대에 누워 있던 학생이 수란이에요. 수란이가 제 오피스텔에 들어오는 걸 목격한 목격자가.〉

감시나 조작의 짓일 것이다. 그쯤은 쉬운 일일 터였다. 수란이라는 그 여자를 오피스텔로 불러내고 주차장 등에서 린치한 후 진보국의 방에 데려다 눕히는 일. 목격자가 없다 해도 목격자까지 만들어 냈을 터.

〈도움 주실 다른 분들 없으신가요?〉

〈많지만 결국 그들까지도 피해를 끼치고 싶지 않아요.〉

〈말씀 안 하셔도 되지만 더 숨기는 거 있으시죠?〉

이번에도 기주가 노우의 손에서 스마트폰을 빼앗은 후 질문을 적어 넣었다. 기주의 눈이 서늘하게 빛났다. 진보국 교수는 입을 굳게 다문 채 스마트폰의 메모 화면과 기주를 빤히 쳐다보았다. 불과 오 분여 남짓 시간이 흘렀지만 방에 모인 이들에겐 긴 침묵이었다.

〈프랑스에서 학술 대회가 있을 때 그 학생하고 같이 다녀왔어요. 그들은 거기서 지냈던 시간에 대해서도 낱낱이 알고 있었어요. 사진까지. 그걸 세상에 드러낼 수는 없어요.〉

〈또 있죠?〉

기주가 그를 몰아부쳤다. 노우는 두 사람 사이에 팽팽하게 채워진 어둠을 보았다.

〈어린 제자를 사랑한 게 죄라면……〉

〈결혼할 거 아니었잖아요? 부인을 버릴 게 아니었잖아요? 다른 사람들은 당신을 투사이며 고귀한 학자로 기억해 주기를 바라잖아요?〉

진보국의 고개가 점점 더 낮게 가라앉았다. 기주가 바닥에서 일어났다. 노우와 지오도 조용히 몸을 일으켰다. 진보국이 문득 생각이 났다는 듯 손을 내밀어 노우의 손목을 잡았다.

〈나한테 생각할 시간을 좀 줘요. 당신들은 어떻게 되는 거죠?〉

〈몰라요. 어쨌든 여기선 더 살아갈 수 없을 지도 모르겠어요. 연락하세요.〉

세 사람은 그의 서재에 고인 어둠을 뒤로 하고 걸어 나왔다. 마지막으로 서재를 나서며 노우는 문에 걸린 초상화를 힐금 쳐다보았다. 가시관을 목에 건 초상화 속의 여자가 눈물을 흘리고 있는 것 같았다.

2

순간의 일이었다. 사람들의 무리 속에서 설마 지오를 데려가리라 예상하지 못했다. 지오를 앞세워 걸어야 했는데 뒤에 처지도록 둔 게 실수였다. 그는 특히 눈에 띄었다. 한국인이지만 흑인인데다 키도 크고 덩치도 눈에 띄었다. 그런 그가 평범한 일상을 즐기듯 해찰하며 걷는 걸 내버려 두었다. 독거에게 어느 정도 경고를 주었으니 허튼짓은 하지 않을 거라 짐작했던 게 실수였다. 독거는 여전히 꺾이지 않았다.

"형!"

지오가 노우를 불렀다. 사람들 사이를 비집고 그의 눈길이 노우와 기주에게로 건너왔다. 사람들 머리 위로 흘러 다니던 광고판과 가로등 불빛들이 흔들렸다. 반면 밤하늘은 더 어두워지고 있었다. 별도 달도 보이지 않았다.

"형, 도망가!"

노우는 사람들 사이에 갇힌 지오를 쳐다보았다. 그의 까만 피부가 더 까맣게 보였다. 가족 같은 그였다. 그에게 다가갈 수도 도망갈 수도 없었다. 지오를 붙잡은 사내들과 점점 앞으로 다가드는 사내들의 얼굴에 차가운 웃음이 배어 있었다. 검게 일그러진 지오의 얼굴과 비웃음이 가득한 사내들의 표정은 대조적이었다. 지오의 오른편에 서 있던 사내는 한 손으로는 지오의 팔뚝을 붙잡은 채 다른 한 손을 들어 까닥거렸다. 주인이 자신의 개를 부르듯.

"어이, 해정!"

노우는 순간 강렬한 모멸감에 어깨를 떨었다. '어이 해정'이라는 말이 '쓰레기들 이리와 봐'라는 말로 들렸다. 독거는 물론 이들 역시 노우나 기주를 인간으로 대접한 적은 없었는 지도 몰랐다.

나는 삼차까지 좆빠지게 공부해서 합격했는데, 그래서 겨우 요원 생활하는 건데 저 쓰레기들은 뭐야?

그러니까 계약직이지.

독거의 사무실 복도 휴게소에서 기주를 기다릴 때 요원들은 노우를 쳐다보며 노골적으로 그렇게 말했다. 들어도 그만이라는 심사가 깔려 있었다. 그땐 화가 나거나 우습지 않았는데 지금은 치욕스럽다는 생각이 들었다. 노우는 이대로 모든 걸 끝장내 버리고 싶었다. 한 번도 원한 적이 없던 삶에 끌려 다녔다. 태어나면서부터 그랬다. 도망 다니며 독거의 행태를 폭로한다고 해서 자신의 삶이 달라질 것 같지도 않았다. 호수에 희미한 파문 하나 일겠지만 파문이 잠들고 나면 호수는 예전 그대로 잔잔해질 뿐이라는 생각이 들었다. 노우가 그들을 향해 튀어 나가려 할 때 기주가 그의 팔을 잡았다.

"선배! 선배나 내가 여기서 잡히면 누구도 우리의 일을 알지 못해."

노우는 기주와 사내들을 번갈아 보았다. 다시 갈등이 불길처럼 일어났다. 기주의 눈을 보고 있자니 진보국 교수에 대한 믿음이 무너지면서 자포자기 했던 마음의 균열이 조금씩 봉합되어 갔다.

"선배, 살아남는 게 이기는 거라며."

그런 소리를 주절거렸던 적이 있었던가. 그만 포기하자는 마음과 끝까지 내달려 보자는 마음이 부딪쳐 불꽃이 튀었다. 노우는 기주의 눈 속을 가득 채운 슬픔을 보았다. 그녀는 물러서거나 되돌아갈 수 없다고 말하는 듯했다.

"선배, 이대로 끝낼 순 없잖아."

요원들은 점점 거리를 좁혀 왔다. 거리를 지나가는 사람들과 어깨를 부딪치면서 앞으로 나오고 있었다. 그만큼 노우와 기주는 뒷걸음질 쳤다.

"선배, 난 돌아가고 싶지 않아. 선배는 몰라도 나는 처음으로 내 뜻을 좇아 앞으로 나가고 있다고 생각해."

사내들이 다가오는 속도, 그리고 점점 짧아지는 거리 때문에 더 이상 망설일 수 없었다. 노우는 잠깐 두 눈을 감았다가 떴다.

"그래, 가자!"

노우가 기주의 팔을 잡고 내달리기 시작했다. 독거 패거리도 쫓아오기 시작했다. 그들은 거리를 메운 사람들 따위는 안중에도 없었다. 거침없고 당당했다.

"저 놈들이 여기에 나타날 거라곤 상상도 못했는데."

노우는 사람들을 헤치고 앞으로 밀고 나갔다. 기주는 뒤를 살피면서도 그의 손에서 떨어지지 않으려고 필사적으로 따라붙었다.

"업자가 우리 폰 추적 안 된다고 했는데……."

기주는 지오를 생각해 봤다. 지오의 폰은 그가 오랫동안 지녀왔던 폰이었다. 그렇다 해도 그렇게 빨리 추적해 내리라곤 예상하지 못했다.

“혹시 진보국 교수가 우리 배신한 거 아냐?”

노우는 잠깐 멈칫했다가 다시 걸음을 빨리 옮겼다. 지금은 앞뒤 따질 겨를조차 없었다. 절망이나 포기도 지금 이 순간에는 무의미했다. 달려야 했다.

노우는 사람들을 비집고 건물과 건물 사이의 어두운 곳으로 뛰었다. 건물 그림자가 내려앉은 곳은 여전히 빙판이었다. 사람들의 발길이 잦은 곳이나 볕이 들었던 길바닥은 간간이 얼음이 녹아 바닥을 밟고 지나갈 때마다 잘박거렸다. 거리 양편의 가게에서 쏟아져 나온 노랗고 빨간 불빛들이 웅덩이에 고여 출렁거렸다.

봄이 오고 있는 걸까? 겨울의 찬 공기 속에서 간간이 훈훈한 바람 냄새를 맡을 수 있었다. 거리에서 크리스마스 캐럴을 들어본 적도 없는데. 노우는 시간이 흐르고 계절이 지나는 걸 느끼지 못했다는 생각이 들었다.

노우는 힐끔 뒤를 돌아다보았다. 사람들을 헤치고 달려오는 무리들은 여전했다. 적어도 일곱 명은 되어 보였다. 감시와 추적이 전문인 요원들이라면 따돌리기가 쉽지 않을 것이다. 하늘로 향한 방향이 막힌 벽과 벽 사이, 땅이 꺼진 듯 지상에서 아래로 떨어진 곳, 모인 어둠이 흩어지지 못하고 고인 골목의 끝. 노우는 달리면서도 그런 골목을 찾아 두리번거렸다.

노우는 산울림 소극장 쪽으로 달려가다 왼편으로 들어가는 골목을 하나 발견했다. 스페인 식당으로 들어가는 길이었으며 식당 입구가 막다른 길이었다. 입구의 좌측에 빛이 들어가지 못하는 공간이 보였다. 어둠이 고인 곳. 노우는 앞으로 달려 나가던 기주를 잡아채 골목으로 들어갔다. 그리고 어둠이 고인 틈으로 그녀와 함께 빠져들어 갔다.

"선배……"

틈 안으로 깊이 들어갔지만 밖이 훤히 보였다. 둘이 서 있기에도 비좁았다. 기주는 거리 풍경이 환하게 보여 등골에 소름이 돋았다.

노우가 손가락으로 자신의 입을 가리켰다. 골목 밖에 두 명의 사내가 사방을 살피며 서성거리고 있었다. 기주는 숨마저 참았다. 사내들은 식당 입구 좌측의 틈 안을 살펴보기는 했지만 선뜻 발을 들이지 못했다.

사내들이 식당 입구 가까이 다가와 좌우를 살폈다. 노우와 기주가 몸을 숨기고 있는 틈을 살피면서도 그들은 두 사람을 보지 못했다. 짙은 어둠이 깃든 곳. 생명이 붙어 있는 짐승들이라면 피하고 싶은 어둠이었다. 그 어둠은 숨조차 제대로 쉴 수 없는 밀도를 지니고 있었다. 기주는 자신이 느낀 소름이 요원들에게 들킬 염려보다 골목에 고인 어둠 때문이라는 걸 깨달았다.

기주가 노우의 손을 더듬더듬 찾아 잡았다. 그녀의 이마에 땀방울이 맺혔고 손이 얼음처럼 차가워졌다. 노우는 놀라지 않았다. 그는 그저 기주의 손을 꽉 쥐어 준 채 사내들이 사라지기를 기다렸다. 한 사내의 눈이 오랫동안 틈을 바라보았다. 기주는 눈을 감은 채 서늘한 냉기를 견뎌냈고 노우는 사내를 뚫어지게 쳐다보았다. 하지만 사내들은 노우도 기주도 발견하지 못했다.

사방을 둘러보던 사내들이 골목을 빠져나갔다. 마지막까지 틈을 살피던 사내가 가게 입구 좌측의 틈을 바라보았다가 사라졌다. 그제야 노우는 기주와 함께 깊은 어둠 속에서 빠져나왔다. 기주는 비틀거렸다.

"내가 왜 이러지?"

노우의 손이 그녀의 팔을 잡았다.

"수령 같은 어둠이 도시 곳곳에 덫처럼 깔렸어. 왜 그런지 잘 모르겠지만."

기주가 빤히 노우를 쳐다보았다.

“어쩌다 흔적도 없이 사라지는 사람들은 이런 어둠에 빠져 헤어 나오지 못하는 건지도 몰라. 우리가 사는 곳곳에 죽음처럼 이렇게 빠져나갈 수 없는 어둠이 웅크리고 있어. 영원한 침묵 같은 어둠이지. 대부분의 사람들은 모르거나 알아도 외면하지.”

기주가 식당 입구의 틈을 쳐다보았다. 스페인 식당 카운터에 앉아 있던 여자가 밖을 내다보았다. 그녀가 희미하게 미소를 지었다.

3

눈 밝은 사람들은 김문근 교수와 데이비드 듀크를 알아보았다. 노우가 사진을 올린 첫날 딱 하나의 댓글이 올라왔다.

잡진 애들은 KKK도 가지고 노네. 김문근이 아무리 변절했다고 해도 이건 아니지. 네오나치라니.

다음 날부터 댓글이 걷잡을 수 없는 속도로 올라오기 시작했다. 이미 죽어 버린 김문근을 욕되게 하지 말라, 사진은 합성이다, 데이비드 듀크가 왜 김문근과 사진을 찍냐, 유치한 짓 그만해라. 첫날의 반응은 부정적이었다. 하지만 다음 날부터 다른 반응이 올라오기 시작했다.

김문근이 수배를 피해 미국에 가 있을 때 사진이 맞다, 데이비드 듀크의 철학 연구소로부터 거액의 연구비를 받았다, 듀크가 구해 준 숙소에 묵었다, 그는 변절자다, 학생 운동도 자신의 명예를 위해서였을 뿐, 옛날부터 알아봤다, 운동 시절에도 문근은 과격했다, 네오나치 못지않았다, 사상 검증에 낙오하면 목검으로 엄청나게 두들겨 맞았다, 남자와 여자도 동지라며 한방에 재웠다…….

어느 순간 김문근이 검색어 1위에 올랐고 데이비드 듀크가 2위. 네오나치가 3위를 차지했다. 그리고 노우가 기대했던 댓글들이 올라오기 시작했다.

김 교수님은 오랫동안 정보기관의 감시를 받아 왔다, 이 사진은 김문근 교수조차 가지고 있지 않은 사진이다, 정보기관에서 소유하고 있다가 의도적으로 웹에 흘린 거다, 그 목적이 의심스럽다, 혹시 김 교수를 죽게 만들기 위해 조작한 건 아닐까, 죽은 사람조차 편히 죽도록 내버려두지 못하는 기관들…….

노우는 컵라면을 먹으며 모니터를 들여다보았다. 기주는 눈을 빠르게 굴려가며 모니터에 올라온 기사들을 훑어보느라 노우에겐 관심을 보이지 않았다. 노우는 컵라면을 모두 비운 뒤 출입문 쪽을 한번 살폈다. 화장실이라는 안내판이 가리키는 PC방의 반대편 출입구 쪽도 힐금 쳐다보았다.

노우는 크로스백에서 외장 하드를 꺼냈다.

"선배 또 뭐하려고?"

"다시 돌아가기 싫잖아. 나도 다신 안 돌아가. 그리고 붙잡히지도 않을 거야."

"어쩌려고?"

"확 불을 질러야지."

잭을 컴퓨터에 연결하고 외장 하드의 화면을 불러들였다. 노우가 불러들인 화면은 동영상이었다. 일 분 이십사 초짜리 동영상으로 등장인물은 놀랍게도 노우와 기주가 몸담고 있는 기관의 수장이었다.

"우리 보스 아냐?"

기주가 물었다. 노우는 가볍게 고개를 끄덕거렸다.

"우리가 보스 집에도 들어간 적이 있었어?"

기주는 노우의 눈과 시선을 마주치며 재차 물었다.

"그랬다가 난리 나게. 그건 아니고 다른 기관 사람이었지. 그 사람이 보스 동영상을 가지고 있었던 거야."

"우리가 언제 그런 집엘 갔었나?"

"성북동에 갔던 날 생각나? 비 엄청 쏟아졌던 날."

"선배가 들어갔다가 바닥에 물기 닦으며 나왔다고 투덜거렸던……"

"그래, 그 집에서 가져온 동영상이야."

"선배 그런데 이건 우리 보스가 나오는 영상이야. 그러니까 이건 사실 건드리면 안 되는 거 아냐?"

노우의 얼굴에 희미하게 미소가 번졌다.

"더한 것들도 많아. 너한테 말을 안 해서 그렇지. 이 외장 하드에 세상 뒤집어질 내용들 천지야. 네가 알아서 좋을 내용도 없고."

"혹시 독거 것도 있어?"

노우의 눈이 커졌다.

"어떻게 알았어?"

"그래서 독거가 기를 쓰고 선배 잡으려고 하는 거야?"

"독거는 자기 것이 있는 지도 몰라."

"독거 영상 좀 보여 줘."

"지금은 필요 없잖아. 나중에 필요하게 되면 그때 보여줄게. 알아서 좋을 거 없어."

노우는 모니터 모서리에 영상을 띄웠다. 기주가 뒤를 한번 살핀 후 의자를 바짝 당겨 노우 곁으로 다가가 앉았다.

영상은 의외이다 싶을 정도로 선명했고 사람들의 얼굴도 확실하게 보였다. 마치 캠코더를 들고 촬영을 했다는 느낌이

들 정도였다.

"이때 보스는 머리가 좀 길었네."

요즘 간간이 언론에 비치는 그의 헤어스타일은 짧고 단정했다. 영상 속의 그는 베이지색 면바지에 남색 셔츠를 입고 있었고 겉에 카키색의 카디건을 걸친 차림이었다. 헤어스타일도 지금보다는 길었다. 그는 안전모를 쓴 여섯 명의 사람들 앞을 좌우로 왔다 갔다 하더니 급기야 돌변했다. 주변에는 건축 자재들이 널브러져 있었다.

영상 속의 그는 도면 같은 종이를 둘둘 말아 쥐고 앞에 서 있던 남자들 머리를 내려치기 시작했다. 힘주어 때리다 보니 종이들이 찢어져 너덜거렸다. 종이를 내던진 후 근처에 있던 각목을 들어 머리통을 내려치기 시작했다. 안전 헬멧을 쓰고 있었지만 폭력의 수위가 높았다. 마지막에 서 있던 여자가 냅다 도망을 치자 그는 각목을 들고 여자를 쫓아갔다. 그러면서 화면은 끝이었다. 기주는 영상을 보고 깜짝 놀랐다.

"저 사람이 진짜 우리 보스야?"

노우는 대꾸하지 않았다. 자신도 적잖이 놀랐으니까.

"그런데 이 영상을 왜 우리가 회수한 거지?"

"보스하고 정적인 사람의 손에 들어가 있었으니까."

기주는 그제야 알겠다는 듯 고개를 끄덕거렸다. 이 영상은 군부 쪽 정보기관 담당자 손에 들어갔고 독거에 의해 회수해 오라는 명령이 떨어졌다. 노우와 기주가 나가 회수해 왔다. 혹시 떠도는 영상이 있는지를 분석들이 이틀 내내 웹을 뒤져 보았지만 웹에선 돌지 않고 있다는 걸 확인했다.

"완벽했다고 생각했겠지."

"그런데 우리 보스가 이런 인간이었어? 그런데 왜 말 안 했어?"

"알아서 뭐해. 사실 그때까지도 나는 그냥 취미로 모은 거지. 다른 목적은 없었으니까."

"잠자는 사자 코털 건드리는 거 아냐?"

"이 정도는 되어야 우리 요구가 관철되지 않을까?"

"우리 요구? 뭘 요구할 건데?"

"그건…… 차차 생각해 봐야지. 얼마 지나지 않아 독거가 전화 걸어올 거야. 지오가 잡혀 갔으니까……"

"어쩌면 진보국 교수가 우릴 버린 건지도 몰라."

노우는 대꾸하지 않았다. 지금은 누구도 믿을 수가 없었다. 이런 순간 몸으로 삶을 버텨 낸 인간들은 배신을 하지 않는 편인데 머리로 살아온 사람들은 간단하게 배신하고는 했다. 머리를 쓰며 살아온 사람들은 실리를 따라 움직였다.

"진보국도 피해자야. 배신은 하지 않겠지. 만약 그런 비슷한 일을 한다면 독거와 거래를 했을 테고."

노우는 다시 모니터에 시선을 주었다.

비슷한 기관끼리 동영상 하나를 두고 서로를 견제했다. 기관끼리 부딪친 사건이었다.

노우는 침투 사찰을 다니면서 우리나라의 권력 기관들은 서로가 가진 정보를 결코 공유하지 않는다는 걸 알았다. 그게 좋은 정보든 나쁜 정보든 움켜쥐었다. 보기엔 서로 협조하며 잘 굴러가는 것 같지만 그들은 핵심적인 정보는 각자 보관했다. 그리고 그걸 힘이라 믿었다.

"아니 같은 공무원들끼리 왜 그러는 건데?"

기주는 몇 차례 더 출입구 쪽을 살펴보았다.

"그게 실은 좀 그렇더라고……."

지난 정부 시절 십여 개의 권력 기관이 모여 하나의 프로그램을 만들었다. 국민들에게 편의를 제공하자는 프로그램이었다. 가벼운 범죄의 경우 서로 공유해서 빨리 처리해 주자는 게 중심 내용이었다. 하지만 한 개인의 잘잘못을 하나의 프로그램에 넣으려다 보니 각자가 지닌 개인 정보가 노출되는 사태가 빚어졌다. 결국 하나의 프로그램이 만들어졌지만 축소되고 협소한 내용을 가진 시스템이 되고 말았다. 이때 각 기관들이 돈독해진 게 아니라 더욱 앙숙으로 발전했다고 노우는 설명했다.

"선배는 그런 걸 어떻게 그렇게 잘 알아?"

"우리랑 연관이 있는 일이니까 자료를 뒤져봤지. 별 거 아닌 프로그램 하나 만들면서 각 기관들이 서로 조금씩만 내놓는 거야. 그 과정에서 이 일을 주도했던 보스가 다른 기관장들에게 막말을 좀 하고 그랬던 거 같아."

"그런데?"

"아니꼽다 이거지. 이 동영상을 가지고 있던 기관에서 보스한테 법령 하나를 통과시켜 달라고 압박을 했던 거 같아. 결과는 잘 모르겠어. 그들이 어떻게 되든 그땐 관심 없었으니까. 우리한테 회수 명령 떨어진 걸 보면 협상이 결렬된 거겠지."

노우는 게시판의 글을 훑어본 후 글을 올리려고 버튼에 마우스를 대고 숨을 골랐다.

"진짜 올릴 거야?"

"올려야 할 거야."

노우는 망설이지 않고 동영상을 잡진의 자유게시판 글쓰기 창에 올렸다. '정보기관장의 민낯'이라는 제목을 적어 넣고 촬영된 날짜를 적어 넣으려 할 때 노우가 가지고 있던 대포폰이 울렸다. 노우가 늘 접해 왔던 전화번호가 창에 떴다. 독거이거나 독거의 패거리. 붙잡혀 간 지오가 더는 견디지 못하고 아는 것들에 대해 불었다는 말이거나 진보국 교수에게서 받았다는 말일 것이었다.

노우는 망설이지 않고 전화를 받았다. 기주는 그의 스마트폰에 귀를 바짝 붙였다. 노우는 '정보기관장의 민낯'의 창을 최소화시키고 김문근 교수의 사진을 올린 창을 띄웠다. 댓글이 천여 개를 넘어가고 있었다. '좋아요'를 클릭한 사람은 삼만 명이 넘었다. '좋아요'의 클릭 수가 계속해서 올라가고 있었다.

"너 노우지?"

노우는 대꾸하지 않았다.

"뭘 원해?"

"일단 지오를 내보내 줘. 그런 후에 통화해. 지금도 하나 더 올리려고 준비 중인데 지오의 상황을 봐서 결정할 거야. 시간은 앞으로 여섯 시간."

"잠깐만, 잠깐만 기다려봐. 너도 알다시피 이건 개인적인 감정으로 처리할 수 있는 일이 아니잖아. 일단 우리 쪽에 들어오면 승인 나는 데만 아무리 빨라도 하루 이상 걸린다는 거 알잖아."

"그건 거기 사정이고."

노우는 통화를 종료했다. 다급하게 독거가 노우를 부르는 소리가 들렸지만 그는 전화를 끊었다. 그런 후 잡진에 '정보기관장의 민낯'을 올렸다. 맥없이 머리를 쓸어 올리던 기주의 손이 부들부들 떨렸다.

"여섯 시간 여유를 준다며?"

"그걸 믿어? 독거도 믿지 않을 거고."

노우는 외장하드를 크로스백에 챙겨 넣은 후 자리에서 일어났다.

"빨리 옮기자. 언제 여기로 들이닥칠지 모르니까."

노우가 앞서고 기주가 뒤를 따랐다. 그녀는 조금 전까지 자신들이 앉아 있던 자리와 카운터를 번갈아 보았다.

4

기주는 문득 정신이 들어 잠에서 깼다. 고요한 방안엔 어둠만 가득했다. 아무런 소음도 들리지 않는 게 이상하다는 생각이 들어 부리나케 자리에서 일어나 미닫이 방문을 열었다. 밖은 거실이었다. 응접탁자와 3인용 갈색 가죽 소파가 희미하게 눈에 들어왔다. 맞은편 문틈으로 여린 빛이 조금씩 새어 나오고 있었다. 노우는 보이지 않았다. 기주는 소파 위에 놓인 노우의 크로스백을 확인한 후에야 지난밤 북촌의 게

스트 하우스를 얻어 투숙했다는 사실을 깨달았다.

어둠에 눈이 익자 십장생이 그려진 병풍의 그림들이 조금 선명해지면서 불안했던 마음이 점점 누그러들었다. 며칠 동안 제대로 잠을 잘 수 없었다. 잠깐 눈을 붙여도 긴장을 놓을 수 없어 깊이 잠들지 못했다. 과거 양광수와 다니던 시절의 쫓김과는 그 질이 달랐다. 기주는 거실로 나와 응접탁자 위에 놓인 물병을 들어 컵에 물을 따라 마셨다.

걱정하지 말고 자. 우릴 쫓아올 단서는 이제 아무 것도 없어. 폰 뜯어보니까 추적할 만한 단서들은 다 없앤 거더라고. 차도 버렸으니까 안심하고 눈 좀 붙여. 눈이 빨갛게 충혈된 게 토끼 같아.

차 다시 또 하나 장만해야 하잖아.

대포차 하나 사지 뭐.

대포차 거래하는 사람들 독거가 모를 거 같아?

알겠지. 아님 차 또 하나 훔쳐야겠지. 우린 기동력이 생명인데. 독거네가 큰 조직이라면 우린 덩치가 작으니까. 빠르잖아.

독거 패거리가 크긴 크지. 독거 밑에 있는 요원들만 몇인 줄 알아?

내가 그런 걸 어떻게 알아.

직속만 삼천 명 정도 된다던데.

많다는 이야긴 들었는데……. 하긴 소문이긴 하지만 하부 정보원들까지 이만 명 정도 된다는 말 들은 적이 있어.

나도 들었어. 그 인원들 다 풀면 우린 금방 잡힐 거야.

그 전에 어디로든 사라져야지.

어디로?

네 보스 있는 필리핀으로 갈까?

어디 있는지 몰라.

아님 스위스로 갈까?

스위스는 왜?

거긴 중립국이잖아.

우리가 정치범이야?

어쨌든 거긴 정부 피해 도망갈 수 있는 데 아냐?

그럴지도 모르긴 한데…….

실없는 이야기를 하다 기주는 요 위에 그대로 쓰러져 잠이 들었다. 잠들기 전 노우와 나누었던 이야기는, 둘의 미래를 보장할 수 없다는 말처럼 여겨졌다. 그런 불안이 머릿속을 채우고 있는데도 잠을 쫓지 못했다.

빛이 새어 나오는 방에서 두런두런 말소리가 흘러나왔다. 기주는 머리카락을 쓸어 올려 단단하게 조여 맨 후 방문 앞으로 다가갔다.

"……말씀하신 대로 저휜 아니 저는 어쩔 수 없이 다른 사람들의 숨겨진 이야기나 숨긴 이야기를 보게 되더라고요. 단순한 호기심만으로 보기 시작한 건 아니에요. 감춘 것들이 어쩌면 훗날 나를 구해 줄지도 모르겠다는 막연한 생각이……."

노우의 목소리였다. 기주는 슬쩍 방문을 밀어 보았다. 맞은편에 노우가 보였다. 노우는 기주를 발견하고 왼손을 들어 보였다. 그리고 그의 맞은편에 머리가 하얗게 세기 시작한 한 남자가 앉아 있었다. 익숙하다는 느낌이 들었다. 남자가 고개를 돌렸는데, 그는 진보국이었다. 그가 의자에서 일어섰다. 기주는 적잖이 놀라 두 사람을 번갈아 보며 방안으로 들어갔다.

"어떻게 된 거야?"

기주가 노우에게 물었다.

"독거네 따돌린 거 같다고 하셔."

"따돌린 거면 따돌린 거고 아니면 아닌 거지. 따돌린 거 같다는 게 무슨 말이야. 알 수 없다는 말이잖아!"

기주의 목소리가 딱딱했다. 진보국 교수는 묵묵히 그녀의 이야기를 들었다. 그의 얼굴에는 별다른 표정 변화가 없었다. 기주는 머릿속으로 게스트 하우스의 출구를 더듬어 봤다. 후문 쪽으로 나가면 북악산이었다. 그 쪽으로는 빛이 없었다. 정문 출입구는 효자동으로 내려가게 되어 있었다. 빤한 골목

들뿐이었다. 도망간다면 북악산 쪽으로 달아나야만 했다. 노우와 함께라면 충분히 가능하다는 계산이 섰다.

"맞아요, 장담할 순 없어요. 최명순 아니 독거라는 그 여자 무슨 일이든 해치울 사람이라……."

노우는 진보국을 바라보며 미소를 지었다. 하지만 기주는 노우도 진보국도 마땅치 않았다. 그가 게스트 하우스를 찾아온 일부터 석연치 않았다.

"독거가 몰라?"

기주는 노우에게 물었다. 그녀는 금방이라도 독거 패거리들이 방문을 열고 들이닥칠 것만 같아 자꾸만 뒤돌아보았다.

"알았을 겁니다. 하지만 이 장소는 노우 씨만 알고 있을 겁니다. 독거에겐 보내지 않은 사진이 있다고 했는데 여기 사진은 독거에게 보내지 않았다네요."

"그렇긴 하지만……."

기주의 눈이 이리저리 바쁘게 굴러다녔다. 노우는 그녀의 눈길을 외면한 채 소반 위에 놓인 테이크 아웃용 종이컵을 들었다.

"교수님 사진 속에 있는 장소 중 하나야. 교수님을 만나야 하는데 방법이 없잖아. 전화나 메신저로는 한계가 있고. 받아야 할 것들도 있고."

"노우 씨가 문자를 보내온 겁니다. 십육 곱하기 십육의 인물이라고."

진보국이 기주를 지긋한 눈으로 쳐다보았다.

"십육 곱하기 십육이라고?"

진보국이 거실 쪽으로 걸음을 옮겼다. 그가 불을 밝힌 후 노우와 기주도 거실로 나왔다.

기주가 잠들었던 방 벽에 사진 한 장이 걸려 있었다. 족히 수백 명은 됨직한 얼굴 사진이었다. 한국인이라는 타이틀이 붙은 사진이었다.

"독거 그 여자는 노우 씨가 내게 문자 보낸 걸 알 겁니다. 하지만 십육 곱하기 십육의 인물이라는 문장을 해석할 수 없을 겁니다. 많은 사람을 의미한다는 건 알겠죠. 하지만 여긴 모를 겁니다. 이건 제 컴퓨터에 들어 있던 여자 사진의 수이기도 합니다. 이백오십육 명인데 아시겠지만 모두 한 사람이죠."

기주는 벽에 붙은 사진에서 눈을 떼지 못했다. 진보국은 그런 기주의 뒷모습을 바라보면서 잠시 뜸을 들였다.

"만으로 두 살이 되던 해에 잃어버린 딸을 생각하며 CG로 성인이 된 모습을 유추해서 만들어 본 겁니다. 요즘엔 이런 업체들 많이 있잖아요."

노우는 진보국의 이야기를 진즉 들었던 듯 고개를 끄덕거렸다.

"살아 있겠지만, 진짜 살아 있다면 아마 기주 양 나이와 비슷할 겁니다."

기주가 고개를 돌리자 진보국이 그녀에게서 시선을 떼었다.

"딸은 딸이고……. 노우 씨가 그 숫자를 보내온 겁니다. 제 해독이 남아 있었는데 단박에 알아차렸습니다. 제가 갔던 장소들 중에 이렇게 인물을 많이 찍어 걸어 놓은 곳에 있구나. 문제는 제가 왔을 때 두 사람이 있느냐였죠."

"교수님 사진 중에 제자들이랑 여기서 찍은 사진이 있어요."

노우가 진보국의 눈치를 살폈다.

"제 침대에 있던 수란이라는 그 학생도 사진 속에 있었고요."

"너 잠들고 나서 교수님 사진 뒤지다 보니까 아무래도 닮은 여자가. 침대 위에 사색이 되어 있던 여자랑은 많이 다르더라고."

노우는 맥없이 패드의 화면에 올라온 사진을 기주가 볼 수 있도록 화면을 그녀 쪽으로 돌려주었다. 가운데만 모아 묶은 단발머리 여자였다. 얼굴은 희고 입술은 선명했다. 무척 어린 여자 같았다. 기주는 여자와 진보국을 번갈아보았다. 진보국은 기주의 눈을 외면했다.

기주는 그제야 진보국의 등장이 조금은 이해되었다. 다리에 모여 있던 긴장이 조금씩 풀리기 시작했다. 그들은 거실로 나왔다. 기주는 천천히 소파에 걸터앉았다.

"아무래도 유선상이나 문자 상으로는 어려울 거 같아 직접 이렇게 온 겁니다. 그리고 이거."

진보국이 빨간 술이 달린 나무 호패를 내밀었다. 호패에는 '사이메이'라 적혀 있었다.

"이건 미야지마 히로시(宮島博史) 교수로부터 받은 일종의 징표 같은 겁니다. 도쿄대 교수로 진보적 성향의 지식인입니다. 만약 여길 떠나야 한다면 이걸 꼭 보관하고 계십시오. 전화를 하고 제 이름을 말하고 설명하면 도와줄 겁니다. 전에도 제가 도움 받은 적이 있었거든요. 대마도까지 밀항을 해야 할 겁니다. 그리고 그 교수 한국말도 제법 잘합니다. 뒷면에 교수의 스마트폰 전화번호가 적혀 있습니다."

"사이메이? 이게 뭡니까?"

"미야지마 교수가 사이메이 천황 연구잡니다. 일본에서 두 번씩이나 천황을 지낸 '사이메이' 천황이 여자인데 아이러니하게도 천황의 나라에서 그 '사이메이' 천황만 홀대 받는 편입니다. 두 번씩이나 천황을 지낸 인물인데도 말입니다. 미야지마 교수가 그 이유를 밝혀내려고 공부 중인데 아마 일본에선 '사이메이'에 대한 전문가일 겁니다."

노우는 호패를 받아 기주에게 건넸다. 기주는 얼결에 호패를 받았다. 호패를 받은 기주의 마음은 착잡했다. 이 호패를 건넨다는 것은 한국에서 정착할 수 없다는 말이기도 했기 때문이었다.

"난 아직 한국에서 할 일 많은데, 아니 하고 싶은 일이 많아."

기주는 말을 잇지 못했다.

"그 사진 속의 여자 말입니다."

진보국 교수의 시선이 노우에게 가닿았다. 노우는 어느새 크로스백을 가슴에 두르고 만지작거렸다. 그는 지퍼를 열고 하나둘 자신의 물건들을 크로스백에 담았다. 기주도 눈치를 채고 자신의 물건들을 조용히 챙기기 시작했다.

"찾을 수 있나요?"

노우와 기주가 깜짝 놀라 그를 빤히 쳐다보았다.

"죽은 여자를 찾아서 어쩌시게요?"

"요즘도 가끔 그 학생의 부모로부터 전화가 걸려 옵니다. 저를 유독 따랐던 학생이었거든요. 제 추천으로 일본으로 유학을 갔으니 제게 전화할 수밖에요. 저도 여전히 의문입니다. 왜 그 애가 내 방에 누워 있는지 알 수가 없어요. 잠깐 귀국을 했다가 변을 당했다? 잠깐 귀국을 해도 부모님께 알리는 그런 성격이었다는데……. 실종 신고를 하긴 했다는데 아무도 모른다는 답변만 받았대요. 심지어 사랑의 도피일 수도 있다고…….”

진보국은 말을 끝까지 하지 못했다.

“일본에서도 같이 지내신 적 있으시죠?”

진보국은 노우의 눈길도 피한 채 테이블 모서리만 바라보았다.

“나만 희생시키면 되지, 왜 수란이까지…….”

진보국은 머리를 푹 숙였다. 노우는 그런 그의 머리를 내려다보았다. 백발 사이사이에 검은 머리카락이 보였다. 그가 손가락으로 머리카락을 쓸어 올렸다. 가늘고 긴 손가락이 노우의 눈에 들어왔다. 왜 그런지 잃어버린 어린 연인을 그리워하거나 어이없는 상황에 놓인 여인을 애달파한다는 생각은 들지 않았다. 굳은 듯 미동도 하지 않는 진보국의 어깨를 보고 있자니 여자의 일은 어쩔 수 없이 그렇게 되어 버렸다는 체념의 분위기가 풍겼다.

‘인간이니까 지금까지 쌓아 올린 탑을 한순간에 무너트릴 수 없겠지.’

노우는 눈을 반쯤 뜨고 생각에 잠겼다. 기주는 마당 쪽으로 눈길을 주었다. 마당의 작은 돌확이 그녀의 눈에 선명하게 들어왔다. 돌확 속에 별들이 담겨 있었다.

"한 해에 실종 인구가 비공식 인원까지 합하면 이만 명 가까이 된답니다. 이들 거의 대다수는 가족을 못 찾는 거죠. 일부러 가족을 찾지 않는 사람들도 있긴 하지만 수란이나 수란이네 가족은 그런 가족이 아니에요."

진보국은 씁쓸한 미소를 지으며 말했다. 수란이라는 여자를 찾을 수 있느냐 물을 때와 달리 그는 어쩔 수 없는 일 아니냐고 항변하고 있는 듯했다. 생각은 일관적이지 않고 말투는 좀 딱딱했다. 오피스텔에서 보았을 때와 달리 그는 격정적이지 않고 차분했다.

기주는 마당 쪽으로 눈길을 돌렸다. 마당 너머 대문과 대문 기둥 사이 문틈으로 지나가는 사람이 보였다. 어두운 밤이지만 언젠가 보았던 외투를 입은 사람이 지나갔다. 기주는 등골이 오싹했다. 그녀는 노우가 크로스백을 매고 있다는 걸 확인하고 자신의 백팩이 놓인 소파 곁으로 슬금슬금 자리를 옮겨 앉았다.

'혹 미행당했다면, 그게 아니라 진보국이 우릴 넘겼다면……. 뒷문도 막고 있을까?'

기주는 벽시계를 쳐다보았다. 새벽 두 시를 지나고 있었다.

"독거에게 먹힐지 모르겠지만 그 아가씨도 포함시켜 보죠."

노우가 어색한 미소를 지으며 말했다.

"진짜 죽었다면 시신만이라도 돌려주어야 할 듯해서요……. 부모는 죽었다고 생각하지 않는 거 같지만."

"독거한테 말해 봤어요?"

"자기 소관이 아니라 도와줄 수 없다는 말만 들었어요."

짐작했던 일이었다.

"찾을 수 있을까요?"

독거만은 알고 있을 터. 하지만 그녀와 협상이 가능할지 자신할 수 없었다. 그녀에 대한 생각이 닿은 것일까. 노우의 스마트폰이 울렸다. 잔잔하면서도 고요한 파문이 일었다. 독거였다. 노우가 전화를 받자마자 욕이 튀어나왔다.

"야! 인간 말종 같은 새끼! 구둣방 하는 놈 풀어 준다고 했지."

노우는 그대로 전화를 끊었다. 진보국이 엉거주춤 일어섰다. 기주는 소파 곁에 기대 놓았던 백팩을 서둘러 멨다. 노우는 진보국과 기주를 번갈아 보았다. 진보국은 노우와 기주를 쳐다보며 얼굴을 붉혔다.

"무슨 일이에요? 어딜……."

노우가 기주를 쳐다보았다. 기주가 눈으로 말했다.

'이상해. 대문 틈으로 누군가를 본 거 같아. 신발 신어.'

노우는 기주의 눈에서 다급함을 읽었다. 진보국이 허허거리며 소파에 앉았다. 노우는 자신이 묵으려던 방 안을 한번 훑어보았다. 잡다한 일용품들이 있었다. 크로스백만 있으면 상관없었다. 노우는 밤하늘을 올려다보는 듯 마루에 걸터앉았다. 기주는 노골적으로 신발을 꿰어 신었다.

"여기선 그래도 별이 보이네요. 산이 가까워서 그런가. 교수님!"

노우는 신발 속에 발을 욱여넣으며 진보국을 불렀다. 그가 엉거주춤 일어나 노우 쪽으로 다가왔다.

"교수님!"

노우가 다시 진보국을 불렀다. 진보국은 마루 끝으로 다가서며 계속해서 허허거리며 웃었다. 그는 마루에 선 채 노우와 기주를 쳐다보았다. 기주는 백팩 끈을 줄이고 노우는 크로스팩을 점검했다. 주머니를 뒤져 물건을 확인하고 서로를 살펴보았다.

"독거가 교수님 여기 온 거 알죠?"

"무슨 말씀입니까?"

진보국이 마당 쪽으로 고개를 내밀었다.

"그래도 저는 교수님 도와드리려고 했습니다. 독거가 거절할 수 없는 뭔가를 제안했나요?"

진보국의 눈길이 기주에게 향했다.

"그게 아니라……."

노우와 기주는 뒤란 쪽으로 걸음을 옮겼다. 숙소를 정할 때 원칙은 정문 외에 다른 문이 존재하는가였다. 진보국이 마루 끝에 털썩 주저앉았다. 기주와 노우는 대문 쪽을 한번 살핀 후 건물 뒤쪽을 향했다.

"노우 씨, 나로서는 어쩔 수 없었어요. 내 방에 있던 제자 건을 무마시켜 주는 조건 때문은 아니에요. 그런 거 중요하지 않아요. 중요한 건 내 딸이에요."

노우와 기주가 걸음을 멈추었다. 기주와 진보국의 눈이 마주쳤다.

"아내가 사고로 죽었어요. 나랑 딸만 남기고. 그런데 딸을 잃어버렸죠. 누군가 데려간 거 같다는 게 마지막 증언이에요. 내가 지금까지 죽지 않고 살아있는 건 언젠가는 딸을 볼 수 있다는 희망 때문이에요. 내가 대중 앞에 나서서 떠들어 대는 것도 어쩌면 딸을 찾고자 하는 강한 열망 때문인지도 몰라요. 내가 이렇게 있으니 살아 있다면 나를 찾아오라고."

노우가 진보국을 향해 돌아섰다. 그의 오피스텔에서 가족에 대해 말할 때 머뭇거렸던 게 지금 이 순간 이해되었다. 그는 이십 년 넘는 세월 동안 혼자 살아왔던 것이다.

"독거가 딸을 찾아주겠다고 했군요."

노우가 말하자 진보국이 고개를 끄덕거렸다.

"경찰은 찾지 못해도 자기네는 찾을 수 있다고……. 미안해요."

진보국은 고개를 떨어뜨렸다. 기주가 노우의 손을 잡아끌었다.

"일본인 교수는?"

"붙잡히지 않는다면 뭔가 도와야 할 거 같아서……. 독거도 몰라요. 진짜 모르는 거예요. 미안해요."

"독거라면 따님 찾아드릴 수 있을 겁니다. 앞으론 광장에서 못 볼 수도 있겠네요. 오늘 정말 리얼했어요."

기주의 손이 노우의 팔을 잡아끌었다. 두 사람이 건물 뒤편으로 사라지려는 순간 대문이 와락 열렸다.

5

노우와 기주는 능선을 타고 걸었다. 독거 패거리들이 헤드랜턴과 서치라이트를 동원해 따라붙는다 해도 밤의 풍경을 낮의 풍경보다 더 환하게 볼 수 있는 노우를 따라잡을 수 없었다.

"아까 독거가 전화했을 때 무슨 이야기야?"

노우가 걸음을 멈추었다. 기주도 멈춰 섰다. 노우는 걸어온 길을 되돌아보았다. 어둠이 소실되는 지점까지 멀리 살펴보았다. 사람의 흔적은 보이지 않았다.

"뻔한 이야기지. 모든 걸 원상회복시켜 줄 테니 돌아오라는 거지. 내가 가진 자료들과 함께."

기주는 그의 얼굴이 잘 보이지 않았다. 그래도 그의 눈길을 느낄 수 있을 것 같았다. 그의 형체가 분명하게 보였고 사소한 손동작들도 확인할 수 있었다.

"그리고 지오는 이미 풀어줬대."

"잘됐네."

"잘된 건지 모르겠지만 아무튼 그런 소리를 했고."

기주는 어둠에 잠긴 그의 눈을 들여다보고 싶어 그에게 바짝 다가가 섰다. 그 바람에 두 사람은 밀착되었다. 노우는 뒷걸음질 치지 않았다.

"부탁을 하더라. 독거가 나한테."

"뭐라고?"

"더 이상 올리지 말라고. 그래서 내가 말했지. 당신 것도 있다고. 보스 동영상은 더 많다. 그러니 우리를 내버려 두라고 그랬지. 그래도 사진은 달래, 그럼 뭐든 들어준대, 외국으로 나갈 수도 있대. 정착금도 주겠다고 하던데."

기주가 피식 웃었다. 능선을 따라 펼쳐져 있던 어둠은 조금씩 열어지고 있었다. 나무와 길 아닌 길가에 쌓인 눈들이 기주의 눈에도 보였다. 눈은 사방에 펼쳐진 봉우리를 막막하게 뒤덮고 있었다.

"그 말 믿을 수 있겠어?"

"당연히 믿을 수 없지."

"진보국 교수도 넘어갔잖아. 딸 찾고 싶은 심정은 이해하지만……. 시대의 양심이라는 말은 버려야겠네. 그래도 독거가 정신 좀 차리지 않았을까?"

"기주야, 불안한 마음은 이해하겠는데. 진보국 교수와 우린 달라. 진보국 교수는 협박 정도는 할 수 있지만 그 이상 함부로 할 수 없는 사람이야. 하지만 우린 달라. 우린 그야말로 거리의 쓰레기라고. 치워 버리면 그만인 거지. 독거는 결코 우리의 지위 따위 보장해 주지 않아. 그러면서 유혹하지. 그런데 웃긴 건 우리 같은 사람들이 독거의 말을 믿는다는 거야. 독거는 또 그런 우리 부류의 속성을 잘 알고."

노우의 숨이 기주의 얼굴에 가닿았다. 언제 세수를 했던 것인지 그의 얼굴에서 살구비누 냄새가 났다. 기주는 반걸음 뒤로 물러났다.

"이제 어디로 갈 거야?"

"차차 생각해 봐야지. 독거랑 독거네 패거리가 있는 한 우린 여기서 안전할 수 없을 거야."

"그럼 우리 부산으로 가자."

"부산?"

"거기에 우리 진짜 보스 친구 분이 있어. 우리 보스도 그 친구 도움 받아서 배로 필리핀까지 건너갔을 거야."

기주가 노우의 곁을 지나 앞으로 걸어 나갔다. 아직 어둡지만 능선에 희미하게 이내가 깔리기 시작해 밟을 수 있는 땅과 밟을 수 없는 땅 정도는 구분이 되었다. 잠깐 동안 기주의 뒷모습을 쳐다보던 노우가 그녀의 뒤로 따라붙었다.

세상의 아침

1

세상은 변하고 있었다. 사람들은 목소리를 내기 위해 촛불을 들고 댓글도 달았다. 겨울의 끄트머리에서 이전 정부의 수장이 구속되었다. 물러날 사람은 물러나고 새롭게 등극할 사람들은 떠오르기 시작했다. 많은 사람들이 바른길로 가는 것이라며 환영했다. 그래도 바뀌지 않는 것들이 더 많았다.

노우와 기주는 새벽 첫차를 타고 부산 노포동으로 내려갔다.

"어디로 가야 해?"

버스에서 내리며 노우가 물었다. 대합실 안은 훈훈했다. 봄이 오려면 멀었지만 부산에는 이미 봄꽃이 당도해 있는 듯했다. 대합실을 오가는 사람들은 활기차 보였다. 사람들의 어깨도 한껏 펴졌고 발걸음도 가벼웠다.

"다대포 해수욕장역까지 가야 해."

기주는 주위를 둘러본 후 지하철 역사 쪽으로 종종걸음을 쳤다. 버스 터미널과 지하철 역사는 연결되어 있었다. 노우와 기주는 발걸음을 옮기면서 천장에 감시 카메라가 보이면 카메라에서 멀리 떨어진 곳을 골라 걸었다. 피할 수 없으면 고개를 한껏 숙인 채 앞으로 걸어 나갔다. 아직까지는 두 사람을 눈여겨보거나 미행하는 사람들은 없는 듯했다.

"지하철로 가는 거야?"

"응."

기주는 짧게 대답한 후 앞서 걸었다. 그녀는 자동 발매기에서 티켓을 끊고 잠깐 노우를 쳐다본 후 발걸음을 서둘렀다.

"기주야, 우리 옷 좀 사 입자."

기주는 잠깐 생각하더니 그러자고 했다.

"그럼 서면으로 가면 될 거 같아. 어차피 우리가 가는 길에 있으니까."

노우와 기주는 다대포 해수욕장행 지하철에 올라탔다.

"끝에서 끝으로 가는 거네."

기주는 노우를 힐끔 쳐다보곤 미소를 지었다. 노우는 주머니 속에 들어 있는 스마트폰을 꺼내 보았다.

"독거가 미친 듯이 전화를 해댈 거 같은데. 서울에서 떠날 때부터 전화 한 통 없네. 문자도 없고."

노우는 스마트폰 통화 내역을 점검해 보았다. 지오에게서 온 전화번호를 발견했다. 노우는 곧장 지오에게 전화를 걸었다. 신호음이 열 번쯤 울린 후 지오가 전화를 받았다.

"괜찮아?"

노우가 물었다.

"응, 그런데 형은 어디야?"

"부산…… 가고 있어."

노우는 사실대로 말하지 못했다.

"너는 어떻게 됐어?"

"존나게 때리더니 갑자기 풀어 주네. 형 나 지금 캠프험프리로 가고 있어."

"거긴 왜?"

"나 미국 갈 거야. 여긴 정말……."

"어떻게 가?"

"비행기 삯만 마련되면 갈 거야. 깜둥인데 안 받아 주겠어? 안 받아 주면 불법으로 체류하는 거지. 우리 불법 잘하잖아."

지오의 목소리가 떨리고 있었다.

"지오야……"

"형, 그만 끊어야 할 거 같아. 그리고 살아 있어야 해. 그래야 언젠가 만날 수 있지. 형 잘 가."

지오는 제 말만 하고 갑자기 전화를 끊었다. 노우가 세 차례나 더 통화 버튼을 눌렀지만 지오는 전화를 받지 않았다.

"지오 씨가 뭐래?"

"풀려났다고는 하는데 좀 수상해. 독거가 거짓말한 거 같아. 지오 그 놈은 원래 느긋한 놈이거든. 이만한 일로 조급하게 굴거나 할 놈이 아니라고……."

노우는 출입문 머리에 붙어 있는 전철 노선도를 바라보았다.

"뭔가 꿍꿍이가 있겠지. 쉽게 물러날 여자가 아니니까."

"그래도 괜찮겠지. 지오가 아무 것도 모르니까."

노우는 좌석 등받이에 등을 기댔다. 등을 바짝 세우고 있던 기주도 등을 기대며 숨을 내쉬었다.

"기주야, 너네 보스도 독거한테 잠깐 넘어갔었는데 보스 친구들은 괜찮을까?"

노우가 물었다. 자꾸 말하다 보면 지오에 대한 염려를 빨리 덜어 낼 수 있을 거라 생각했다.

"독거가 주도면밀해도 거기까지 손을 뻗었을까?"

노우는 그녀의 말에 토를 달지 않았다.

"그래도 만나기 전에 좀 살펴봐야겠지."

전동차는 달렸다. 노우는 전동차가 멈출 때마다 드나드는 사람들을 유심히 살펴보았다.

“터미널에 내렸는데 평택에서 처음 서울 올라갔을 때가 생각나더라.”

기주는 옆자리에 앉은 여자에게 눈길을 한번 주었다가 노우를 쳐다보았다.

“무슨 소리야?”

“부산 터미널에 내렸는데 비슷한 느낌이 들었다는 거야. 평택에서 살다 평택이라는 도시를 벗어난 게 그때가 처음이었거든. 그런데 그땐 두렵기도 하고 무서웠어. 지오도 어리벙벙했고.”

“지오 그 사람이랑 같이 서울에 올라온 거야?”

노우가 고개를 끄덕였다.

“그때 원장이 소개장을 하나 써줬는데, 어딘 줄 알아?”

기주가 고개를 저었다. 기주 곁에 앉아 있던 여자가 전동차에서 내리고 그 자리에 교복을 입은 여학생이 앉았다.

“지금은 다 없어졌지만 염천교 밑의 구두 공장이었어.”

“그럼 지오 씨가 그때 구두 손질하고 그런 거 배운 거야?”

“뭐 그런 셈이지. 거기선 만드는 거 배우긴 하지만 뭐 매한가지이긴 하지. 그런데 그 얘기를 하려는 게 아니고…….”

노우는 물병을 열고 물 한 모금을 마셨다.

"서울역에 도착했는데 그 소개장을 안 가져온 거야."

"그래서?"

"지오는 금방이라도 울 거 같았지. 원장한테 전화 걸어서 전화해 주라고 말할 수도 있었을 텐데 그러질 않았어."

"그래서?"

"지오를 빵집에 앉혀 놓고 절대로 어디로 나가지 말라고 말해 놓고 나는 다시 내려갔지."

"평택으로?"

노우가 고개를 끄덕거렸다.

"왜?"

"내가 읽던 책갈피 속에 그 소개장을 넣어 뒀었거든."

"그냥 전화하지."

"그게 싫더라고. 그렇다고 소개장 무시하고 다른 어디로 가는 것도 두려웠고."

노우는 그 순간의 기억을 한 번도 잊은 적이 없었다. 다시 평택으로 내려가 보육원에 몰래 들어가 책 속의 소개장을 확인한 후 통째로 들고 나왔다. '마틴 에덴'이라는 소설책이었다.

"그게 무슨 책인데?"

"소설인데 뭐 뱃사람이 공부 열심히 해서 작가가 되었다는 그런 좀 허무맹랑한 책이야."

"뱃사람이 소설가가 되는 게 허무맹랑한 거야?"

"그런 건 아닌데……. 아무튼 서울역에 도착해서 빵집으로 달려갔지. 이미 시간이 많이 늦었거든. 그게 아마 열한 시쯤 되었을 거야. 그런데 도착해 보니 빵집은 이미 문을 닫았고 지오는 빵집 앞에서 오들오들 떨고 있더라고. 겨울이 막 시작되고 있을 때였거든. 그 덩치 크고 새카만 놈이 나를 보자마자 달려들어서 우는데……. 희한하게도 요즘 옛날에 겪었던 어떤 일들과 유사한 기분이 들고 그래. 데자뷰처럼 말이야."

기주도 진보국 교수를 만났던 북촌의 게스트 하우스에서 그런 기분을 느꼈다고 말했다.

"제대로 공부하고 배운 적은 없지만 말이야. 인생이란 게 그렇게 데쟈뷰 같은 건지도 모르겠다는 생각이 들더라. 언젠가 경험했던 일들이 끝없이 반복되는 거지. 그중 유독 잔상이 많이 남은 일들은 떠오르고 나머지 일들은 그냥 묻히고."

"선배도 그런 생각을 다하고 사네."

"야, 나도 나이 먹을 만큼 먹었다고. 옛날 같았으면 장성한 아들을 둬야 할 나이구만."

"장가 갈 생각도 하셨어?"

기주가 노우를 쳐다보며 웃었다. 그 사이 전동차는 서면역에 도착했다.

"누군가에게 버려지지 않았다거나 길을 잃지 않았다면 그런 생각 했겠지."

노우가 벌떡 자리에서 일어났다. 두 사람은 서둘러 서면역에서 내렸다.

2

노우는 편의점 앞 플라스틱 의자에 앉아 기주가 말한 횟집을 쳐다보았다. 그가 눈길을 준 곳은 십 미터 남짓 떨어진 '진주횟집'이었다.

"난 비니만 썼다 하면 머릿속이 왜 이렇게 근질거리는지."

노우는 눈길을 횟집에 둔 채 비니 모자 속으로 손가락을 쑤셔 넣어 머리를 긁적거렸다.

"나이보다 훨씬 젊어 보이고 좋아. 사람도 달라 보이고."

노우는 잠깐 기주를 쳐다보았다. 그녀는 카키색 항공점퍼 차림이었다. 점퍼 때문에 그녀는 더 활동적인 여자처럼 보였다. '프랫 앤 휘트니'라는 영어글자가 박힌 베이지색 모자도 그녀에게 잘 어울렸다. 머리가 작은 탓에 그녀는 모자가 어울리는 편이었다.

"프랫 앤 휘트니가 무슨 말인 줄 알아?"

노우의 눈길이 향한 곳이 자신의 모자라는 걸 알고 기주는 모자를 벗어 상표를 들여다보았다. 비행기가 그려져 있는 상표였다.

"모자에 적힌 영어를 내가 어떻게 알아?"

"너도 같이 가 본 적 있었는데. 프랫 앤 휘트니는 미국 방위산업체 중 가장 큰 회사야. 탱크에서부터 전투기까지 무기 종류는 아마 다 만들 걸. 너랑 나랑 한남동 이 층 집에 들어갔던 적 있었어."

"한남동? 혹시 미국인이 산다는 집?"

"그래. 그 집 주인이 프랫 앤 휘트니 회사 중역이었어. 그 집에서 지난 연말 도입하기로 했던 전투기 입찰 서류를 가져 나오는 게 목적이었지. 그때 찾아보니까 대형 무기 제작사더라고. 거실에 들어갔는데 거실 텔레비전 위에 그 회사 로고가 박혀 있어 기억이 생생해. 나는 네가 알고 그 모자 산 줄 알았는데."

"선배, 난 운짱이야. 정보 수집하고 들여다보는 건 선배라고."

둘은 잠깐 눈길을 마주친 후 미소를 지었다.

"저 사람."

기주가 진주횟집에서 나온 남자를 가리켰다. 진청색 청바지에 군용 깔깔이를 걸친 남자가 눈에 들어왔다. 그는 오른손에 뜰채를 들고 있었다. 깔깔이 주머니에서 담배를 꺼내더니 담뱃갑에서 담배를 꺼내 물고 불을 붙였다. 사내의 입에서 흘러나온 흰 연기가 풀어지며 간판 불빛과 수족관에서 흘러나온 불빛들과 섞여 더 희게 보였다. 바다로부터 달려온 어둠이 해안가 가게 앞마당에 땅거미를 풀러놓고 있어 불빛과 연기가 더 선명해 보였다.

사내는 어깨가 넓은 편이었으며 허벅지도 두꺼워 보였다. 특이한 건 밤인데도 검정색 선글라스를 끼고 있다는 점이었다. 그는 담배를 뱉어 버린 후 수족관에서 도미 한 마리를 꺼내 가게 안으로 들어갔다. 노우와 기주는 진주횟집 주변을 낱낱이 살폈다. 진주횟집 인근 거리는 먹거리 타운이었다. 타운 초입에 편의점이 있었고 편의점을 시작으로 반대편까지 백 미터 남짓 횟집 거리였다.

두 사람은 횟집을 드나드는 사람들 주변의 횟집 가게 주인이나 종업원들 그리고 횟집 앞을 지나가는 사람들을 유심히 살폈다. 땅거미가 물러나고 바다에 어둠이 완전히 내려앉을 때까지 둘은 잡담을 나누었다.

"선배도 구두 만드는 거 배웠어?"

"아니. 사장이 원장한테 무슨 이야길 들었는지 구둣방 사장이 남대문 '땅크'라는 인간한테 나를 다시 소개하더라고. 그 인간이 금고 따는 기술자였지. 그 길로 쭈욱 그 사람 파벌 싸움 나서 죽은 뒤로 혼자가 된 거고."

"우린 같이 지내면서 자기 이야기는 하나도 안 했던 거 같아."

"그러게. 그냥 드러내 놓고 말하기 뭐해서 그랬던 거지. 나나 너나."

한 떼의 손님들이 '진주횟집'으로 들어가는 게 보였다. 여자 둘과 남자 둘. 노우는 기주와 눈을 맞춘 후 의자에서 일어나 해찰하듯 횟집 거리를 걷기 시작했다. 기주는 눈으로 사방을 살폈다.

진주횟집 앞으로 다가간 노우는 수족관을 살피는 듯 서성거리며 가게 안을 훔쳐보았다. 세 개의 테이블에 사람들이 앉아 있었고 테이블 위에 음식들이 푸짐하게 차려져 있었다. 서로 떠들어대는 폼이 진짜 손님들인 듯한 인상이었다. 기주가 말한 사내는 카운터에 앉아 홀 안쪽으로 눈길을 주며 텔레비전을 보고 있었다. 주방 안쪽에 청색 앞치마를 두른 여자가 보였다. 노우는 뒷걸음질 치다 기주 쪽으로 다가갔다.

"우리 여기 온 게 언제지?"

"두 시간은 된 거 같아. 편의점 알바 하는 애가 자꾸 우릴 쳐다보네."

"어때?"

노우가 기주에게 물었다.

"여기까진 독거가 손을 뻗치지 않은 거 같아."

"가자. 독거가 어떻게 나올 지 아무도 알 수 없잖아. 독거가 뭔가 계획을 세우기 전에 움직여야 해."

잠시 주저하던 기주가 의자에서 일어났다. 횟집 거리를 눈으로 한차례 더 살핀 후 진주횟집을 향해 걸어갔다. 노우도 그녀의 뒤를 따르며 주변을 살폈다. 염려했던 감시는 없는 듯했다. 설령 그들이 어딘가에 진을 치고 있다 하더라도 다른 길을 선택할 방법이 없었다.

기주는 노우를 한번 돌아다 본 후 진주회집의 문을 열었다. 카운터에 앉아 있던 사내가 일어서며 두 사람을 맞이했다. 기주는 그의 까만 선글라스를 쳐다보았다.

"다대포항의 진주, 진주횟집입니다. 어서 오세요."

남자는 노우와 기주를 맞이하며 입술 가득 미소를 물었다.

"저 양광수라고 아시지요?"

남자의 입꼬리가 가라앉았다.

"네가 양기주?"

남자는 기주를 대번에 양기주라 불렀다. 기주는 자신이 양광수와 함께 살게 된 사연에 대해선 알지 못했다. 기억에 없으니 구체적으로 말할 수도 없었다. 다만 지금까지는 누군가 자신을 양기주라고 부른 적이 없었다. 그래서 양기주라는 이름이 낯설었다. 그래도 그의 말을 듣고 그저 미소를 지었다. 사내는 눈을 동그랗게 뜨고 기주와 노우의 얼굴을 살폈다.

"광수 놈이 네가 곧 올 거라 말하더니만, 잘 왔다."

3

사내는 노우와 기주에게 우럭 매운탕을 내주었다. 주방에 있던 여자가 눈길을 주었다가 금방 거두었다. 사내도 노우와 기주가 밥을 먹는 내내 아무 말도 꺼내지 않았다. 노우는 밥을 먹는 동안 다른 테이블의 사람들과 거리를 힐금거리며 눈여겨보았다. 아직까지는 자신들을 쫓는 별다른 기미가 보이지 않았다.

"얼마나 시간이 있어?"

기주가 밥그릇을 비우고 나자 선글라스 사내가 물었다.

"잘 몰라요. 하지만 아주 급하다는 건 확실해요."

"가자."

사내가 카운터의 사탕 바구니에 담겨 있던 박하사탕을 꺼내 노우와 기주에게 주었다.

"하나씩 먹어. 입안이 개운하니까. 여기 떠나면 이 박하사탕 생각날 거야. 그땐 나도 좀 생각해 주고."

노우와 기주는 사탕을 주머니에 넣기 민망해 바스락거리는 껍질을 벗겨 내고 사탕을 입에 물었다.

"또 어디 가요?"

"잠깐 박 선장 좀 보고 올게."

주방 안에 있던 여자가 물었고 사내가 대답했다. 진주횟집 밖으로 나온 사내는 먼저 담배를 하나 꼬나물었고 스마트폰을 꺼내 들더니 전화를 걸었다.

"오늘 뜰 수 있지? 손님 데리고 간다. 니미 예약은 무슨. 우리가 예약 같은 거 하면 살았냐. 아무튼 부두로 갈게."

그가 가게와 가게 사이의 골목 안으로 들어갔다. 노우와 기주가 그의 뒤를 따랐다. 골목을 벗어나자 주차장이 나타났다. 그는 남색 트럭 차문을 열었다. 짐칸에는 바구니들과 그물들이 무질서하게 담겨 있었다.

"차를 타고 가야 해. 얼른 타!"

사내가 주변을 둘러보았고 노우도 사방을 둘러보았다.

"어디로 가나요?"

기주가 물었다.

"낫개 부두."

그가 말한 곳이 어디인지 알 수 없지만 낯선 단어 때문인지 그가 진행하는 일이 은밀하다는 분위기를 풍겼다. 기주가 가운데 좌석에 앉고 노우가 조수석에 앉았다. 그는 트럭에 시동을 걸고 요란하게 출발시켰다.

"광수 그놈이 서울서 뭔 짓을 저지른 거야?"

그의 트럭은 부두를 끼고 달렸다. 부두엔 불 밝힌 어선들도 있었고 가만히 숨죽인 채 출렁거리는 배들도 있었다.

"대답할 수 없는 모양이구만. 아무튼 이 나라를 떠야 한다 이거잖아. 요즘엔 왜 다들 떠나려고만 하는지 모르겠어. 한국이 얼마나 살기 좋은 나란데."

선글라스 남자는 혼잣말처럼 중얼거렸다. 노우는 사내를 힐금 쳐다보았지만 선글라스를 끼고 있어 눈이 보이지 않았다. 아무래도 운전하는 게 위험해 보였다. 트럭도 바다의 물결처럼 출렁거렸고 덩달아 그의 눈을 가린 선글라스도 출렁거렸다.

"전에 보니 광수 얼굴이 말이 아니던데."

"혼자 왔나요?"

"혼자 왔겠어? 소매치기 주제에 오지랖은 넓은 인간이잖아. 젊은 애들 셋이랑 같이 왔지."

기주는 짐작이 갔다. 머리 굵은 아이들만 데리고 밀항을 한 모양이었다. 어린 아이들은 어떻게 되었을까? 노우처럼 보육원으로 보내졌을 터였다. 기주는 검은 바다로 눈길을 주고 있는 노우의 옆모습을 바라보았다.

"언제 돌아올지도 장담 못하겠네."

"네?"

"광수 그 놈 떠나면서 언제 돌아올지 모른다면서 행복하게 살라고 하더라. 빌어먹을 새끼!"

사내는 말끝에 욕을 붙였다.

트럭은 언덕진 비포장길로 들어섰다. 잠깐 사방이 칠흑 같은 어둠에 휩싸였다가 검은 바다가 눈앞에 펼쳐졌다.

"여긴 동네 사람들만 아는 지름길."

"아, 네."

사내의 혼잣말에 기주는 맞장구를 놓았다. 언덕길을 내려오자 작은 부두와 방파제가 나타났다. 작은 어선들이 부두에 길게 머리를 대고 늘어선 채 출렁거리고 있었다.

"여기가 낫개 부두야. 광수도 여기서 떠났어."

사내는 트럭을 부두의 가장자리에 세웠다. 트럭의 시동을 끄자 귀밑까지 파도 소리가 밀려들었다. 바다로 뻗은 방파제가 바다의 길처럼 나타났고 방파제를 때리는 파도가 하얗게 부서지는 게 보였다. 세 사람은 트럭에서 내렸다.

"입춘이 지났는데 아직도 더럽게 춥네."

사내가 투덜거렸다. 그는 점퍼 지퍼를 목 끝까지 끌어올린 후 진저리를 쳤다. 노우는 부두 쪽으로 몇 발 걸어 나가 검은 바다에 눈길을 주었다. 기주가 그의 뒤에 다가와 섰다. 사내는 버려진 군데군데 푹 패인 스티로폼 부표 위에 걸터앉았다. 저 사람 이름이 뭐야? 몰라, 보스가 진주횟집 아저씨를 찾아가라고만 했으니까.

4

"너 양광수 진짜 딸 아니지?"

진주횟집 남자가 부두의 끄트머리에 서 있는 노우와 기주에게 다가오며 물었다. 밤을 품은 바다가 횟집에서 흘러나간 불빛과 방파제 가로등 불빛들을 품고 일렁거렸다. 노우는 어둡지만 어둡지 않은 사방을 둘러보았다. 근처에는 밤낚시 나온 사람 하나 보이지 않았다.

"잘 모르겠어요."

노우는 기주에게 시선을 주었다.

"잘 모르는 얘 하나 구하자고 밀항 루트까지 팔아먹을 광수가 아닌데."

진주횟집 남자가 선글라스를 낀 채 기주를 쳐다보았다. 그의 눈이 어디를 향하고 있는지 알 수가 없었다. 기주는 양광수가 자신을 특별하게 대했다는 걸 알고 있었다. 평소엔 딸처럼 대했지만 현장에서는 부하 직원 다루듯 다뤘다.

"딸이라고 할 수도 있고 아닐 수도 있어요."

기주 자신도 정의 내릴 수 없었고 마땅한 대답 또한 찾지 못해 얼버무렸다.

"양광수가 혹시라도 딸한테서 연락 오면 잘해 주라고 신신당부하던데. 광수만 딸처럼 생각했던 거야?"

"그런 건 아니긴 한데……"

기주는 더 이상 토를 달진 않았다. 어딜 가나 양광수는 기주를 딸이라 소개했다.

어둠과 불빛 사이에 드러난 진주횟집 남자의 얼굴이 하얗게 번들거렸다. 노우는 선글라스를 낀 채 사람을 맞이하는 그에게 믿음이 가질 않았다. 선글라스 너머의 눈이 보이지 않는 것도 괜히 기분이 나빴다. 어둠은 꿰뚫어 볼 수 있는데 착색된 선글라스 어둠 너머는 잘 보이지 않았다. 노우의 생각을 읽기라도 한 듯 그가 다시 입을 열었다.

"나에 대해서 광수가 자세히 설명을 안 한 모양이네. 눈 한 짝이 개눈이야. 그래서 밤에도 난 선글라스를 벗지 않아."

노우는 그에게 미안한 마음이 들어 크로스백에서 돈봉투를 꺼내 내밀었다. 진주횟집 남자가 손을 저었다.

"돈은 안 받아. 내가 광수한테 신세진 게 많아서."

남자는 노우가 내미는 봉투를 거절했다.

"요즘 여기도 어수선해. 그래도 일본까지 건너가는 건 어렵지 않지. 왔다!"

남자는 검은 바다에서 달려와 부둣가에 붙은 배 한 척을 가리켰다. '진격'이라는 글씨가 적힌 배에서 선장이 나왔다. 호리호리한 몸을 가진 남자였다. 선장과 남자가 악수를 하면서 노우와 기주를 쳐다보았다. 두 사람이 노우와 기주에게 다가왔다.

"요즘은 특별한 일 아니면 밀항 같은 거 잘 안하는데."

"박 선장 무슨 소리야. 요즘 밀항하는 애들 넘쳤다니까. 바다에만 있으니 세상 물정 모르는 거야."

"무슨 소리야. 밀항만 전문으로 하는 놈들도 파리 날리고 있구만."

선장은 노우와 기주를 살피며 시큰둥하게 말했다. 이젠 더 나갈 곳도 머물 곳도 없었다.

"새벽에 부두 나와 보면 사람들 떼거지로 내리곤 하는데 그건 다 뭐야?"

"야, 그 사람들은 다른 나라에서 우리나라로 밀항 오는 거지. 그건 많아."

두 사람은 서로의 어깨를 치며 말을 나누었다.

"아무튼 간만에 밀항 손님 받네. 돈은?"

선장의 말에 사내가 손가락에 침을 발라 허공에 그었다.

"이게 무슨 개소리야. 새카만 바다에 목숨 걸고 나가는데 외상? 웃기고 있네."

선장이 뒤돌아섰다. 그가 입은 감청색 점퍼는 군데군데 얼룩이 묻어 있었다. 허리를 조이는 부분은 낡아 실밥이 하나둘 비어져 나와 있었다. 기름기 흐르는, 제멋대로 뻗은 뒷머리를 보고 있자니 괜히 한숨이 났다. 이 방법밖에 없는 걸까? 기주는 노우를 쳐다보며 눈으로 물었다. 노우는 기주의 눈을 읽고도 별다른 반응을 보이지 않았다. 결정된 건 바뀌지 않아. 그는 눈꺼풀을 깜빡거리며 그렇게 말했다. 노우가 앞가슴을 가로지르는 크로스백을 다시 뒤졌다. 어차피 한국을 떠나면 쓰지 못할 돈들이 제법 많이 들어 있었다. 노우는 외장 하드와 지갑을 꺼낸 후 크로스백을 통째로 선장에게 내밀었다. 그러자 진주횟집 남자가 순식간에 손을 뻗어 가로막았다.

"에헤, 이러면 내가 체면이 안 서지."

남자가 바지 주머니에서 띠도 풀지 않은 돈다발을 선장에게 내밀었다.

“아니 왜 네가 돈을 주는데?”

선장이 남자를 흘겨보았다.

“애가 양광수 딸이야.”

“양광수 딸?”

선장이 놀라 눈을 커다랗게 떴다. 그는 기주 앞으로 바짝 다가들어 그녀의 얼굴을 살폈다.

“저 딸은 아니에요. 어려서부터 자라긴 했지만.”

기주가 말했지만 선장은 빙글빙글 그녀 주변을 돌며 그녀를 살폈다.

“두 살쯤 됐을 때 데려왔다던 그 여자앤가?”

“광수가 결혼해서 낳은 딸이라는 소문도 있었어.”

기주는 그동안 알고 지내왔던 양광수의 새로운 면을 알게 된 게 낯설었다.

“장가도 안 간 놈이 무슨 진짜 딸이 있겠어. 성묘 와서는 딸내미 보러 가야 한다면서 하루도 안 자고 올라가곤 했는데, 혹시 그 여자앤가 보네?”

기주는 몸이 굳어버리는 듯했다.

“저 혹시 그 여자애를 그냥 데려왔다고 했나요?”

기주가 선장을 보고 물었다.

"광수 그 놈이 아무 말도 안 해 준 모양이네. 내 기억이 맞다면 그러니까 놀이터에 울며 서 있길래 경찰서 데려가려고 했는데 하도 울길래 어쩌지 못하고 데려왔다고 그랬지 아마."

"아냐, 길거리 한복판에 서 있었대. 경찰서 데려가려고 안아 들었는데 품에 꼭 안겨 안 떨어져서 키웠다고 그랬지."

"그 놈은 비밀이 많아서. 어떤 게 진실인지 알 수가 있어야지."

"돈이나 받아."

진주횟집 남자가 선장 눈앞에 돈을 흔들어보였다.

"다른 놈 같았으면 얼렁뚱땅 넘어가겠지만……. 광수 그 놈이 자기 딸이 나를 찾아올지도 모른다고 미리 돈 주고 갔지. 그 놈 말대로 이뤄졌네."

진주횟집 남자가 너스레를 떨었다. 선장은 그런 남자를 쳐다보지도 않고 배를 정박시켜 놓은 쪽으로 걸어갔다. 그 뒤를 진주횟집 남자가 따랐다. 노우와 기주는 머뭇거렸다.

"배 탄다며? 지금 나가야 해. 경비정 돌 때 움직이면 빠져나가기 힘들어."

선장이 재촉했다. 기주는 반걸음씩 옮기며 자꾸 뒤를 돌아다보았다.

"돌아갈까?"

노우가 물었다. 기주는 잠깐 눈을 감았다가 뜬 후 노우를 앞질러갔다.

“보스를 만나야겠어.”

기주는 머뭇거릴 때와 달리 선뜻 배에 올라탔다. 노우도 부두 바닥에서 발을 떼기 전 마지막으로 어두운 부두를 둘러보았다.

“아, 이제 생각났다. 그 여자애 이름이 기주였어. 네가 기주?”

“내가 벌써 물어봤어. 뒤늦게 뚱딴지같기는.”

“야 인마, 난 처음 봤잖아.”

두 사람이 말다툼을 하는 사이 기주는 배 안쪽으로 쑤욱 들어갔다. 밖에서 볼 땐 자그마했는데 배는 넓었다.

“배나 잘 몰아.”

“이 바닥에서 나만큼 배 모는 놈이 어디 있다고 잔소리야.”

“특별한 손님이 타고 가잖아. 나중에 광수한테 더러운 소리 안 들으려면 손님 잘 모시라고.”

선장은 그 사이 비트에 걸어 두었던 홋줄을 풀고 있었다. 노우와 기주가 뱃머리에 서서 진주횟집 남자를 바라보았다.

“광수 만나거든. 내가 우럭매운탕도 내주고 그랬다고 해. 보고 싶다고도 전해 주고.”

진주횟집 남자가 천천히 뒷걸음질 쳤다. 그가 주머니에 들어 있던 손을 잠깐 빼서 들어 보인 후 다시 주머니에 쑤셔 넣었다. 노우와 기주도 잠깐 손을 들어보였다.

5

"광수도 이 배로 넘어갔어. 일본에서 필리핀으로 간다고 그랬지. 마닐라로 들어간다고 그랬어. 번호 잘 기억해 둬. 639177330912번이야. 광수 전화번호야. 마닐라에 잘 살고 있겠지. 아까 그 놈한테는 안 알려줬어. 자기 이득에 따라 쉽게 배신하는 놈이니까. 친구란 게 다 좋은 놈만 있는 건 아니니까. 물론 아까 그 놈도 가끔은 광수에게 도움을 주기도 하고 그래. 실은 광수가 더 많이 도와주긴 했지만. 번호 기억했어? 639177330912!"

키를 잡은 선장이 어둡고 까만 바다를 뚫어지게 쳐다보며 말했다. 기주는 번호를 입안에서 굴리다가 고개를 떨어뜨렸다. 마지막 네 자리 숫자는 그녀의 생일을 의미하는 숫자였다. 노우는 그녀의 턱으로 미끄러지는 눈물을 보았다. 노우의 눈이 그녀의 얼굴을 더듬었다. 배는 노우와 기주의 심사를 아는지 모르는지 어둠 속으로 빠르게 나아갔다. 그 뒤를 별과 초승달이 따라왔다. 밤을 잊은 갈매기 몇 마리가 꽁무니에 따라 붙으며 끼룩거렸다.

"아까는 말 안 했는데……. 광수 그 놈이 기주라는 아이를 특별하게 생각했어. 자랄수록 눈치도 빠르고 손도 빨랐다고 그랬지. 소매치기를 가르치지 않는 건데……. 최근에 공무원 비슷한 일을 시작했다고 좋아했는데?"

선장은 뒷말을 흐렸다. 배는 밤의 물결을 타고 방향도 정하지 못한 채 앞으로 나가는 듯했다.

"대마도까지만 간다고 말했지? 그 이상은 무리야."

"대마도 어디까지요?"

노우가 물었다. 선장이 그를 힐금거렸다.

"히타카츠항까지 갈 거야. 거기서부터는 알아서 가야 해."

노우는 선장이 말한 항구 이름을 입안에 굴려 보았다. 히타카츠항. 기주는 어둠뿐인 바다를 바라보았다. 노우에게는 환한 바다이며 수평선을 지나는 배들까지도 보였지만 그녀에겐 어둠뿐이었다. 기주는 진보국이 마지막 호의로 건넨 미야지마 히로시(宮島博史) 교수의 연락처를 떠올려 보았다. 대마도에 도착하면 달리 방법이 없을 터였다. 진보국 교수가 지닌 마지막 양심을 믿어야 했다. 믿지 못한다면 앞으로 나갈 수가 없었다. 일본인 교수의 연락처 역시 기만이라면 억울하겠지만 거기서 삶을 마무리 짓는 것도 나쁘지 않겠다는 생각도 들었다.

선장이 노우를 쳐다보았다. 노우는 여전히 먼 바다에 눈을 주었다.

"광수가 자세히 말하진 않았지만 경찰 비슷한 인간들하고 문제가 생겼다며?"

기주는 노우를 노우는 기주를 쳐다보았다.

"우린 요주의 인물들 집에 은밀하게 들어가는 게 일이었어요. 남의 집에 몰래 들어가 그 사람의 모든 정보를 가지고 나오는 그런 일. 좀 치사한 일을 했죠. 우리가 가지고 나온 걸 정보 기관에서 필요로 하는 인간들에게 넘겨서 협박용으로 쓰고 그랬더라고요."

"그래서 밀항까지 하는 건가?"

"결과적으로는 그런 셈이죠. 제가 아는 한두 사람이 죽었어요. 어쩌면 한 사람은 죽은 게 아닐 지도 모르겠고요."

노우는 진보국의 집에 누워 있던 여자를 떠올려 보았다. 그녀는 분명 숨을 쉬지 않았다. 그렇다고 죽었다고 단정할 수도 없었다. 그녀가 깨어 있었다면 그래서 위기를 느꼈다면 죽은 척 할 수도 있지 않을까?

"아무튼 사람이 죽었다는 이야기네."

"네 적어도 한 사람은 자살한 걸로 위장된 채 죽어 갔고요."

"아직도 그런 일이 일어나는군. 하긴 아직 밀항하는 사람들도 있으니까."

선장은 입술을 야무지게 다물었다.

차가운 바람이 불어왔다. 배는 어둠을 가르며 앞으로 나갔다. 선장은 키를 잡은 채 어둠을 노려보았다. 노우도 그의 곁에 서 있었다. 선장의 눈은 어둠을 꿰뚫어 버릴 듯 강렬했다.

"이십 분쯤 지나면 도착할 거야. 우리 떠난 지 거의 한 시간 다 되어 가니까. 대마도가 슬슬 보일 거야. 저기 불빛들 보이네."

"생각보다 가깝네요."

"가깝지. 아마 포항에서 독도 가기보다 수월할 거야."

선장이 손가락으로 해안가에 늘어선 등을 가리켰다. 빨갛거나 노란 등들. 기주는 어느새 선장실로 들어가 태블릿을 들여다보고 있었다.

"선배!"

기주가 선장실 창으로 머리를 내밀고 노우를 불렀다. 노우가 선장실로 들어갔다.

"이거 좀 봐."

노우는 태블릿을 들여다보았다.

'염탐 1, 염탐 2, 염탐 3, 염탐 4…….'

수십 개의 동영상이 모여 있었다. 동영상에는 시리즈를 의미하는 제목이 담겨 있었다. 기주는 그 중의 동영상 하나를 클릭했다. 몇 해 전 죽은 원장이 등장했다.

"이 사람 누구야?"

"옛날 원장, 그런데 이거 어디서 난 거야?"

"사감 선생님이 준 자동차 키에서. 거기 달려 있던 USB."

엉거주춤 서 있던 노우가 자세를 잡고 기주의 곁에 앉았다. 배는 리듬을 타고 흔들렸다.

원장이 복도에서 아이들을 엎드리게 하고 매질을 하는 장면, 직원들을 호통치는 장면, 입양 가는 아이를 배웅하는 장면, 아이들을 데리고 보육원을 찾아오는 장면이 파도처럼 밀려왔다.

"사감은 이걸 왜 보관했을까……."

기주도 그러려니 싶었다. 동영상 하나를 더 클릭했다. 그 동영상엔 느닷없이 독거가 등장했다. 말은 들리지 않았다. 두 사람이 소파에 앉아 대화를 나누는 장면이었다. 독거의 얼굴에 미소까지 어려 있었다.

"선배……"

노우도 다시 주저앉았다.

원장과 독거는 서류를 들춰보고 있었다. 누군가를 가리키는 듯 손가락질을 했다. 이후에도 독거는 계속해서 등장했다.

서류를 들고 와 넘기기도 하고 차를 마시다 돌아가기도 했다. 독거가 어떤 아이를 데리고 가기도 했으며 부부가 독거와 함께 나타나선 어떤 아이를 데려가기도 했다. 아이가 카메라를 쳐다보는 장면도 담겨 있었다. 독거가 편지 봉투를 원장에게 건네기도 했다. 봉투를 받은 원장의 얼굴에 미소가 가득 피기도 했으며 때론 놀랍게도 독거와 원장이 서로 포옹을 하기도 했다. 놀랍고 무서운 장면이었다.

"기주야, 독거 이름이……."

"최명순인가?"

"원장 이름은 최희순……."

노우는 자신도 모르게 진저리를 쳤다. 자살한 것으로 세상에 알려진 사감의 얼굴이 떠올랐다. 어쩌면 그는 옛날 원장과 독거의 관계를 알고 있었기에 그런 변을 당한 것인지도 모르겠다는 생각이 들었다.

"선배 전화."

노우는 화면에 시선을 둔 채 바지 주머니를 뒤졌다. 바지 주머니 속에서 스마트폰이 부들부들 떨고 있었다. 전화의 진동이 중지되었다. 스마트폰을 꺼내 확인했다. 열 통 가까이 부재중 전화가 찍혀 있었다. 전화를 건 발신자를 확인하려고 화면의 잠금을 푸는데 다시 전화가 걸려왔다. 짐작한 대로 독거였다.

"노우야, 잘 들어 봐."

독거의 목소리는 약간 들떠 있는 듯했다.

"틀어 줘."

독거가 누군가에게 명령했다. 노우는 그녀의 말이 무슨 의미인지 알아차릴 수가 없었다. 노우의 뚱한 얼굴 표정을 보고 기주가 그의 곁에 다가와 섰다.

"……한편 국가 정보원은 용산파로 알려진 소매치기 일당이 사실상 남파 공작원이라는 확실한 증거를 찾았으며 연락 총책인 양 모씨가 현재 필리핀으로 도주 중이며 인터폴의 협조를 구해 양 모씨의 신변 확보에 주력하고 있다고 밝혔습니다. 이들 용산파는 30년 전부터 용산에 거점을 두고 활동해 왔으며 그 조직원만 수십 명으로 알려져 충격을 더하고 있으며…… 특히 행동책으로 알려진 한 쌍의 남녀가 도주 중이며 …… 여당은 물론 야당과 진보 연대 역시 이번 사태는 남북 화해 무드에 찬물을 끼얹는 시대착오적 사건이라며 철저한 수사를 촉구한다는 성명서를 발표하기도 했습니다…… 광화문에서 촛불 시위를 진행하고 있는 촛불민주시민연대 진보국 대표의 말을 들어보시겠습니다. 조속하게 진실이 밝혀져야 할 일입니다. 일부 시대착오적인 분들에 의해 남북의 화해 무드가 경색되도록 내버려 두어서도 안 되며 우리 민주 시민연대 역시 이 사태와 관련된 관련자들에 대한 철저한 수사를 촉구하는 바입니다…… ”

진보국 교수의 말이 끝난 후 잡다한 소음이 이어졌다가 독거의 목소리가 들려왔다.

“행동책은 누구를 말하는지 알겠지. 무슨 말인지 알아? 특히 너는 상습적으로 우리나라의 주요 인사들의 집을 몰래 드나들며 정보를 수집해 위로 보낸 행동책이잖아.”

“아니 그건…… .”

노우는 손이 떨려 하마터면 스마트폰을 떨어트릴 뻔했다.

“언론에 발표했지만 내 말 한마디면 없었던 일로 만들 수도 있어. 별일 아닌 걸 시국 사건으로 만들어 냈듯이 그저 사소한 실수로 만들 수도 있다는 말이지. 내 말 거절하면 국제적인 수배범으로 만들 수도 있어. 아직까지는 네가 선택할 수 있는 시간이 있어. 네가 가진 것들 모두 가지고 돌아와. 그게 너랑 기주가 살길이야.”

노우는 눈을 감고 눈 속의 어둠을 더듬었다. 어둠보다 더 깊은 어둠이 눈 속에 있었다. 그 어둠엔 어떤 빛도 보이지 않았다. 돌아가면 살아남을 수 있을까? 어둠의 끝엔 뭐가 있을까? 노우는 눈을 뜨고 기주를 바라보았다. 배는 밤바다를 가르며 앞으로 앞으로 내달렸다.

"선배, 나는 독거 안 믿어. 믿을 수도 없고. 비밀이 너무 많은 여자야."

노우는 독거에게 마지막이 될 말을 해야 할 시점이라는 생각이 들었다. 배를 탈 때 돌이킬 수 없는 선을 넘어 버렸다고 생각했다. 돌이킬 수 없으니 앞으로 나갈 수밖에 없었다.

"내가 돌아간다고 해서 예전처럼 살아갈 수 있을까? 나도 아마 자살하게 되지 않을까? 나도 더 이상 폭로하기 싫었어. 당신이 등장하는 수십 개의 동영상이 있어. 기다려. 내가 가진 모든 걸 유튜브에서 보게 될 거야."

저편에서 독거의 욕설이 들려왔다. 노우는 통화를 끝냈다. 다시 전화가 걸려왔다. 노우는 전화기를 힘껏 바다를 향해 내던졌다. 손바닥만한 스마트폰은 금방 어둔 바다 밑으로 가라앉았다. 이젠 영영 돌이킬 수 없었다. 예전의 운명으로 돌아갈 수 없었다. 기주가 더듬더듬 노우의 오른손을 찾아 쥐었다. 선장은 키를 잡은 채 힐금 두 사람을 쳐다보았다.

"검은 바다 시작도 끝도 없어/너와 나 시작도 끝도 없어/쫓고 쫓기고 감추고 폭로하고 시작도 끝도 없어……."

기주는 자신도 모르게 중얼거리기 시작했다. 노우는 잠깐 그녀의 얼굴을 쳐다보았다가 손에 힘을 주었다.

“태어난 것도 살아온 것도 시작도 끝도 없어/해정에서 해정으로 시작도 끝도 없어/바다는 끝이고 시작이지/어둠뿐인 검은 바다는 시작이고 끝이지/시작인지 끝인지 알 수 없지만 가야 하잖아/까만 배, 까만 바다, 까만 남자와 여자/시작인지 끝인지 알 수 없어/시작으로 가는지 끝으로 가는지.”

기주의 중얼거림이 멈추었다. 노우는 빈손으로 마른세수를 했다.

“선배 어떡할 거야?”

노우는 희미하게 미소를 지었다.

“독거가 조작이 어떤 건지 보여줬으니까 우리는 바다 밑에 숨겨 놓은 정보가 얼마나 무서운지 보여 줘야지.”

노우는 입술을 파랗게 떨고 있는 기주의 어깨를 감싸 주었다.

‘진격’은 바람도 없고 빛도 없는 바다 위를 달렸다. 어느 쪽이 동쪽인지 어느 쪽에서 바람이 불어오는지 아니면 어느 방향에서 해가 뜨는지 가늠이 되질 않았다. 노우는 바람의 결을 따라 오른편에서 왼편으로 흘러가는 어둠을 보았다. 짙은 어둠은 여러 가닥의 굵은 동아줄처럼 꿈틀꿈틀 흘러갔다. 파도도 그 결을 따라 움직였다. 선장의 ‘진격’만이 그 결을 거슬러 앞으로 나아갔다. 배의 고물에서 흘러나온 흰 포말들이 금방 검은 파도 속으로 사라졌다가 다시 따라붙었다. 크기를 가늠할 수 없는 어둠의 한 지점, 파도의 한가운데를 지나고 있다는 걸 실감했다. 하지만 흘러가는 시간이 가늠되질 않았다. 한 시절이 지났을까? 아니면 한 시대가 지나 버린 것인지 모르겠다는 생각도 들었다.

기주가 놀라는 사이 선장이 불쑥 얼굴을 들이밀었다.

"경비정 떴어. 원래 이 시간엔 안 나타나는데."

노우가 서둘러 운전석으로 나갔다. 기주도 태블릿을 접고 선장 곁으로 나갔다.

"일반적인 순찰이 아냐. 우리 항로를 알고 쫓아오고 있는 거야."

선장은 속도를 높였다. 검은 물보라가 일었다. 뒤에 따라 붙은 경비정도 속도를 내는 듯했다.

"경고 방송도 없어. 분명한 목적을 가지고 달려온다는 거지. 일본 해경에도 협조 요청을 한 거 같아. 그러니 일본 순시선은 하나도 없지. 처음부터 그 새끼를 믿으면 안 된다고 했는데."

선장은 노우와 기주를 안내했던 선글라스 사내를 의심했다.

"그래도 그렇지, 너희 둘 잡으려고 경비정을 움직여? 대단한 인물을 건드렸거나 뭐 엄청난 일을 저지른 모양이네."

선장은 노우의 가슴을 가리고 있는 크로스백을 힐끔 쳐다보았다.

"우리 배론 금방 잡혀. 어떡할까?"

"저기까지 얼마나 남았어요?"

"이 속도로 달려가도 10분은 더 달려야 할 거야."

"죄송해요. 저희들 때문에."

"아냐. 난 양광수한테 진 빚 많아. 그걸 갚는 중이니까."

"최대한 달려 주세요."

"그런 후에?"

"기주야 너 수영할 줄 알지?"

기주가 노우를 빤히 쳐다보았다.

"정식으로 배우진 않았지만 수영을 하긴 하는데……."

"적당한 곳에서 우린 뛰어내릴게요. 저들이 눈치챌 수 없는 거리에서."

"이 추운데 바다로 뛰어든다고?"

"다른 방법이 없잖아요."

노우는 기주에게 구명조끼를 주었다.

어둠 속으로도 숨을 수 없었다. 그렇다고 깊은 어둠 속으로 들어갈 수도 없었다. 노우가 말한 그 이상의 방법은 없었다. 기주는 이미 태블릿과 USB 따위를 비닐봉투로 싸기 시작했다.

"기주야, 무거운 건 다 버려. 꼭 필요한 것만 가져가. 돈하고."

선장이 비닐로 싼 봉투를 내밀었다.

"받아, 광수가 준비해 놓은 달러야. 별일 없으면 나더러 가지라고 했는데."

노우가 봉투를 받았다. 시간이 얼마 흐르지 않은 듯한데 경비정의 뱃머리가 선명하게 보일 정도로 배는 가까워졌다. 노우와 기주는 몸을 낮추었다. 뱃머리에 선 독거가 보였다.

"선배, 독거야!"

노우도 팔짱을 끼고 선 독거의 모습을 보았다. 치마를 휘날리는 그녀는 세이렌 같았다. 선장의 배는 최대한의 속도로 달려 나갔다. 노우는 신발을 벗어 버렸다. 기주는 백팩을 버리고 필요한 것만 허리에 맸다.

"기주야, 해변에서 보자. 나도 수영을 못해서 너를 끌고 갈 수 없어."

"걱정하지 마. 개헤엄이지만 보스가 수영도 가르쳤으니까. 도망 다니려면 뭐든 배워야 한다고 해서. 선배나 걱정해."

"잘 봐, 선장님이 배를 오른편으로 틀 때 바다로 뛰어들어."

배는 달렸다. 그리 멀지 않은 거리에 뭍이 보였다.

"지금이야!"

노우가 물로 뛰어들자 기주가 그 뒤를 따랐다. 선장의 배는 오른편으로 길을 잡아 나갔다. 경비정도 선장의 배를 따라갔다. 물속으로 들어갔던 노우가 물 밖으로 올라왔다. 머리통이 깨질 듯 바닷물이 차가웠다. 지금껏 파도를 헤쳐 왔듯이 쉬지 않고 움직인다면 견딜 수 있을 듯했다. 좌우를 살폈다. 기주의 머리가 보였다. 경비정이 선장의 배를 쫓아가는 모습을 본 후 그녀가 손을 들어 자신을 확인시켜 주었다. 노우는 선명하게 드러난 뭍을 바라보았다. 저 뭍에 가 닿으면 새로운 아침을 맞이할 수 있을 것만 같았다. 노우는 물속에 잠긴 오른팔을 꺼내 앞으로 내밀었다. 그 다음 왼팔을. 팔이 수면을 때릴 때마다 노우는 자신의 시간을 되뇌어 보았다. 한치 앞이 어둠이었지만 어둠일 수 없었던 시간들.

잠깐 뒤를 돌아다보았다. 어설프지만 기주 역시 팔을 저어 따라붙고 있었다. 노우는 다시 앞을 바라보았다. 돌아오지 못할 땅을 떠나고 있었다. 노우는 밤이 없고 낮만 있는 백야의 도시에 가보고 싶다는 생각을 했다. 그곳에선 어둠 속의 무언가를 볼 필요가 없을 테니까. 기주가 곁으로 다가왔다. 두 사람은 일렁이는 물살을 가르며 어둠을 헤치고 앞으로 헤엄쳐 나갔다. 얼마를 더 가야 뭍에 닿을지 알 순 없지만 두 사람은 쉬지 않고 팔을 저었다. 노우는 팔을 돌리다 멈추고 뒤를 돌아다보았다. 바다에 뛰어내릴 때는 보지 못한, 달이 바다 속에 고여 출렁거리고 있었다. 기주는 달의 가장자리에서 숨을 헐떡이며 멈춘 후 구명조끼에 의지해 물결에 몸을 맡기고 있었다. 달빛 밖 저 멀리 먼 바다로 달려가는 선장 배의 불빛과 그 뒤를 맹렬하게 따라붙는 경비정의 불빛이 길게 꼬리를 물며 사라지고 있었다. 두 불빛은 검은 수평선을 향해 나아가며 점점 소멸되어 갔다.

노우와 기주는 다시 뭍을 향해 힘차게 팔을 저었다. 높낮이를 달리하며 겹겹이 몰려오는 파도를 헤치며 팔을 저어나갔다. 저 뭍에 닿으면 새 아침이 기다리고 있을 것이다. 파도에 몸을 실은 남녀는 뭍을 향해 몸을 밀고 나갔다.

해정

2021년 1월 25일 1판 1쇄 찍음
2021년 1월 25일 1판 1쇄 펴냄

지은이	전민식
펴낸이	윤한룡
편집	김한숙
관리	이소연
디자인	윤려하
펴낸곳	(주)실천문학
등록	10-1221호(1995.10.26)
주소	남양주시 퇴계원읍 퇴계원로 52 405호
전화	02-322-2161-2
팩스	02-322-2166
홈페이지	www.silcheon.com

이 도서는 한국출판문화산업진흥원의 '2020년 출판콘텐츠 창작 지원 사업'의 일환으로 국민체육진흥기금을 지원받아 제작되었습니다.

ISBN 978-89-392-3065-1 03810